直到被黑暗吞噬——世界最恐怖小說精選

夢之魘

愛倫・達特洛 主編
陳芙陽 譯

目錄

馬術學校

科迪・古德菲洛

1

「快過來。」她說，聲音沉重到一字字拖走我一年年的壽命。「把黑色袋子帶來……有意外。」

我被這通電話驚醒，下床時踢倒一只水瓶。剎那間，昏沉沉的腦海裡閃現前夫驚恐的表情。我甩開他駭人的面容，感覺到小屋寒意逼人，然後開始擔心起真正要緊的事：得盡快趕到夫人家……

德奧斯基羅夫人第一次打電話過來時，我才剛到城裡六個月，拚命想闖出名堂。我老早就聽說過她的大型馬舍，那裡養了二十四匹馬，但這客戶說是難纏又吝嗇。例行醫療工作由她和學員自行負責，此外，學院自從設立以來都只找同一個馬蹄鐵匠。

我發現她確實難伺候，卻很公平；我保守她的秘密，而到目前為止，她也保守我的。

我打包完畢後，才叫醒東尼歐。他才跟我住了幾個月，我害怕會嚇到他，不過他就只是默默換好衣服，幫忙把東西搬上貨車，便帶著他的素描本和色鉛筆爬上車。我只跟他說，我們要去照料一隻生病的動物。他的十歲人生幾乎都在州政府的監護底下度過，早就被訓練成遵從指令。我知道這男孩一定會讓德奧斯基羅夫人暴怒，因為天黑之後，男人絕不能不請自來進入她的莊園，但我更擔心讓東尼歐在空無一人的房子裡單獨醒來。

反正，要是這次我料得沒錯，也該是時候了，該讓夫人看看了——

我帶上特殊裝備袋，但心想可能也派不上用場。一如往常，她必定只會同意在馬廄門邊施行唯一有把握的治療。

穿過城裡到濱海公路的途中，都不見其他車輛。我的雨刷結霜，即使是冬天，大蘇爾這樣的天氣也是冷得出奇。到了大街末端的瑜伽度假村，就已不見燈火，少數的路燈只散發出帶著雨雪的淡淡光暈，不過，我還是得克制自己別開太快。公路竄出樹林後，緊貼峭壁而行，底下的太平洋不斷拍擊危崖，傍著令人膽戰心驚的九十公里黑暗道路。一週前才有車子翻落，政府還沒修好摔車處的護欄。聽說大約十年前的一個冬季暴風雨中，在我之前一任替德奧斯基羅夫人工作的當地獸醫葛瑞塔・史匹瓦克摔落懸崖，貨車裡找不到屍體，大家滿不在意地認定，可能是她還沒來得及淹死，就先被鯊魚解決了。

公路蜿蜒往前，傾斜擺動，東尼歐在車身搖晃中睡著了。我打開收音機，在不會吵醒男孩的程度內盡量轉大音量，不想繼續胡思亂想。

在我替德奧斯基羅夫人工作的整整七年間，不算這一次，只出現過四次入夜後的緊急到府出診。第一次時，她解釋了彼此間的狀況——她已經調查清楚我的底細，而我們兩人都明白她的影響力極大，意味可以放心把我非做不可的事交給我。

在大蘇爾和蒙特雷這之間有許多可以做好這項工作，又絲毫不會良心不安的獸醫——像是忿忿不平的離婚人士、信仰重生的異教徒、憤世嫉俗的陽剛女同志……但對她來說，她們都太清白了。就如同我需要她一樣，她也需要像我這樣的人。

她的莊園入口棲居在一處箱型峽谷，公路離開主幹道進入峽谷，雖然避開海洋，卻轉進驚險的髮夾彎。莊園大門隱身在海邊生長的重重長青橡樹和月桂樹底下，它矗立著三公尺高的鍛鐵倒鉤，令人心生畏懼，而路上還裝設了記者會等級的攝影機。

我總是會停住車，望著大門邊外面樹林裡的那座雕像。大部分的人認為它是現代作

23. Big Sur，位於美國加州中部海岸地區，素以崎嶇壯麗的海岸美景聞名。

品，雕像恪守稜角的程度，簡直讓義大利未來主義者的數學法西斯相形見絀，但它和德奧斯基羅夫人本身具有相同的特質：太容易被人完全誤解。這座雕像跟她一樣來自基克拉澤斯群島[24]，是一件被忽略多時的古老遺跡，它的年代甚至早於雅典興築第一座神廟。

它刻劃出一道輕盈的身影騎乘在一隻躍立的奇獸上，不知怎地就是可以看出身上的人類絕對是女孩子，根據夫人告訴好奇者的說法，那奇獸是人馬，只是它的後臀後腿似乎斷裂了，未能流傳後世。它可能是描述人馬納瑟斯劫持海克力士的新娘德伊阿妮拉的情景，不過，要等到了解德奧斯基羅夫人之後，才會明白一切。人馬並沒有斷裂，而且它也不是人馬，雕像所敘說的神話並不存在於任何故事書中。

大門慢慢敞開，我開上車道，小心翼翼在滑溜的路面上踩著煞車，同時空出一隻手抱住東尼歐。我是在奧克蘭一家教養院遇見他，當局非常樂意讓陷入困境的院方空出床位，所以很輕易就同意我領養他了。不過，他們還是進行了徹底的背景調查，當局在露絲·惠史簡短快樂的人生中，沒找到任何讓人心生疑慮的過去。當然，他們挖掘事實的勤奮程度，還不及她的一半……

2

夫人的母親阿緹密夏·德奧斯基羅，來自希臘小島，是一個火辣尤物和知名的馬術騎士，她和年老的義大利伯爵結婚，當伯爵在第一次世界大戰去世後，她就帶著他的財富和頭銜避居加州。伯爵夫人原本在好萊塢山經營馬術學校，但在一九二六年一樁醜聞疑雲退出社交界後，便買下加州中海岸的莊園來扶養她的獨生女希拉。至於孩子生父的身分，從來不曾有人探究。

小希拉單獨和媽媽、僕人在莊園長大，幼年時期必定非常渴望朋友。當媽媽在一九六〇年過世，她返回故鄉住了三年。等希拉重返美國，她開辦了一家新的私人學校。

至今，她已經營德洛斯[25]學院四十年，即使偶爾和州政府發生摩擦，倒從來不曾有人有意見。同一時期寄宿學院的孩子不會超過十二人，她教導她們閱讀、算術、在馬背上箭射鹿隻。她大可以對卡梅爾市那些討厭鬼，一學期收費一萬美元，也絕對有人願意支付，不過她不需要錢，更像躲瘟疫那樣避開公眾關注。

她不帶種族歧視，從灣區城市挑選被拋棄或失親的女孩，所以她開車離去時，大家總是拚命想把小孩塞進她勞斯萊斯的行李廂。她們全是聰明又堅強的小女孩，至於其他部分，她可以改造。

這些在這社會中只剩下彼此的女孩，交由一名擁有合格證書的教師教導。大部分會在學院留到青春期結束，再無畏無懼，散發著詭異的自信心進入社會，展開命定的燦爛未來。整個西岸都散落著夫人的天才門生；有一個姊妹會協助女孩拿到獎學金，進入常春藤大學，或是得到財富雜誌評選的五百大公司面試，甚至在女孩大學畢業後提供暫時的經濟協助。德洛斯校友中有許多有力人士，有人是舊金山最成功的辯護律師，或現任的沙加緬度市議員，還有人剛當選參議員，她們全都協助保守秘密。德奧斯基羅夫人不要獎項、不要媒體關注；城裡大部分的人甚至不知道這個馬術學校。

24. Cyclades Islands，愛琴海南部的群島，隸屬於希臘，包括約二百二十個島嶼。
25. Delos，愛琴海中的島嶼，相傳是阿波羅和阿緹密絲的出生地，阿緹蜜絲相當於羅馬神話的黛安娜。

3

我駛過車道，經過設有陳列式馬術馬廄的克里特島風格別墅，再越過峽谷頂端山脊，繞行簡樸的松木狩獵小屋前方。車庫上著鎖，行動感測照明和監視器互相觸動。見到裡面沒有燈光，我就繼續開進橡樹林，我知道她會在那裡，在另一處馬廄裡……

我把車子停在遮棚底下，叫東尼歐留在車上，並且把我的手機給他，交代手機響的話要怎麼做。然後，我就下車，在黑暗中踩著蹣跚的步履，走向馬舍門燈所散射出的金黃光芒。學院中只有最年長的女孩才能接近這裡，她們已被引領入門，被傳授了夫人所謂的「神秘」。我並未裝作了解她的意思，卻察覺到她狂熱主義的根源真相。

我推開馬舍門，踏入地中海熱度和德奧斯基羅夫人的坐騎所帶來的驚人惡臭之中。

「惠史小姐嗎？」她的聲音從馬具房傳來。我應了一聲，便走向廊道旁邊通往室內競技場的小門。如果這時刻有意外發生，一定是出現在那裡。我到處都沒見到獵槍，於是帶著或多或少的不安情緒，低頭探進馬具房。

夫人坐在馬具房角落的一張搖椅裡，旁邊是一堆布滿灰塵毛毯。就她的年紀和身高來說，她顯得清瘦結實，比我還強壯。她的雙手緊緊交握，顫抖不已。

「發生什麼事？」

「是意外。」德奧斯基羅夫人嘀咕：「是惡兆。」

「是哪一個？」

「我真蠢，居然信任讓她和他在一起！我原本以為在她身上看到了什麼……哦！阿克泰翁。」她的語調震顫受傷，我感覺心臟痛苦狂跳，她最珍視的種馬——

「哎，他在哪裡？我現在能為他做什麼？」

「他……平安無事，稍後我再親自處理他。不過，我需要妳幫忙另一件事……我打電話給妳，不是因為他的事。」她的身體往前探，像是要起身，手卻掀開旁邊那堆毛毯的最上層。

一個女孩側身蜷縮，雙膝貼著胸口，雙臂緊緊環抱。她穿著女孩騎乘時總會換上的希臘式白色短披袍，但現在披袍已破爛不堪。血跡沾染了大腿內側，一直來到膝蓋，滲入她身子底下的毯子。

「哦，老天！妳想要我怎麼做？」眼前的悲劇讓我的胃部一陣噁心翻攪；我之所以說是悲劇，是因為這實在必然會發生。

女孩的眼睛微張，舌頭從齒間露出，顯然已經被餵了鎮靜劑，不然就是休克昏迷。她大約十二、十三歲，焦糖般的膚色，閃亮的黑色直髮剪成男孩般的鮑伯頭。手肘和膝蓋傷痕斑斑，沾滿木頭鋸屑；嘴唇撕裂，肩頸部位布滿瘀青；兩腿間的那個可怕傷口仍在淌血。她需要救護車——

得要定睛久久，才能依稀見到她的呼吸。

而我根本無法呼吸。「他——是他幹的嗎？」

「崔絲塔是精力充沛的騎士，是天生的狩獵者……初潮來臨時，她迎向了『神話』，狩獵了獵人。她彷彿崇高的女祭司騎乘了米諾斯，只是她訓練得太努力了。這樣的女孩，很難每次都看穿，她們太恣意妄為……」

「他現在在哪裡？」我追問。完全是為了女孩著想，我才沒有放聲高喊。「獵槍呢？」

其他坐騎從來不曾做出這種事，只是他們也全被閹割了，只會傷到彼此，或是因為意外而跛腳。儘管孕育順應了希臘的險峻地形和岩石峭壁，但這裡有其他的危險，一次是被響尾蛇咬，一次是在刀片刺網中痛苦哀號。夫人總是不斷返回希臘，帶回更多，而我一直想不透她是怎麼把他們運進美國的。

競技場燈光昏暗，但我聽到了，他的鼻息噴哼，腳扒抓著泥濘草皮。我找不到獵槍，但我不會罷休，所以找了一把鐵鍬。

在希臘神話中，獵人阿克泰翁闖見了阿緹密絲在聖池中沐浴，因為偷看到女神裸體，獵人被變為公鹿，然後被自己的獵犬撕裂身亡。

我肩上扛著鐵鍬，甚至還來不及讓眼睛適應，就急急走進黑暗。我沿著大型圓形競技場的牆壁行走，小心翼翼避開女孩進行「狩獵」的跳躍動作而隱藏的障礙物。

我在見到他之前，就先聽見他了，不過這沒讓我占上風。鎖鍊嘎啦嘎啦，他衝出陰影，鍊條又被拉回牆上堅固的環扣，他因此沒有足夠的距離可以攻擊我。我竭盡全力揮動鐵鍬，但他低頭閃過，再順勢用頭和壯碩的肩膀撞向我的肚子。我四腳朝天重重摔倒，鐵鍬噹啷落地。

我縮成一團啜泣，喘不過氣來採取別的行動。他俯身看我，眼睛反射出從天窗透進的月亮，顯然在衡量最想做的事。

他仍然上著馬鞍，轡繩歪斜掛在他已咬進一半的口套上；銀色的戰鬥馬刺在月光底下閃爍。

一道鞭子劃過我們兩人之間，鞭子末梢掃過他的臉龐，他大叫一聲往後跳，表示順服。

「不是他的錯！」她大喊：「是崔絲塔騎得太猛烈了……她的姊妹說她有……淫蕩的

因子，但我沒有留意；以為她們當然會嫉妒。她在賽道上騎他騎得太激烈，她用臀部駕馭，卻帶著不可告人的動機：她在馬鞍上滿足自己！這樣的女孩經常在鞍上破處，而她就這麼做了……雙方都順著天性而行。這不是他的錯——那些鮮血——」

「那麼夫人，妳他媽的到底指望什麼？」她一副像是從沒被人大吼過的模樣，所以我決定讓她永生難忘。「老天！他可是男人。」

「不！」她大叫，急急在我們之間交叉雙臂否認。

「不是男人，而是野獸……」

「所有男人都是野獸。」我說。而且大部分的女人也是，我暗加一句。

「妳給我聽著。」她咆哮，一邊走近阿克泰翁。阿克泰翁轉換腳步的重心，打量我們兩人。我之前來的時候，他們總是被隔離或被餵了鎮靜劑。我可以毫無顧慮殺掉他們。我不會夢見他們的臉，而且感謝他們，我也很少夢到我的丈夫。

德奧斯基羅夫人一邊把鞭子纏繞在戴著手套的拳頭，一邊說著：

「三千年前，當我的祖先到達德奧斯基羅島時，遭到化身為人形的野獸襲擊，男人被殺害吞食，女人被強暴。喝醉的神祇經常和動物交媾，在世界的陰暗角落到播種產下這樣的怪物。

「女神阿緹密絲聽見我們的祈禱，現身在部族的女孩面前，女孩只要保持貞潔就可以馴服他們。而她們的確馴服他們了，史萊伯特太太，但他們曾經是野獸。」

夫人當面指出我的真實名字後，解開阿克泰翁糾纏的韁繩，把他巨大的頭砧骨拉向地面。他鞠躬噴息，伸出一邊強壯的膝蓋，夫人踏上，揚腳跨上馬鞍，靴子踩進馬蹬，挺直坐立。夫人一聲短促叫喊，阿克泰翁便整個起身，血淋淋口套上方的那雙眼睛不懷好意看著我。

她用不著多說，就可以證實她的論點。儘管他以兩腳站立，擁有雙手，卻沒有拇指，暫且不論這是因為育種選配或後天手術，而我也不想猜測。他壯碩的身軀具備狂野的肌力，如山羊般覆著光滑的黑色毛髮，肩膀寬闊，加上置放在他微隆背部的精巧馬鞍，足以負載成年女子上山。此外，那副有力的肩膀產生了幾乎像是腳蹼的軟弱雙臂，吶喊道出原始人種家畜，甚至是可能源自最後的尼安德塔人，經過數千年育種的結果。這是貝爾芬區[26]遺漏的希臘神話，無論好壞，夫人的祖先可能是孕育出許多珍珠的沙粒之一，其他珍珠還包括亞馬遜人[27]，她們把男人變成無能的奴隸；喀耳刻[28]把奧德修斯的船員變成豬和驢子；還有人羊、人馬——

「妳不許殺害這一隻。」夫人騎在馬鞍，重拾她的王者姿態。鞭子解開了，現在是朝著我來。「這是他的天性。」

「妳還要讓他強暴多少女孩子？」

「以前從未發生過這種事……日後也不會再發生，女孩將會受到訓練——」

我舉起鐵鍬。「夫人，妳下來——」

「菲莉絲，妳下手殺他們的時候，是不是把他們想像成妳的丈夫？」

我頓時停下動作，卻沒有上鉤。我看得出她打算說什麼，但我拉回話題。「那女孩會有怎樣的下場？救護車什麼時候會到？」

阿克泰翁踩了幾個小跳步，開始慵懶地繞著我踱步，愈繞愈近。他的腳掌毫不費力平衡了他和夫人，他的腳趾大張，如山獅般帶著尖爪，腳跟像鬥雞一樣，加上弧狀銀色細長馬刺；而從他強而有力的雙腿間，探出那片染血黑叢的是——他的武器。他不可能自行卸下貞操帶的——雙方都隨著天性而行……這巨大的附肢隨著他繞行的腳步上下擺動，明顯增長；

因為完成了夫人的遊戲，顯得抽動淌液。

她的靴跟刺進他疤痕斑斑的側腹，眼睛緊隨我的視線，手中則輕撫他腦後。「她逃離我們，返回城市，然後在那裡遇到了小小的意外，遭受到攻擊。我們將會傷心欲絕，卻會堅強起來。這是她自找的，而這本質上是事實。」

「所以，我——妳要我——」我明白她的言下之意。「但等她開口說話——」

「史萊伯特太太，妳的行動可不用急。」

阿克泰翁從喉嚨深處發出急促的咯咯聲，竭力用他短小的前肢來撫摸他那仍凝結著崔絲塔鮮血的陽具。我努力以眼神震懾他，更年期過後總讓人以為可以自外於這種鳥事。

他搖著頭，口套滑落。他對我咧嘴笑，黃澄澄的牙齒每一顆都大如成年男人的腳趾甲，海鰻般的舌頭潛伏在齒後。他的氣息讓我的皮膚起了疙瘩。

我仍然拿著鐵鍬。「嘿，停止這種事！我才不要幫妳殺害那女孩！」

「當然不，但妳想從我們兩人都有份的事情抽身？妳別想。」她揮擊韁繩，阿克泰翁揚起身軀，裝設馬刺的腳空踢了幾下，甩落草皮和汗水。他彎低腰，又揚起脖子，直到頭部來到雙膝之間，嗅聞我的胯下。夫人下來，站在我們之間。「我知道妳過去為我做的事，不見得都是出自於必要。妳知道其他人會怎麼評判妳，妳現在也是『神話』的一部分。」

我繞過她，伸手撫摸阿克泰翁的黑色剛硬鬃毛。他抽動了一下，然後小心翼翼從僵硬的下馬姿勢舒展開來，競技場瞬間充斥著一股驚人的濃烈麝香氣味。夫人一隻手抓住他的韁

26. Thomas Bulfinch（一七九六～一八六七），美國銀行家暨作家，代表作為《貝爾芬區神話學》。
27. Amazons，希臘神話一支由女性組成的戰鬥民族。
28. Circe，希臘神話中的女神，《奧德賽》記載了她把奧德修斯的船員變成豬的故事。

繩，另一手握著長鞭。

我抓搔他的耳朵後方和後腦底部，這是所有動物都喜歡被搔弄的部位。他鬆開下巴，但眼睛始終盯著我。我屏住氣息，往前探。我知道自己會看到什麼，但這是進入話題最不危險的方式。

「妳在做什麼？」德奧斯基羅夫人質問，扯動韁繩把他的頭往後拉。

「沒什麼……我只是在數他的牙齒。妳之前跟我說過，他們比我們多了四顆牙——」阿克泰翁幫了大忙，露出了他兇猛的齒列，讓我見到多出來的雙尖齒和大臼齒。配合特大的下顎肌肉和突出的上顎，這些牙齒可以咬開種子、貝類和骨頭。我好奇是誰替他補了四顆金牙。

「就跟豺狼一樣。」夫人說著，把阿克泰翁帶離我。她不知道這段話會觸及什麼，所以決定中斷話題。

「愛斯基摩人和美國印第安人的齒列跟歐洲人不一樣，這讓他們會怎樣『比較不像人類』？」我應該去看那個女孩了，夫人信任我會讓她死，這樣要救她、送她去醫院可容易多了，我們雙方都會得到彼此應得的。但是首先，我必須讓她見到——

她朝我輕彈鞭子要我離去，然後領著阿克泰翁回到馬廄。我去探看女孩，發現她呼吸微淺、脈搏不定，而且血流不止。如果我按照夫人吩咐，把她丟在寒冷的海岸某處，她絕對活不成。夫人永遠不會做出明確的要求，來玷汙她的貴族心靈，但是為一個人工作久了，讓人早已學會判讀對方心思。

這當然殘酷，但在夫人的世界，大自然就是一個連續強暴犯，不合格的孩子就要留給狼群。

我努力不要想到這件事。我治療德奧斯基羅夫人的牲畜，也就是她的男人，已經七年，讓其中四隻安樂死，我知道我做的不是最壞的部分。我知道春分和秋分時節的高獵季，知道他們狩獵的對象。流浪漢、非法外人、無親無故的人。任何只因為她的創造物比較不像人類，就會持槍殺害他們的人；但因為認為他們是人類，所以我只讓她利用我來殺掉那些身體機能已無法運作者。

夫人的學校，那些「狩獵」和「神話」，讓這些無家可歸的女孩成為被外在世界尊敬和羨慕的女人。這賦予她們力量，觸及意想不到的高度，從成為男人的工具中解放出來。我想，我也是她們其中一人，就從我殺夫的那一天開始。

我們在馬里蘭州的獸醫業務欣欣向榮，有來自雀維切斯[29]的客戶，而且和培育「三冠王」賽馬的馬廄簽約。丹恩．史萊伯特是非常聰明的男人，面對金錢卻非常愚蠢。他使盡手段，只為了接近它，渴望屬於它。他們讓他以為有朝一日可以成為其中一分子，所以他開始為他們對馬施用禁藥。無論他們是給他怎樣的承諾，最後都足以讓他甘願殺害一匹冠軍馬。保險給付之後，丹恩必定透過秘密帳戶分得豐厚的利潤。他開始在全國各地接受諮詢工作，為負擔得起邪惡醫師機票費用的有錢朋友照料他們生病的投資。

在我發現之前，他又再殺害了三匹馬，但我沒有採取任何行動。我發現他和客戶送上門的應召女郎胡搞，我還是緘默不語。接著，我發現他們承諾他的事——為了回報他擔任賽馬界的職業殺手，他們打算讓他成為一個富有的鰥夫。

我拿著保單和其他那些事和他對質，而他像個男人般接招，決定親手殺掉我。我們打鬥

29. Chevy Chase，馬里蘭州的富裕城市。

了一番，而我贏了。

我離開美國，刻意留下前往不知名地方的行蹤，再用丹恩的黑心錢買到的新名字，悄悄溜回國。當發現有人存了五萬美元到露絲·惠史的銀行往來新帳號後，我知道我的新身分並非密不透風。而我猜想，到頭來，我其實是幫了賽馬界一個大忙。

來到大蘇爾，我只是另一個不適應社會的矮胖女人，把欠缺性吸引力的不幸轉化成為畜牧業的天賦。我以為我可以重新做人，但是德奧斯基羅夫人卻讓我知道，我還是這麼該死的瘋狂，我還是想要一次又一次殺掉他。

我替崔絲塔的傷口包紮好紗布，用毛毯包裹她的身子。離開馬具室後，我見到夫人把她珍貴的種馬鎖進他的馬廄。我按下外套口袋備用手機的快撥鍵，便走去見她。

「我準備帶她走了。」

馬舍大門嘎地一聲，一名嚴肅的十歲黑人女孩身著一塵不染的白色運動服從門縫溜了進來，一隻手拿著大型手電筒，而我的手機在她的另一隻手中響個不停。她回頭看了外頭的人後，便鞠躬低語：「夫人，外頭有個男孩——」

德奧斯基羅夫人暴怒嘶吼，伸手去拿盤好掛在牆壁上的長鞭。我上前阻止。

「是我的孩子，只是個小男孩。是我收養的，放過他——」女孩拿手電筒往我一揮，打中我的手臂，我的手臂頓時軟弱無力。

「男孩？在這裡？」夫人啐道，咄咄逼人盯著我，直到我轉開了視線。「在所有晚上之中，偏偏是這一晚！」

「我不知道我是要來丟棄一個——」他在馬舍門的另一頭。我乞求：「哦，老天，讓我見見他，求求妳！」

「妳明知道我的規矩！」

「妳必定影響了我。」我懇求。「我收容他，也是想要有人可以傳授技藝……我不能留他在家，不是嗎？」

「如果妳收容男孩子，那麼就沒有從我這裡學到東西。」她戴著手套的強壯手指擺弄束住她銀色長髮的月形扣環，在我眼中，她從未顯得如此蒼老。我以為她是害怕剛才發生的事；卻從未想過她是對我失望。

「夫人，拜託，讓他進來，我想要妳看看他。」

馬舍門又推開了一些，東尼歐懷中抱著素描本和鉛筆，慢慢走進來。他像是嚇壞了，而我開始落淚，但是當我走向他，那女孩又揮動了手電筒。一名身手輕盈的拉丁裔小女孩跟著現身，她拉起弓，弓上搭著銀箭頭的獵箭。

我尖叫要她們退後。東尼歐放聲哭泣，我抱住他。「東尼歐，沒事的，親愛的，就跟她們嚇到你一樣，你也嚇到她們了。」

我讓他轉身面對老婦人。「東尼歐，我想要你見見希拉．德奧斯基羅夫人，她是我幫忙照顧馬兒的女士之一。她經營一家女子學院，有點像是教養院，但是……比較和善。夫人，這是東尼歐。東尼歐，對這位親切的女士開心笑一下。」

東尼歐雖然害怕，卻還是努力對德奧斯基羅夫人擠出一絲微笑，只是夫人幾乎不看他。「嗨。」他輕聲說。

「親愛的，給她看看你的畫。」我說，他卻把素描本抱得更緊了。

夫人對我橫眉怒目，手指比劃出古老的咒罵手勢。

「瞧，東尼歐有天生的認知障礙，嚴重到親生母親把他扔給政府。他在奧克蘭一家特殊教養院長大，我好不容易才找到他，實在有太多沒人要的孩子了。我想要妳見見他——」

「妳玷汙了我的家，居然把這個——」

「他們是野獸，就僅止於此嗎？」我質問，而夫人點點頭。

「妳想說什麼？」她厲聲問道。

「東尼歐，拜託，給她看看你的畫，我想讓她知道你是多麼棒的藝術家。」

東尼歐小心張望了馬舍四周，然後慢慢放鬆，打開了素描本。害羞、遲緩、自閉，隨便無知人士怎麼說他，但他就是擅長畫畫。馬兒如暴風般橫掃素描本，躍然紙上，他使用了色鉛筆盒中的每一種顏色，有些還巧妙地用他的小小手指塗抹融合了色彩。

「所以妳錯了。」我開口：「而且妳之前騙了我……」

夫人舉止狼狽，像被潑了一盆水。「妳把他帶來真是做對了。」夫人說：「一定得要妳好好見識。」她走向東尼歐，擋在我和他中間，然後從腰帶中抽出了一件讓男孩驚聲尖叫的東西。

馬舍某處傳來回應，低吼的咆哮聲，木頭和金屬的撞擊聲，凝結了整個空間，我的心臟幾乎跳了出來。夫人的黃疸眼白在紫羅蘭色虹膜周遭發出精光，她的手中亮出刀子。

「薔卓，去看看那些野獸！」夫人下令：「瑪莉娜，她敢動的話就給她一箭。」黑女孩繞過這難堪的場景，走向馬廄。東尼歐身後的女孩把箭對準我，拉起弓弦。東尼歐跌坐在地上，拿出色鉛筆開始作畫。

夫人把刀子拿在身後，低頭看著東尼歐，似乎被激起了好奇心。「菲莉絲．史萊伯特，妳收養了這個男孩？可別騙我。」

「妳倒是騙了我，妳說以前從未發生過這種事……」

夫人訝異地盯著我，而東尼歐仍然邊啜泣邊畫圖，弓弦嘎嘎作響。

「看看他，夫人，我要妳數數他的牙齒。」

夫人倏地轉身，刀子抵住我的下巴，動作快到我甚至來不及退縮。「妳到底在玩什麼把戲？」

我的肌肉僵住了，只能盯住她看。「阿克泰翁以前就做過這種事了，對不對？甚至可能是妳放任它發生的，因為這是『儀式』的一部分，還是育種實驗？而妳要葛瑞塔．史匹瓦克，妳之前的獸醫把那女孩丟棄——」

「那是誰？我不認識這個名字！」夫人表現出無辜受傷的模樣，彷彿精心表演的默劇。

「鬼扯！她可是替妳工作！我想那是因為妳們兩人都知道那女孩懷孕了——」

「妳胡說！」刀子砍向我的臉，我低頭閃躲，但刀鋒還是削過我的頭皮。我護住傷口，一大片連著頭髮的皮膚落入手中。

我痛到喉嚨不由得嗚咽出聲，但我努力壓抑。不管能不能說完，但我一定要說出來。「那女孩才十二歲，記得嗎？她沒辦法留下他，所以他們就把孩子送養，但是沒有人要他。他很內向，不斷在各種東西上畫畫，又不時勃然暴怒。他的身體激素一團亂，從來沒有人試著接近他，更別說是愛他了，但他真的是一個可愛又敏感的小男孩。」

夫人的視線從東尼歐移向她手中血淋淋的刀子。「看看他的牙齒，夫人。他的確是個奇怪的小男孩，但他難道是動物？妳想在他身上安裝馬鞍嗎？」

夫人彎下腰，戴著手套的手幾乎是溫柔地打開東尼歐的下巴，而東尼歐太投入所以沒有抗拒。她凝視他的嘴巴裡面，正當沉默持續籠罩時，她大喊：「薔卓，過來。」

馬廄傳來金屬桶子落地的聲音，馬廄門嘎地打開，門後深處是一片絕對的黑暗。瑪莉娜拉著弓，手指出汗疲乏，於是放低了弓箭。鮮血刺痛我的眼睛，我伸手抹開，感覺手中一片濡溼。我需要躺下。我必須把東尼歐帶離這裡。我想要讓她了解，但從無意讓事情如此失控——

夫人突然間像是下定決心，她起身，持刀轉向東尼歐。他沒見到她出手。

我大叫一聲撲過去，抓住她的手臂，但她從我沾滿鮮血的手中滑開，繼續刺向東尼歐。

刀子劃過東尼歐的羽絨大衣，揚起一陣羽毛。我阻撓了她的攻擊，但她再次舉刀刺向他的喉嚨。我搶前一步，竭盡全力推開她。東尼歐尖叫，滾向一旁，順手把素描本丟向她。瑪莉娜大喊：「夫人！」同時對我舉弓放箭。

弓沒有射中我，它掠過我的眼睛，正中阿克泰翁的肩膀，卻沒有減緩他的速度。

他如此迅速逼近，我只能倒在他身前。他躍過我，兇狠踢向瑪莉娜胸口。女孩摔向馬舍門，頹然落地。幾乎同一時間，他衝向夫人，而夫人撲向東尼歐。阿克泰翁張口一咬，她長長的銀髮被他的牙齒咬住，只能吊在半空中哀號。

東尼歐側走退後，躲在角落的兩捆乾草牆之間。夫人被頭髮吊著，急急吼出希臘語下達指令，但是阿克泰翁動也不動，無法以女主人賦予他的殘暴遲緩心智，解析現下的狀況。

身後傳來拖曳的腳步聲，我回頭，不禁倒抽了一口氣。他的其餘同類全都掙脫了束縛，彷彿在審判日潛行走出黑暗的瘋人院病人。他們的膝蓋破皮、馬刺浴血，顯然是為了踢開馬廄門。而空中的血腥味，使他們的濃黑大眼骨碌碌轉動，鼻翼翕張，紛紛從寬碩的胸膛深處發出呼聲。

是東尼歐的血。一道鮮血流過他的綠色大衣，沾上白色羽絨，然後散放開來。

此時，我才明白德奧斯基羅夫人為什麼總是找別人治療她的野獸，讓他們安樂死。同類的血腥味、同類的痛苦哀號，會讓他們瘋狂。此時，我以為死定了，我就像死了一樣動也不動躺在地上。不過，他們眼中沒有我，只是跨過我，聚集到夫人身邊。

我起身，刻意不去看他們，然後沿著牆壁緩步接近東尼歐。他咬住嘴唇，臉蛋緊貼著牆壁，我將他抱入懷中，再閉著雙眼、拖著腳步，像是過了一千年才走到馬舍門口，而東尼歐嚇得不敢發出任何聲音。

我倉皇衝回家打包。東尼歐在貨車上睡著了，當我準備好再次逃走時，突然一陣筋疲力竭，只剩下把東尼歐抱到家中床上的力氣，然後就昏迷過去。

我在黎明時分醒來，沒聽見警笛，也沒有警察破門而入。我們會離開，但是不急，不會身為嫌疑犯離去。我無法理解這世界怎麼會沒察覺到發生了這麼不對勁的事；但話又說回來，不對勁的事已存在多時，世界怎麼都沒察覺。姊妹會將會暗地平息這件事，這樣最好。沒有人需要知道——

我只再回去過一次，就在當天早上。野獸已不見蹤影，女孩子也是。崔絲塔不見了，但是馬具室地板上有打開的藥包和紗布繃帶包裝袋。我還是很為她們擔心，不過我想她們會適應得很好。德奧斯基羅夫人以她的方式，已讓她們做好面對這個世界的準備。

我不打算仔細描述他們對她的屍體做了什麼，也不會說是在哪裡找到她的頭顱。我將永遠記得的是，他們在馬舍、在各自的馬廄、在馬舍中心的女神聖堂等各處的牆壁上，所畫出來的血淋淋圖畫。儘管他們只有一種顏色可用，但是雪松梁柱和牆壁卻奔馳躍動著細緻的人馬、人羊和寧芙仙子，超乎語言訴說出他們在另一種人生可能出現的景象。

我燒掉了這個地方，把所能找到的德奧斯基羅夫人遺體埋葬在狩獵小屋後的月桂樹底下。我細數了她的牙齒，然後為她祝禱。她多出的雙尖齒已經磨平，下巴經過手術重建，但是臼齒數目還是比她所認定的人類多了許多。願神對此有不同的看法。

貨物

E·麥可·路易斯

一九七八年十一月

我夢到了大批貨物，數千件板條箱塞進了飛機貨艙，全是未拋磨、那種碎屑會刺進工作手套的松木箱子。箱外印著讓人難以捉摸的數字和怪異的英文縮寫，這些數字和文字強烈散發出的昏暗紅光。裡面應該是輪胎，但有些大如房子，有些卻小如火星塞，而所有箱子都像是套著束縛衣，牢牢捆在運貨棧板上。我努力逐一檢視，但數量太多了。箱子挪動，一陣低沉的拖曳聲傳來，貨物接著倒向我。我搆不到對講機，沒辦法警告機長。飛機翻轉，貨物彷彿上千根尖銳的小手指壓在我身上，在我們俯衝、在我們撞毀時，擠壓出我的生命，對講機有如放聲尖叫般響個不停。但還有另一個聲音，就從貼近我耳朵的板條箱裡面傳出來。箱子裡面有東西在掙扎，某種溼透、遭到玷汙的東西，某種我不想要目睹，但它卻想要**出來**的東西。

最後，它變成板夾敲擊機組員寢室金屬床架的聲音。我睜開雙眼，見到新來基地的空軍二等兵低頭看著我，他的衣領汗水淋漓，板夾擋在我們之間，盤算著我是不是那種會因為他盡本分，卻擰斷他的頭的類型。「戴維斯上士。」他說：「上級要你立刻登機。」

我坐起來，伸展身子。他把板夾遞給我，附上貨艙單：一架拆卸的HU-53，連同機組員、技師以及醫療支援小組，飛往……某個新地點。

「蒂梅里機場？」

「那是在蓋亞那的喬治城外頭。」他看我一臉茫然，便繼續解釋：「前英國殖民地，蒂梅里的前身是艾金森空軍基地。」

「任務內容呢？」

「從某個叫做瓊斯鎮的地方，進行僑民傷患運送之類的工作。」

陷入困境的美國人。我的空軍生涯中，有很大的部分用來運送美國人脫困。儘管這麼說，運送美國人脫困還是遠比運送吉普車輪胎給人更大的滿足感。我向他道謝，便急急換上乾淨的飛行服。

我原本期待會在霍華空軍基地度過另一次巴拿馬的感恩節——在近攝氏三十度的高溫下，吃著部隊食堂的火雞大餐，聽著軍用電台轉播美式足球，有足夠不用飛行輪值的時間，得以開懷暢醉。一架架從菲律賓飛回的軍機，乘客和貨物都輕鬆愉快，現在卻來了這檔事。

身為裝載長，會逐漸習慣各種干擾阻礙。C-141 StarLifter（星式運輸機）是軍事空運司令部最大的貨物和軍隊運輸機，足以承載三十公噸的貨物或兩百名準備作戰的軍人，把他們運往世界各處。機翼長約半個足球場，採取高位後掠翼的設計，如蝙蝠般垂懸在停機坪。搭配上揚的T型尾翼、外掀艙門和內建的運貨坡道，星式運輸機運輸貨物的能力可說無與倫比。裝載員半像空服員半像搬運工，而最重要的職責就是把它打包得儘可能牢固安全。

一切裝載妥當，並且完成載重平衡表後，同一個空軍二等兵又找上我，而我當時正在咒罵巴拿馬地勤人員居然在機身造成一道磨損。

「戴維斯上士！計畫更動。」他在堆高機轟鳴聲中放聲高喊，然後交給我另一張艙單。

「還有乘客？」

「新來的乘客，醫護人員也會隨行。」他含糊不清說明了任務更動的事。

「是什麼人？」

我再次拉長耳朵細聽他的話，或許我的確聽明白了，只是心中一沉，我想要他再說一次，希望是自己聽錯了。

「死亡登記服務組[30]。」他大喊。

這正是我剛才以為他說的話。

蒂梅里是典型的第三世界機場——大到足以容納七四七客機，卻又布滿坑洞和雜亂無章的生鏽半拱式活動小屋。機場周圍低淺的叢林線，看起來像是一小時前才被夷平。多架直升機不斷嗡嗡嗡飛起降落，美軍士兵不斷湧向停機坪。此時，我了解到事態絕對不妙。

在飛機大鳥外頭，我甚至還沒固定好輪檔，柏油地面升起的高溫就已經快要融化我的靴底。一群地勤的美國大兵接近，急急在直升機卸貨整備。其中有個人打著赤膊，上衣繫在腰間，他走過來給了我艙單。

「別太自在。」他說：「等直升機卸完貨，我們就替你裝載。」他回頭點頭示意。

我看向閃閃發光的跑道，是棺木，一排排暗沉的鋁製棺材在不近人情的熱帶陽光底下閃動。我認得這種棺材，早在六年前第一次擔任裝載員，我從西貢出發的運輸機就看過了。我的心中一凜，這可能是因為我的休息不夠，也可能是因為我已經好幾年沒載過屍體。但是，我還是用力吞嚥了一下，然後看了目的地：德拉瓦州的多佛市。

地勤安裝了一套新的休憩區，我此時得知這趟出境飛行還有兩個旅客。

第一個上來的只是個孩子，看起來像是才剛離開中學校園。他一頭短硬的黑髮，套著過大的叢林野戰服，上漿的乾淨軍服標示出空軍一等兵的軍階。我對他說：「歡迎登機。」便過去協助他穿過機組員艙門，但他猝然閃避，頭部差一點撞到門。我心想，如果有足夠的空間，他可能會整個人往後跳開。他身上強烈的藥膏氣味襲來——是Vicks VapoRub[31]。

在他身後是一名空軍護理師，她的衣著和姿態既俐落又專業，登機同樣不需要他人協助。我淡然看著她，認出她是我早期軍旅生涯中，定期從菲律賓的克拉克基地往返越南峴港的同一批機組員，她是一名具有鋼鐵般眼眸的銀髮中尉。她曾經不止一次非常明確地說，任何蠢蛋中學中輟生都比我勝任。她的軍服上的名牌寫著「潘珀里」。只見她碰觸那孩子的背部，帶著他到座位。就算她有認出我，也沒說什麼。

「隨便坐。」我對他們說：「我是戴維斯上士，我們半小時內就會啟程，所以好好放鬆一下。」

那孩子驀然止步。「妳沒告訴我。」他對護理官說。

星式運輸機的貨艙簡直像鍋爐室，酷熱又會迅速冷卻，壓力管路也不像客機那樣會隱藏起來。棺材在貨艙排成兩道直列，留下中間通道。高度堆了四層，全部共有一百六十具，以黃色貨網固定住。望向棺材的另一頭，可以見到陽光隨著艙門閉合而消失，把我們留在難以因應的半黑暗之中。

「這是帶你回家的最快方法。」她語氣平淡地說：「你想回家，對吧？」

30. Graves registration，美軍自一次世界大戰後成立的單位，負責死亡軍人的取回、指認、運送和葬禮事宜；一九九一年後改名為葬喪事務單位（Mortuary Affairs）。

31. 美國一種舒緩咳嗽症狀的薄荷膏。

他的聲音充滿可怕的怒氣。「我不想見到它們，我想要朝前面的位子。」如果這孩子剛才有環顧四周，就會知道這裡沒有前向座。

「沒事的。」她說著，再次拉住他的手臂。「它們也要回家。」

「我不想看到它們。」他說。她推著他坐進最接近機上小窗的位子，見到他動也不動，便彎下腰替他綁好安全帶。他緊緊抓住扶把，有如握著雲霄飛車上的安全護桿。「我不要想到它們。」

「我懂了。」我走向前，關掉機艙燈。現在，整個長長的金屬機艙的照明，只留下指示紅燈。回座時，我帶了一顆枕頭給他。

孩子穿著寬鬆的夾克，制服名牌寫著「賀南德茲」。他說：「謝謝。」卻還是沒放開扶手。

潘珀里坐進他隔壁的座位，繫好安全帶。我收好他們的裝備，便繼續完成最後的確認事項。

飛到空中之後，我用休憩區的電爐煮了咖啡。潘珀里護理官婉拒，賀南德茲要了一些，只見塑膠杯在他雙手間不斷顫動。

「害怕搭飛機嗎?」我問。對空軍來說，這不算什麼新鮮事。「我這裡有些暈機藥……」

「我不怕搭飛機。」他透過緊咬的牙關擠出話，視線始終越過我，盯著貨艙的那兩排棺材。

接下來是機組員。不像過去，現在軍機不會分派固定的機組員。美國空軍司令部非常自豪可以互相替換人員，即使素不相識也可組成一個航班的機組員，把星式運輸機開往世界每一個角落。每一個人都了解我的工作，就像我了解他們的，裡裡外外都是。

我走到駕駛艙，看到所有人全部就定位。第二副駕駛坐在最靠近駕駛艙門的位子，埋首儀器儀表。「四號引擎趨於平穩，油門保持收低。」他說。我認得他這張憂心忡忡的臉及阿肯色州的口音，卻想不起來是在哪裡見過。我想，在星式運輸機飛過七年後，我應該跟每一個人都曾經一起飛行過了。我把黑咖啡放在他的桌上，他向我道謝，而我見到他飛行服上的名牌是海德利。

副駕駛坐在「討厭鬼的位子」上，坐這個位子的人通常充當「黑帽師」，也就是讓所有美國空軍機組員不安寧的任務督察。他要了兩顆方糖，然後站起來看著駕駛窗外急速掠過的青藍。

「四號引擎保持在小油門，收到。」機長回覆。他是指派的指揮官，但是他和副駕駛一樣都是典型的飛航員，簡直像同一個人。他們的咖啡都加兩份奶精。「我們現在要飛過晴空亂流，不會太輕鬆，通知乘客會有天候狀況。」

「是的，長官。還有其他事嗎？」

「戴維斯裝載長，謝謝你，沒別的事了。」

「是的，長官。」

終於到了放鬆時間，當我走去機組員舖位享受躺平時刻時，我見到潘珀里在休憩區到處探看。「需要我替妳找什麼嗎？」

「有多的毛毯嗎？」

我從烹調站和洗手間之間的儲物艙抽出一條毛毯，咬著牙問道：「還需要什麼嗎？」

「不用了。」她說，裝模作樣地挑掉毛毯上的纖維。「知道嗎？我們以前曾經一起飛過。」

「是嗎？」

她揚起一邊眉毛。「我可能應該道歉。」

「不需要，女士。」我說。我繞過她，打開冰箱。「我可以提供機上餐點，如果妳……」

她伸出一隻手放在我的肩膀上，就像剛才對賀南德茲那樣，而這次她要我聽她說。

「你的確記得我。」

「是的，女士。」

「在那時的撤退飛行任務中，我對你相當嚴格。」

我真希望她不要再這麼直截了當。「女士，妳只是有話直說，而這讓我成為了更好的裝載長。」

「儘管如此……」

「女士，真的不需要。」為什麼女人就是不懂道歉只會讓情況更糟糕？

「好。」她臉上的冷酷轉換成誠摯的表情，這讓我突然意識到，她是想找人談談。

「妳的病人還好嗎？」

「在休息。」潘珀里努力裝作不在意的樣子，但我知道她有話要說。

「他是什麼狀況？」

「他是第一批抵達的人。」她說：「也是第一個離開的人。」

「瓊斯鎮？情況那麼糟嗎？」

我腦海閃現之前的撤退航班，那冷酷的舊面孔立即回來了。「政府接到電話的五小時後，我們就在白宮的命令下從多佛市起飛。他是病歷專員，才服役六個月，以前從未去過外地，這一生從未見過嚴重外傷。但突然之間，卻發現自己置身在有上千具屍體的南美叢林之中。」

「上千？」

「還沒有確切數字，但相去不遠。」她用手背刷過臉頰。「好多孩子。」

「孩子？」

「是全家人，他們全都喝了毒藥。說是某種邪教。有人跟我說，父母先殺了自己孩子。我不知道有什麼會讓一個人對自家人做出這種事。」她搖搖頭。「我留在蒂梅里進行檢傷分類，賀南德茲說那個氣味難以想像，他們必須對屍體噴灑殺蟲劑，避免飢餓的大老鼠來咬食。他說他被要求刺戳屍身，讓屍體洩壓。他燒掉了他的軍服。」她拖動腳步，在機身搖晃時保持平衡。

我努力不去想像她說的狀況，但喉嚨深處卻仍湧現噁心的感覺，我克制表情。「機長說航程可能會很顛簸，妳最好繫上安全帶。」我陪她走回座位。賀南德茲嘴巴張得大大的，攤開四肢坐在位子上，就像才剛狠狠輸了酒吧幹架。然後，我返回鋪位，墜入夢鄉。

隨便找個裝載員來問，就會知道，在空中待過這麼多次後，就會忽略轟隆隆的引擎聲，隨時可以入睡。只是，腦袋還是在接收動靜，會被任何不尋常的聲音驚醒。像有次從日本橫田機場飛回阿拉斯加的埃門多夫時，有輛吉普車鬆脫，撞向野戰口糧的板條箱，讓牛肉四散。不用說，地勤人員絕對聽我說過這件事。所以，當我被一聲尖叫驚起，也不算什麼令人震驚的事。

我不假思索，立刻起身離開臥鋪，經過休憩區。然後，我看到了潘珀里，她離開座位，站在賀南德茲的前面，不斷安撫他，嘈雜的引擎聲淹沒了她的聲音。賀南德茲雙手揮動閃躲，但剛才的尖叫聲不是他。

「我聽見他們了！我聽見了！他們在那裡！那所有的孩子！所有的孩子！」

我用力按住他。「鎮靜！」

他不再胡亂揮手，臉上浮現羞愧的神情。他的眼睛牢牢看著我。「我聽見他們在唱歌。」

「誰？」

「那些孩子！那所有的……」他無助地指指那片黑壓壓的棺木。

「你做夢了。」潘珀里說，聲音略略顫抖。「我一直跟你在一起，你剛才睡著了，不可能聽見任何聲音。」

「所有孩子都死掉了。」他說：「每一個都是。他們不知道，他們怎麼會知道自己喝的是毒藥？誰會給親生孩子喝毒藥呢？」我放開他的手，他看著我。「你有孩子嗎？」

「沒有。」我說。

「我的女兒一歲半。」他說：「兒子三個月大，對待他們要非常小心翼翼，要很有耐心，可知道我老婆真的很擅長照顧小孩。」我第一次注意到他流了滿頭汗，手背也全是汗。

「但是，我也還算可以。我是說，我不是真的知道自己到底在做什麼，但是我不會傷害他們。我會抱著他們，唱歌給他們聽。而且要是有人想傷害他們……」他抓住我剛才抓著他的那隻手臂。「誰會餵親生孩子毒藥？」

「這不是你的錯。」我告訴他。

「他們不知道那是毒藥，現在還是不知道。」他拉近我的身子，貼著我的耳朵說：「我聽見他們在唱歌。」如果說他的話沒讓我起了一陣寒顫，那才有鬼。

「我會去檢查看看。」我告訴他，然後從牆上抓起手電筒，走向中央通道。

檢查異音有其極為實際的理由。身為裝載長，我知道不尋常的聲響就意味著麻煩。我聽說過，有個機組員一直聽見貨艙裡有貓兒在咪咪叫的聲音。那個裝載長沒找到貓，但認為卸貨後，貓咪就會出現。結果發現，「咪咪叫」其實是因為磨損的支撐架逐漸變形，等運輸機機輪著地後，造成三噸爆裂彈藥鬆脫，整個降落狀況就變得很精采了。奇怪的聲音意味著麻煩，要是我不檢查它，可就傻了。

我一路檢視了所有搭扣、固定網，不時彎腰細聽，查看有無位移或磨損的綁帶，有無任何異常情況。我靠著通道一側走去，再從另一側回來，我甚至還檢查了貨艙門。沒有狀況，一切都很牢固，如同我平常的最佳工作。

我走過通道，和他們會合。賀南德茲把頭埋在雙手中嗚咽，潘珀里坐在他身邊，一隻手按摩他的背，就像我媽媽會對我做的動作。

「完全沒事，賀南德茲。」我把手電筒放回牆上。

「謝謝。」潘珀里替他回答，然後對我說：「我給他吃了一顆煩寧[32]，應該馬上就會安靜。」

「只是安全確認。」我告訴她。「好了，你們兩人都休息一下。」

我回到我的鋪位，發現已被第二副駕駛海德利給占用了。我改躺進他下方的鋪位，卻沒辦法立刻入睡，我努力不去想當初讓那些棺木來到機上的原因。

貨物是一種委婉的說法，從血漿、高爆裂物、特勤局座車到金條，反正就一律打包裝

32. Valium，一種抗焦慮症藥物。

載，因為這是工作，就是這樣，任何可以做來加快效率的事都很重要。

只是貨物，我心想。但是，全家人一起自殺……我很高興能徹底把他們帶出叢林，回到故鄉的家人身邊——但最早抵達的醫護人員，以及那片土地的所有人員，甚至是我的組員，行動都太遲了，只能做到這樣。對於撫養孩子，我懷抱一種忐忑不安的模糊概念，現在聽到有人傷害他們，真讓我義憤填膺。但是，這些父母是心甘情願這麼做，不是嗎？

我沒辦法放鬆，找到一份塞在舖位的過期《紐約時報》，上面有一篇〈我們這世代的中東和平〉，文章旁邊是卡特總統和沙達特[33]握手的照片。在我就快要睡著時，我想我又聽見了賀南德茲尖叫的聲音。

我拖起身子一探究竟，只見潘珀里雙手緊緊捂住嘴巴，我以為賀南德茲打了她，所以就走向她，拿開她的雙手，察看傷勢。

但沒有痕跡，我越過她的肩膀看到賀南德茲牢牢坐在椅子上，兩眼發直盯著黑暗，像在看著色彩反轉的電視。

「發生什麼事了？他打妳嗎？」

「他——他又聽見了。」她結結巴巴說著，一隻手又放到臉上。「你——你應該再去檢查看看，你應該去檢查……」

飛機改變了俯仰角度，她稍稍跌向我。我抓住她的手臂保持平衡，她卻整個倒在我身上。我就事論事迎向她的視線，她卻轉開目光。「發生什麼事了？」我再次問道。

「我也聽見了。」潘珀里說。

我的眼睛看向陰暗的走道。「剛剛？」

「對。」

「就像他說的那樣嗎？孩子在唱歌？」我發現自己好想狠狠搖晃她，他們兩人都瘋了嗎？

「孩子在玩耍。」她說：「就像——遊樂場上的聲音，你知道的，孩子玩耍的聲音。」

我絞盡腦汁，想找到會有什麼東西或一堆集合的東西在塞進星式運輸機，然後飛到加勒比海上方三萬九千呎高空時，會發出像孩子玩耍般的聲音。

賀南德茲挪動姿勢，我們兩人的注意力都轉向他。他露出挫敗的笑容，對我們說：「我早就說過了。」

「我再去檢查看看。」我對他說。

「讓他們玩。」賀南德茲說：「他們只是想玩耍，我們小時候不都是這樣嗎？」

我心中一震，想起童年，無止境的夏天、騎單車、膝蓋破皮，以及傍晚回家聽著媽媽說：「看看你弄得這麼髒。」我思忖救難員有沒有先把屍體清洗乾淨，再放進棺材。

「我會找到原因。」我告訴他們，然後再次拿起手電筒。「留在這裡。」

我利用黑暗關上視覺，加強聽覺。此時亂流已經過去，我拿手電筒只是避免被貨運網子絆倒。我聆聽有無任何新出現或不尋常的聲音。這不是單純一件事，一定是一連串的組合，這樣的聲響是不會停止，會一再出現。漏油？偷渡客？想到有蛇或其他叢林野獸潛行在這些金屬箱子中，就提升了我整個狀態，也帶回我的夢境。

到了貨艙門附近，我關上燈，細細聆聽。壓縮的空氣、四具普惠渦輪導扇引擎、縫隙嘎

33. Anwar Sadat（一九一八～一九八一），前埃及總統，一九七八年在美國卡特總統邀請下，赴美和以色列總理比金簽署大衛營協議，沙達特和比金當年同獲諾貝爾和平獎。

嘎作響，還有不斷拍打的貨艙捆帶。

此時，有了動靜。剛開始有如來自洞穴後方那種悶沉包覆的聲音，不一會兒變得尖銳、清晰，不請自來，像是要驚嚇偷聽者的聲響。

是孩子，還有笑聲，彷彿小學的下課時間。

我睜開雙眼，打開手電筒照向銀色箱體四周。我發現它們在等待，擠在我身邊，幾乎像是充滿期待。

孩子，我心想，**只是孩子**。

我跑過賀南德茲和潘珀里身邊，來到休憩區。我沒辦法告訴你，他們見到我怎樣的表情，但如果那跟我在洗手槽上方小鏡子見到的有幾分相像，那麼我一定是帶著受到驚嚇，同時又解脫的神情。

我的視線從鏡子移到對講機。貨物有任何問題，都應該立即呈報。程序是這麼要求，但我要怎樣報告機長？我有股衝動想要放下一切，直接把棺材彈射出去，就這樣收工。如果我告訴他貨艙著火，我們可能會降到一萬呎以下，這樣我可以打開螺栓，把整批貨物送進墨西哥灣底，完全不用多問。

我停下混亂的思緒，挺直身子，努力思考。我心想，**那是孩子，不是怪物，不是惡魔，只是孩子玩耍的聲音，不會抓住你，那些都無法抓住你**。我拋開穿透全身的寒顫，決定尋求協助。

回到鋪位，我發現海德利還在睡，書頁折角的一本平裝書有如帳篷般搭在他的胸口，露出兩個女人熱情交纏擁抱的封面。我搖搖他的手臂，他坐起身子。一時間我們兩人都沒有說話，他打了哈欠，用手搓揉臉龐。

然後他直視我，我看到他的神情變得憂慮，並且馬上抓起他的攜帶式氧氣。他瞬間回復專注的表情。「戴維斯，什麼事？」

我努力思索怎麼說。「貨物。」我終於說道：「貨物……像是快要移位了。長官，我需要協助。」

他憂慮的表情立刻轉為惱怒。「你報告機長了？」

「還沒有，長官。」我說：「我──我還不想打擾他，可能沒什麼事。」

他的臉龐扭曲成極度不爽的模樣，我以為他會責罵我兩句，但他只是要我帶路走向機尾。光是他的陪同，就足以喚起我的懷疑及我的專業能力。我的步伐堅定，眼睛放亮，胃又回到肚子的原位。

我發現潘珀里現在坐在賀南德茲旁邊，兩人都佯裝漠不關心。海德利冷淡地看了他們一眼，繼續跟著我走進棺木間的通道。

「打開大燈如何？」他問。

「那沒什麼幫助。」我說：「拿去。」我把手電筒遞給他。「你有聽到嗎？」

「聽到什麼？」

「仔細聽就是了。」

再一次，只有引擎聲和噴射氣流。「我沒……」

「噓！你聽。」

他張開嘴巴，就這樣停住了一會兒，才又合上。引擎聲變弱了，那聲音出現，有如水氣般灑在我們身上，聲音霧氣環繞著我們。我看到我的雙手在發抖，才注意到原來身體這麼冷。

「那到底是什麼？」海德利問：「聽起來像是……」

「別說。」我打斷他。「不可能是。」我對著金屬箱子點點頭。「你知道這些棺材裡面裝的是什麼，對吧？」

他不發一語。那聲音一度像是滲透了我們周遭，一下子靠近，又一下子飄遠。他試著用手電筒追蹤聲音。「你能不能告訴我，聲音是從哪裡來的？」

「不能，長官。我只是很高興你也聽到了。」

第二副駕駛搔搔頭，臉色難看，像是吞下了臭掉的東西，久久無法擺脫味道。「這太扯了。」他吐出話來。

突然間，就跟之前一樣，聲音停止了，噴射氣流的轟隆聲充斥了我們的耳朵。

「我去開燈。」我躊躇地走開。「但我不要報告機長。」

他的沉默像是心照不宣。我走回來，發現他透過貨網在檢視某一排棺材。

「你需要執行搜查。」他呆滯地說。

我沒有回答，我以前進行過空中貨物搜查，但從不曾針對這樣的物件，甚至不曾對軍人遺體執行。如果潘珀里的話屬實，我想不出還有比打開這些棺木更糟的事。

我們兩人都被接下來的聲音嚇了一跳。先想像一顆滲透的網球，再想像滲透的網球打在球場上所發出的聲響——悶沉沉的咚聲——有如鳥兒撞向機身。聲音再次出現，這一次我聽得出它是來自貨艙內部。接著，一陣不穩定氣流過後，咚聲再度出現，它顯然來自海德利腳邊的棺木。

沒什麼大不了的，他努力擺出這樣的表情。只是我們想像出來的。**棺木裡的聲音不會讓飛機失事**，他的表情說著，**也沒有鬼魂這種事**。

「長官？」

「我們得查看一下。」他說。

血液再次集中到我的胃裡。**查看**，他剛才說了。**我不想看**。

「拿起對講機，通知機長維持平穩。」他說。此時，我了解到他會幫我，他其實並不想，但還是會做。

「你們在做什麼？」潘珀里問。她站在旁邊，看著我移開罩在一整排棺材的貨網，而第二副駕駛解開那一排的個別捆帶。賀南德茲垂著頭睡著了，鎮定劑終於發揮了藥效。

「我們必須檢查貨物。」我實事求是說道：「飛行可能造成貨物不平衡。」

她在我經過時，抓住我的手臂。「就是那樣嗎？貨物移位？」

她的問題有種走投無路的感覺。**告訴我，是我想像出來的**。她流露這樣的表情：**告訴我，我會相信，然後我就會睡一下**。

「我們認為是這樣。」我點點頭。

她的肩膀頓時放鬆了，臉上露出笑容，但過於燦爛而顯得虛假。「謝天謝地，我以為我瘋了。」

我拍拍她的肩膀，對她說：「綁好安全帶，休息一下。」她接受了。

我總算有了作為。身為裝載長，我可以終止這場鬧劇。所以我盡了職責，我解開捆帶，爬上另一具棺木，推開最上面的棺材，搬運它，固定好；再移開下一具棺木，搬運它，固定好，然後再一次。愉快又簡單的重複動作。

就這樣來到最底層的那一具棺木，也就是傳出聲響的那一具，海德利停下動作。他站在那裡，看著我拉出它，以取得足夠的空間來檢查。他的姿勢平穩淡然，即使如此，卻仍透露了強烈的厭惡感，這或許可以用資深空軍軍官的昂首闊步，和幾杯啤酒隱藏。現在卻沒辦法，也無法隱瞞我。

我大略檢視了一下它剛才置放的地面，以及它旁邊的棺木，都沒有發現損傷和明顯的瑕疵。

一個聲音響起，從裡面傳出帶著潮溼感的「咚」聲。我們兩人不約而同瑟縮了一下。副駕駛已無法隱藏其冷漠的厭惡，而我強壓住一陣顫慄。

「我們必須打開它。」我說。

副駕駛並未反對，但就跟我一樣，身體很緩慢才採取行動。他蹲下來，一隻手牢牢放在棺材蓋，然後解開他那一端的扣環。我的手指滑過冰冷的金屬，準備打開我這一端，我微微顫抖拉開扣環，伸手托住棺材蓋。我們四目相接，下定最後決心，一起掀開棺材。

首先，氣味撲面襲來。腐爛水果、消毒水、福馬林的混合味道，跟著糞便和硫磺包裹在塑膠袋裡，這種氣味充斥著貨艙，刺痛我們的鼻孔。上方照明映出兩個閃亮的黑色屍袋，冷凝水珠和屍水讓它們顯得滑溜。我知道裡面是孩子的屍體，但還是讓我畏懼，讓我心痛。一個屍袋凹凸不平遮住了另一個屍袋，我立刻了解到裡面不止一個孩子的屍身。我的視線掠過浸透汁液的塑膠袋，辨識出一隻手臂的輪廓以及一個身形。在底部接縫處，有一團脫節的形體，就跟嬰兒一樣大。

此時，飛機像是受驚的小馬顫抖，上方的屍袋滑開，露出一個小女孩，年約八歲，頂多九歲，身體一半在屍袋內一半在外，擠在角落有如瘋狂的軟骨功表演者。她腫脹的肚子有刺刀刺過的痕跡，但現在又再次浮脹，扭曲的四肢現在粗得像樹枝分幹。身上染到顏色的皮膚到處剝落，只留下臉蛋，而那就跟天堂裡的小天使一樣純真無辜。

讓人真正明白一切，真正讓我心痛的是她的臉龐，那甜美的容顏。

我的手牢牢抓住棺材邊緣，用力到疼痛發白，但我不敢移開手。喉嚨像是卡住了，我努力嚥下這哽咽的感覺。

一隻肥大發亮的蒼蠅從屍袋裡面爬出來，懶洋洋飛向海德利。他慢慢起身，像是身體要被痛擊一般，做好預備動作。他目不轉睛盯著蒼蠅飛起，笨重地飛過空中。然後，他打破僵局，往後退了一步，雙手順勢胡亂揮擊，打中了蒼蠅。我聽見他擊掌，以及他口中發出的作嘔聲音。

我站起來時，感覺到太陽穴悸動，雙腿發軟。我扶著附近的棺木，喉嚨充滿酸腐味。

「合上。」他說，嘴巴像是塞滿了東西。「快合上。」

但是，我兩手無力。我強打起精神，舉起一隻腳，踢合棺材蓋。它有如大砲般，砰然響起，我的耳朵承受著如飛機急速下降時的壓力。

海德利將雙手搭在腰腿上，頭部低垂，嘴巴深深吸了一口氣。「老天。」他的聲音沙啞。

我見到動靜。潘珀里站在這排棺木旁，皺眉擠臉露出極為厭惡的表情。「這是——什麼——味道？」

「沒事。」我發現我還有一隻手會動，於是做了一個希望看起來像是隨意的動作。「找到問題了，只好打開。請回座。」

潘珀里雙手抱住身體，走回座位。

我發現再多做幾次深呼吸，味道就消散到讓人足以可以行動。「我們必須固定它。」我告訴海德利。

他從地上抬頭看我，我見到他瞇著眼，雙手握拳，寬碩的身軀緊繃直挺，眼角閃動著溼潤的光澤，但始終默默不語。

等我扣好環扣，它又變成貨物了。我們竭力把它推回原處。再用了幾分鐘，其他棺木也都放回原處，綁好外面的捆帶，罩上貨網固定。

海德利等我收好，就跟我一起往前走。「我要通知機長，說你已經解決問題。」他說：「所以可以回復原本速度了。」

我點點頭。

「還有一件事。」他說：「如果你見到那隻蒼蠅，打死牠。」

「你沒有……」

「對。」

我不知還能說什麼，只好說：「是的，長官。」

潘珀里坐在位子上佯裝睡覺，卻仍皺著鼻子。賀南德茲坐直身子，半張著眼睛。他示意要我過去，要我彎腰俯身。

「你有讓他們出來玩嗎？」他問。

我站在他身旁，不發一語，心中卻感覺到小時候得知夏天結束時的那種劇痛。

等我們在多佛市降落，一群正裝的葬禮小組卸下了每一具棺木，提供每一個人完整的出殯權利。有人告訴我，當愈來愈多的屍體被空運回來，禮節也跟著廢棄了，只剩一名空軍牧師迎接這些運輸機。到了週末，我帶著滿肚子的火雞和廉價的蘭姆酒回到巴拿馬，接下來又飛往馬紹爾群島，運送補給品到那裡的導彈基地，美國空軍絕不會短缺貨物。

E・麥可・路易斯如是說：「在瓊斯鎮大屠殺[34]中死亡的九百人中，近三分之一在十八歲以下。這故事獻給在瓊斯鎮失去摯愛的家人及帶亡者回家的軍人。」

34. Jonestown Massacre，瓊斯鎮在南美蓋亞那西北部，在一九七四年由奉行社會主義的美國人民聖殿教教主吉姆・瓊斯率教徒集體開發，建立出一個農業型的人民公社。一九七八年十一月十八日在美國國會議員訪問過後，瓊斯促使教徒服毒，實施「革命性自殺」，該鎮最後死亡人數達九百零八人。

沒齒難忘

史蒂芬妮・考弗德
杜恩・史威欽斯基

「那是真的嗎？療方讓你們全變成了素食主義者？」卡森問道。

潔絲汀凝視前方的道路，但眼角餘光瞥見他手中撥弄著數位錄音機。他提了一堆問題，卻始終避開那個大哉問，而她真希望他已經問出來了。

「為什麼問我？」她回答：「我可不是所有生還者的代言人。」

卡森結結巴巴了一會兒，潔絲汀才轉頭看他，露出一個大大的笑容。

「哦，沒錯，我用生還者稱呼前殭屍。務必寫上這一點，你的讀者會愛死它的。」

他們開車穿越沙漠，太陽逐漸探出天空黑幕，呈現出一片籠罩塵沙的灰藍。這部小型房車上載著一個名叫卡森的三十三歲男子，他帶了許多昂貴的攝影器材，塞滿了整個後座；另外是一名年輕兩歲的女子潔絲汀，她把小小的肩背包放在兩腳之間。

倒是看不到她的其他行李。

有人說，就末日瘟疫來說，狀況可能會更加惡劣的。

結果，死人沒有從墳墓裡爬出來，社會也沒有完全崩裂。感染情況不像電影演的那樣容易擴散，反倒是得非常**努力**才會被感染，不然就是要先天基因易受感染。

潔絲汀碰巧是後者。

一天晚上，潔絲汀工作完後去了當地郊區一家她喜歡的運動酒吧，喝著藍帶啤酒調養自己。她心不在焉聽著新聞播報一種可能會像H1N1那樣平息下來的病毒，手中發簡訊給她遲到的朋友吉娜。她才剛拿起酒瓶準備暢飲時，突然一道厚沉的重量襲來，打得她摔下吧檯椅，跌在黏糊糊滿是花生殼的地板上。她氣壞了，等不及有好心人跳出來伸出援手說「嗨，朋友」，就胡亂踢掉高跟鞋，直接往那個喝醉的混蛋揮拳。事情就是這麼開始的——接著，醉漢的門牙直接咬進她的手指骨頭裡，嘴巴開始嘖嘖吞嚼她指關節上撕裂的血肉。之後，她就不太有記憶了，直到療方進入她的血液。

那是在酒吧攻擊事件的六個月後，而在這段時間……

卡森試著不要瞪大眼睛，盡力以自然的目光看著潔絲汀。就跟和她相處以來的大部分時光一樣，他相當確信自己做得相當失敗。那奇蹟疫苗似乎只讓潔絲汀留下一張帶有疤痕的臉蛋，逼近憔悴的瘦削身軀，以及積極要她死的一整個星球的人們。她就是那些所謂「幸運的人兒」之一。

就讓她一直說話，他提醒自己。卡森問：「我知道那療方是妳媽媽付的錢吧？」

潔絲汀交叉雙腳時，踢到了前座置物箱。「很不幸的是，沒錯，我想她是出自好意。」

「妳難道不想活著？」

「如果你說這叫做活著的話。」

「總是比死了好。」

她轉頭面對他，瞇眼噘嘴。「是嗎？」

卡森當下認定，提問真是不容易。他不是記者，買數位錄音機只是為了取悅他那無法同時負擔文字記者和攝影師費用的編輯。

盡量讓她一直說話，編輯這麼交代，**我們之後再弄清楚意思就好。**

但是最重要的是，編輯加上一句，**我們要她談論那是怎樣的狀況。**

什麼是怎樣的狀況？卡森曾經如此問。

編輯回答：**繼續活著是怎樣的狀況。**

一年前的今天，他因為一個愚蠢至極的理由來到拉斯維加斯：替一個名人食譜拍照。這名人是個肥得出奇的跨界男星，同時以喜劇演出和幫派電影中黑化角色聞名。就在他啟程前，已有第一批病毒爆發的相關報導，但病毒似乎被控制在部分地區，卡森認為如果因為近來的公共衛生疑慮，就拒絕這個工作，日後一定會後悔。尤其，要是傳染擴大，最後可能會讓他困在自己布魯克林的公寓好幾個月。大家都說，這會跟一九一八年的流感[35]大流行一樣嚴重。

哦，要是他早知道就好。

結果，在攝影當中爆發了。正當美食時尚家完成義式辣醬雞肉時，一群殭屍闖了進來。他們對佳餚沒興趣，名人廚師才是目標。卡森只是不斷拍照，後來才真正了解狀況。他逃遍拉斯維加斯，並且在城市自我撕裂時，也持續用照片記錄一切。

然後，他見到了潔絲汀，只是當時他還不知道她的名字。

當時，她正要……

卡森聽見腦海裡傳來編輯不耐煩的提醒：

讓她一直說。

是喔。

不用說話是他成為攝影師的原因，他喜歡用鏡頭隔開他和整個世界，只有絕對非做不可時，他才會跟對象說話。

正當他絞盡腦汁思索一個愚蠢的新問題時，她開口說話了。

「你記得確切的地點嗎？」

卡森點點頭。

「是在哪裡？」潔絲汀問。

這讓他詫異，他以為她應該會……知道。或許當她在那樣的狀態時，並不知道，因為前殭屍，或說**生還者**，他們的記憶應該是一片空白。只是，那張照片……她當然一定曾在某個時候看過那張相片。

真的嗎？

「就在拉斯維加斯外圍，幾乎已接近亨德森市了。」

「喔。」潔絲汀說：「很合理。」

「是嗎？」

「那裡距離我原本住的地方不遠，所以說吧，你是在哪裡……呃，**遇見**我的？」

卡森轉上五號公路，這會讓他們駛出山谷，穿過沙漠。「等我們到那裡之後，我希望自己可以再度找到那個地方。」他說。

「夥伴，別指望了。」她說：「我媽跟我說，他們已把那片舊區域大多夷為平地，甚至討論說要一起廢棄拉斯維加斯。撤出所有人後，往裡頭直接扔一個氫彈，一筆勾銷。」

卡森還在摸索要問什麼時，那個問題卻逕自脫口而出，完全來不及阻止。

「妳，呃，**看過**那張照片嗎？」

潔絲汀醒來時是在醫院，心中仍想著要大幹一架。大約經過了一分鐘，她的眼睛才看清楚自己是在醫院病床上，在層層疼痛和眩暈之中，感覺到媽媽緊握住她的手，她認為必定是

35. 一九一八年一月到一九二〇年十二月間，H1N1流感病毒大流行，造成全球約五億人感染。

手臂上注射的點滴造成身上這些狀況。所以，那個混帳真的送她進醫院了？

媽媽的模樣像是剛被絞衣機絞過，所以潔絲汀恢復神志的第一句話是要她放心。

「嘿，媽，沒事的……妳應該看看另一個傢伙。」

無論如何，她是打算這麼說的，結果聽起來卻更像是：「呃姆，是……央蓋……另個傢伙。」她的聲音破碎無力……幾乎像是食道瘀傷，布滿汙垢。

媽媽眼淚奪眶而出，起身給了潔絲汀有記憶以來，所經歷過最小心翼翼的擁抱。

「感謝上帝……祂終於現身了。感謝上帝讓妳回來，感謝祂讓妳完全沒有記憶。」

直到這時候，潔絲汀才注意到身邊醫師和護理師掛著一種只能說是不專業的表情，那是一種幾乎無法掩飾的純然厭惡。這只是因為一場該死的酒吧幹架？而且那甚至不是她挑起的？

潔絲汀還來不及詢問到底發生了什麼事時，媽媽就伸出手掌捧住女兒的臉蛋：潔絲汀不禁注意到，在媽媽溫暖的手心中，自己的臉頰有多麼凹陷。

「親愛的……我有很多話要對妳說。現在不是妳認為的那個時間，妳也不再是妳認為的那同一個人。世界被感染了，而且比起任何人，大家最想驅除妳。妳得作好準備，務必記住我永遠愛妳。」

然後，媽媽告訴她這世界成了什麼模樣。

潔絲汀饒富興致凝視著經過的電線，即使電線本身其實並不有趣。「這是專業上的好奇心？」

「不。」卡森說：「是我真的想知道。」

潔絲汀往卡森看了一眼，卡森對她抿嘴微笑。她曾調查過他的事，找到的結果卻讓她個人幾乎覺得受到侮辱。一小部分的她期望自己遇到一個怪胎型的記者，會嘗試在一個「最危險獵物」的場景中獵殺她，以作為這次訪談的結尾。而卡森充其量只是中等程度的攝影記者——他的文字成果合計只是名人光面照片底下的圖說，而且那些名人她連聽都沒聽過。裡面有一些做作的意味，不過他顯然還是得維持生計。

只除了所有攝影師都夢寐以求的意外且戲劇的時刻，他確實拍過一些引人入勝的畫面。而最重要那一幀的主角是她本人。

「我媽媽儘可能拖著不讓我看到，一副那張照片會觸動我發作的模樣，但是……呃。」

潔絲汀心不在焉地咬著指甲，力道比她察覺到的還更強勁。

「我會看Google上的縮圖，瞇起眼睛讓畫面變得模糊。我已被告知這張照片好多次，所以早就沒胃口去見識那實際的知名畫面了。」

潔絲汀瞄了卡森一眼，看看這句話得到什麼反應。她缺乏睡眠，幾乎不認識這個傢伙，但他看起來像是……很困惑。

她是說真的嗎？她怎麼可能還沒看過？

卡森知道他拍到那張照片純屬偶然，架構、光線和構圖全是愉快的偶然，他在精準確切的時刻，按下快門拍到這一個三元全中的完美狀況。他承認，這只是幸運，甚至無法宣稱自己創作了那張照片，他僅僅是一個拿著相機，食指抽動的人。那個影像想要存留下來，他只是傳達的管道而已。

那張照片不是他的錯，就像她……令人作嘔……也不是她的錯。他們兩人就像意外撞在一起的車禍受害者，被留下來處理損壞的車子。

他了解這一切。

只是……她怎麼會**不**想看？如果不直接面對，怎麼可以期望能夠復原？

「停車。」她突然說道。

「妳還好嗎？」

「除非你想幫租來的車子清理一堆嘔吐物，不然就立刻停車。拜託。」

卡森一時出現了沙漠迷失感，無法分辨破敗的道路和毫無生氣的乾燥土壤之間的界限。他眨動眼睛，緩緩駛向道路右邊，而潔絲汀的雙手不斷撥弄門把。他見到，或者應該說**感覺到**，她整個身子都在顫抖。他踩下煞車，揚起一片塵土。潔絲汀還來不及等待車子完全停妥，就衝出前座。她消失在飛揚的塵沙之中，不一會兒，卡森就聽見她嘔吐的聲音。

他知道這正是「療方」所造成的結果，它帶走了殭屍，卻留下一具非常病懨懨的身體。

他應該下車嗎？或許她需要喝一點水？還是想要保有隱私？他不知道。卡森就這樣好一陣子，只是坐在駕駛座注視塵埃慢慢落定。他看過報導，這裡發生許多沙塵暴，自從三〇年代的黑色風暴事件[36]以來，西南部還沒見過這麼糟的狀況。有人認為這是大自然打算把事情一筆勾銷的做法，就這樣一次次吹起猛烈的沙礫。

四周悄然無聲，她已經停止嘔吐了。

「潔絲汀？」他大喊：「妳還好嗎？」

他打開車門，見到一輛卡車正好停在他們後頭。該死，可能是什麼善心人士，以為他們需要協助。

「潔絲汀？」

後頭傳來車門砰然關上的聲音。卡森熄火，從方向盤柱拔出鑰匙，然後用腳踢開車門，進入乾燥灼熱的空氣之中。有三個人站在外頭，卡森剛開始只覺得他們看起來很面熟，卻想不起來在哪裡見過，直到其中一人開口。

「殺嬰兇手在哪？」

真要命，他心想，是那些抗議分子。

他們一路跟蹤到了沙漠。

就在幾小時前，當卡森來到潔絲汀在柏本克市的公寓時，他震驚地看到他們拿著標語牌在前面的人行道上來回踱步。這些人必定整晚都待在那裡，可能已接近某種「值班」的尾聲，因為他們一臉疲倦、憔悴，眼神空洞。相當諷刺的是，看起來正像大家心知肚明的那種群體。

讓卡森同樣震驚的是，他們說出來的話，以及標語上所透露的徹底恨意。

卑鄙可恨的傢伙住在這裡。

那嬰兒的未來呢？

潔絲汀去死吧！

他猜想他們應該就是那種一定要藉題發揮的妄想人士。現在出現了一波「療方不信任運動」，一群迅速增多的人們找來偽科學家聲稱療方只有暫時效果，數以千計的人隨時可能再度轉化成食人怪物。請注意，完全沒有科學證據支持這個論點，但這可曾阻止過狂熱分子？

36. Dust Bowl，主要發生在一九三〇到一九三六年間，美國大平原間因深度開墾，加上乾旱造成土壤轉為沙塵，大風捲起的沙塵暴使能見度甚至僅達一公尺。

卡森把車子停在一個街區外，停進五〇年代風格的舊汽車旅館前的砂礫空地，這家旅館在這場混亂之中，一年前便已經歇業。他拭去額頭的汗水——每年這個時候，加州不是應該比較涼爽嗎？他一開始拿了小型數位相機，其他東西都鎖在後車廂，知道要是帶著全副裝備衝過那些抗議人士，他很有可能會被攔下。卡森雖然已有萬全的心理準備，但可不打算損失價值一萬美元的裝備，因為他**知道**報社絕對不會補償的。

但話又說回來，當世態變得怪異，怪人就變成專家了……這不正是亨特・S・湯普森[37]說過的？卡森穿上背心（他痛恨背心，但人們總是把它和攝影專家聯想在一起，所以……），就面帶笑容，直接走向那些狂熱分子。就是這樣，他心想，就是一個出任務的快樂攝影師，只是要來這裡拍照片。

這是重點，別問問題。放低相機，拍照就好。如果詢問的話，對方很有可能會開始思考，嘿，等等，或許我不應該同意。但要是擺出一副是上帝派你來這裡為後世子孫留下此時紀錄，大部分的人都會讓道，讓你進行神聖的使命。卡森從腰部高度按下快門。有時候，人會想要感受從孩子視角抬頭望，向上看進這些瘋狂的臉龐，看著太陽在手繪標語上閃動。正當卡森愉悅沉浸在這項任務時，背後正中央突然被狠狠撞了一下，身體跟著往前撞向別人的拳頭。

這一切發生得如此快速——你突然就被海扁了。電影裡，總是有說法，對手會在真正出手之前，痛不欲生地解釋你即將要被毒打一頓的**確切**原因。但在現實中卻不會，不管是暴民攻擊，還是滿口鮮血，後背被踢，全身內臟翻攪……都不會有任何解釋。

但是，卡森聽到一句話，而這可能是他所聽過最讓人毛骨悚然的話——他的名字。

他們知道我是誰，他心想，**他們知道我就是那個讓殭屍妹出名的人。**

此時，就是所謂的殭屍妹出手救了卡森，讓他免於送醫急救的時刻。

她沒有衝下樓對群眾咆哮說要吃掉他們的腦子，僅僅只是打開窗子，往下凝視。卡森剛開始並沒有注意到；只感覺到拳打腳踢減緩了，然後完全歇止。

群眾撤離卡森，注意力轉移到她身上，大家抬起頭看她，咒罵她，對她比出粗野手勢，啐吐口水，撿起人行道碎裂石塊丟向她。而她只是進屋避開，再次拉上窗戶。

卡森只想快點離開這裡……立刻就走！但後來他又想起兩手空空，沒有半張照片就踏進老闆辦公室的情景。這絕對不是選項，要是他還想混口飯吃，就絕對不能這樣，所以他強迫自己，強忍住疼痛哀號的肋骨和雙腿，趁著大家一時分心，便衝向群眾中央，竭力闖過去，再砰地進入那複合式公寓的大門。等到他們注意時，已經來不及了——卡森已隨手扣上門栓。在他掃視各個配置門鈴的信箱時，仍聽得到外頭的叫喊，以及威脅要真的殺掉他……

看來，現在在這片空曠的綿延沙漠中，沒有人會來干擾的情況下，他們想要實現諾言。

潔絲汀低頭看著她的嘔吐物，發現幾乎只是水而已。正當她準備挺起身子，卻注意到那些交織在一起的長長影子，頓時停下動作。

「該死。」

潔絲汀保持彎腰的姿勢，雙手搭在膝蓋上，心思飛快轉動。她隱約聽見有發怒的聲音，以及稀稀落落敲擊車子的聲響。她心想他們應該是公路戰士，是那些瘋狂執拗的末世聖徒教士，不然就是她個人的色情跟蹤狂尾隨而來了。不管是誰，她起碼需要一塊大小適宜的

37. Hunter S. Thompson（一九三七～二〇〇五），有美國荒誕新聞教父之稱，著有《懼恨拉斯維加斯》。

石頭，並且需要儘可能擺出發狂的模樣。後者倒是沒問題，她的目光急急掃視找尋前者。

中大獎了。

抬起頭，慢慢來。

大部分的跟蹤狂站在車子後面，努力裝作漫不經心，卻只呈現了「隱約的氣息」。潔絲汀心想，他們應該是這片沙漠所出現過最大一群的壞蛋了。三名四十多歲的男人確實靠在車上，其中一人擺出搭著擋風玻璃的警察姿勢，另兩人則靠著車身。

潔絲汀蹲伏在溫暖的塵沙中，隱身在一大簇香蕉絲蘭裡。如果卡森沒鎖住前座車門，她或許可以直接跳上車，再讓他拚命飆車到加油站。

假警察一直在張揚某種像是槍枝的東西，當真嗎？真該死，全都該死。她根本不應該答應這場訪談，她可能就要死於驚恐害怕的暴民手中，成為那些終究逝去的生還者——而這一次是真正死翹翹。

除非她可以利用他們的恐懼來對付他們。

潔絲汀站起來，伸展身子……並發出呻吟。呻吟得像是某種邪惡不死的地獄使者，經過數百年飢餓的酣睡後，打著哈欠——隨便那些混帳怎麼想。

「她在那裡！」

「怎麼沒人看到她下車？」

「唐納，這件事不是該你負責？」

「是那個殺嬰魔！我敢說內華達不會起訴她，他偷偷帶她來這裡！」

不過，群眾很快就對卡森和他的小車失去興趣，開始齊步走向潔絲汀。大約一公尺外的地方，有一輛朝著公路、輪胎沒氣的廂型車。

這些笨蛋混帳還夠聰明，潔絲汀心想，這樣會讓行經的車子繼續往前開。

「我很想問你們是不是沒什麼事好做？」潔絲汀大喊：「但從我家窗戶觀察了好幾個月之後，我知道你們的確沒有。」

潔絲汀發現在找不到可靠的東西時，有時虛張聲勢是很有用的。

倚著車子的其中一個人朝潔絲汀做了一個近乎露齒笑的怪表情。

「妳殺害了上帝手中最為天真無辜的創造物，卻不用坐牢。我們只是想要……和妳談談這件事，或許可以讓妳自己出面認罪，妳沒必要這麼激動。」

同行的一些人點頭表示認同，其他人只是盯著潔絲汀不放，一副她會像拙劣恐怖片中的那些躲在櫥櫃的貓咪，隨時撲過來。假警察把槍貼近大腿，手指不斷在槍上移動。

潔絲汀望向車子。卡森安靜地佇在那裡。現在，他們的小「怪胎」就在眼前，大家根本懶得去看他。他手中拿著手機，和她四目交接，然後迅速點點頭。

拜託，潔絲汀心想，**拍照小子，不要來拯救我。從你的外表看來，你的肌肉大概就跟溫奶油一樣。**

她把視線轉回人群，深深吸了一口氣，目光盡量和每一個人接觸。

「聽著，我真的了解，我也痛恨我自己。」潔絲汀說：「但事情發生的時候，我真真確確不是我自己，相信我，如果不是這樣，他們早就查出來了。我現在已經痊癒，而我的人生有如活生生的地獄，所以你們能不能別管我，任由它潰爛？求求你們？不然你們都會被關進監獄，而我真的不值得你們如此。」

「或許我們可以直接在這裡開槍打死她？」其中一人說。

另一人說：「閉嘴，給我閉上嘴巴。你這笨蛋神經病，我們根本沒人找你來。」

假警察和剛剛說話的人之間，出現一種緊張氣氛，這種情況比起稍前投向她的恨意更讓潔絲汀緊張。

那男人轉身面向她。

「對不起，這真是太蠢了。我是麥克，不如妳叫朋友先走，妳過來我們這邊，我們可以跟我那當警察的弟弟談一談，然後讓妳好好……」

麥克停下話，潔絲汀看得出來他剛剛發現卡森拿著手機了。

「該死，小子。」麥克說：「我真希望你沒這麼做。」

奇怪得很，潔絲汀也有同樣的想法。

可怕的一瞬間，卡森認為「療方」在潔絲汀身上並未完全奏效。

他狂熱的想像力開始以這樣的角度理解事情的來龍去脈：

她在大太陽底下，搭車坐在一個活生生的人類旁邊。她不太常出門，不太常和人類在一起，心中於是有東西潰堤了。她感受到他的血肉和血管中奔騰的鮮血，這實在難以承受，讓她反胃。她認為自己就要嘔吐了，所以要求他停車，在快發作時匆匆下車。她不由自主，無法控制。突然間，她的行為再度變得有如殭屍……

因為突然間，她就是。

再度成為殭屍。

她的喉嚨逼出如此的邪惡聲音，雙手抓向無形的敵人，眼珠子翻白到了後腦勺……

抗議的暴徒受到驚嚇，紛紛退離彼此一步，彷彿同時希望這瘋狂的殺嬰喪屍賤人會攻擊隔壁的人。卡森同樣心中一驚，不只因為大家震驚的模樣，同時也因為想到幾分鐘前，他才剛跟這女人——這**東西**，並肩坐在一輛疾馳的車子之中。

他立刻後悔手中拿的是手機，而不是相機。相機還打包放在後座。他痛恨自己居然出現這樣的想法，但是……得了吧！這樣的照片一定會引起強震級的衝擊，證實「療方」無效！而且是由這個最惡名昭彰的代表人物來證明……

只是這些幻想頓時消散得無影無蹤，因為他聽到潔絲汀以完美的英文大叫：

「卡森——上車——快！」

潔絲汀只希望不要被槍打中。

她俯身衝向群眾，雙手同時開始推擠。看不出還有多少把槍藏在這群人之中，但她期望狂亂的恐懼因子，以及出其不意，會讓他們忘了拔槍，至少為她爭取幾秒鐘，直到該死的卡森發動車子……

「卡森，該死！」

她不禁想像，如果卡森不在，她會怎樣放手一搏。她的怒火和惱恨已經沸騰到可以輕易把這一天當成她的最後一日——只要能夠趕開這些混帳東西，她在所不辭。

吃嬰喪屍的沙漠暴行：八人死亡！

潔絲汀對想像中的標題微笑，她應該去當記者的。

但不行，潔絲汀對卡森產生一種奇異的保護欲。他不算什麼，卻是現下唯一聆聽她的人。她最後再一次胡亂用手肘推擊，碰到像是槍托的東西，潔絲汀閃過它，衝向前座車門。

「快，快，快！」她對卡森大喊，急急鎖上車門，又叫又笑，看著卡森緊張到指關節發白，甩尾駕車離去。「夥伴，現在我們只需要再上一點斑鳩琴的追逐音樂了。」

等到大約拉開四、五百公尺的距離後，潔絲汀拍拍顫抖不已的可憐卡森的肩膀。

「那到底……」卡森結結巴巴：「那到底什麼？」

「日常行事。」潔絲汀說。

「妳沒事吧？我是說……該死，他們有沒有……」

潔絲汀回頭看著後方，只見到一輛偶然經過的半掛式卡車。「沒事。不對，其實不好，我不好，我好餓，真的快**餓死了**。」

卡森瞪大眼睛看著她，潔絲汀注意到他的瞪視中帶著些許的不安。「什麼？」

「還有，回答你稍早的問題。」她說：「不是，我不是素食主義者。」

潔絲汀和卡森停在巴斯托市區外幾哩的路邊一家燒肉餐廳。她向他保證，這是西南部沒名氣的戶外烤肉餐廳中最棒的一家，更不用說她確信老闆絕對是地獄天使，所以把這個區域籠罩在一種骯髒的保護氛圍之中。

卡森坐在野餐桌邊，看著潔絲汀替兩人點了兩份套餐。她現在戴上了一副大框架的眼鏡，拉長語尾，裝出不太合拍的德州腔調，宣稱是要偽裝身分，但卡森存疑，認為她只是在娛樂自己。

距離那群人的招呼，大約才過了半小時，但在這麼短暫的時間內，潔絲汀似乎整個人活過來了。她在位子上晃來晃去，透過汽車遮陽板的化妝鏡看著後方，不時就伸手過來捏捏他的肩膀——她是如此充滿熱情，他不禁想像，她以前可能經常乘車旅行，直到被感染而變得陰沉、眼神閃躲。她的肌膚呈現一種他只能用光澤來形容的感覺，而石色的灰眸更近乎銀色。

「一根肋骨多少錢？」

卡森坐直身子，轉頭看到潔絲汀和烤肉餐廳老闆大笑，接著搖搖頭走回他們的桌子。她在他面前放下一疊吐司麵包和兩個保麗龍盒子，對他露出微笑。

「還好嗎？錢夠嗎？」卡森瞥見盒子底下的食物問道。

「什麼？你難道不熟悉克里斯．洛克[38]的喜劇風格？」潔絲汀還是保持拖長尾音的怪腔怪調，語氣非常刻意維持在可愛和讓人心煩之間。「看過《黑色炫風》[39]嗎？沒有？小子，我們得讓你來場電影馬拉松。」

潔絲汀在卡森對面的長凳坐下，啪地打開餐蓋後，就一直盯著裡面的肉。她唯一的動作就是跟隨之前無數顧客的傳統，悠閒地用指甲摳著桌上剝落的紅漆。卡森不禁先放縱自己咬下一大口雞胸肉，才開口問她一切可好。

潔絲汀嘆了一口氣。

「沒事，當然，一切都好。這是打從那件我們心知肚明的事情以來，我第一次有了吃肉的欲望，更別說是要真的吃下這個玩意兒了。而在事件發生前，我可是個鐵石心腸的肉食動物。」

她的目光始終沒有離開食物，卻只是一直拿湯叉胡亂戳弄它。

卡森揚起眉毛，喝了一大口變溫的Mountain Dew汽水。他逐漸察覺到彼此間似乎出現有一股奇異的洶湧暗潮，卻無法確切捉摸到它。

潔絲汀不斷戳著肉，直到不太中用的叉齒終於刺進去，戳起肉塊。他看著肉和她的嘴

38. Chris Rock（一九六五～），美國喜劇演員，曾在二〇一六年主持奧斯卡獎時，諷刺亞裔族群，引起反彈。
39. I'm Gonna Git You Sucka，一九八八年的美國動作喜劇片。

巴，真希望有拿出相機。她察覺到他的視線，兩人四目相接時，他急急牽動嘴角，回以要她放心的微笑。潔絲汀用叉著豬肉的湯叉向他致意，然後一口吃下。

她咀嚼豬肉，而卡森為表現支持又吃了一大口食物。他等到兩人都吞下食物，並且喝了一口各自的飲料後才問她感覺如何。

「味道不錯，但就這麼一口就已經讓我的牙關發疼。」

「吃東西會痛？」

「你不繼續吃嗎？其實不會痛，我吃的那一小口肉只是在捉弄我，讓舌頭感覺像是裹上一層蠟。我一天大概會刷上十次牙，也不夠關心治療師和醫師交代的確認事項，所以無法判定這主要是我的腦袋問題，還是人肉真的永遠搞壞了我的腸胃。」

卡森聽到潔絲汀這番話，訝異地咳了起來，而稍稍噎住了。她對他悲傷地聳聳肩，然後繼續吃肉。

「這一口倒是不錯，舌頭也沒有被裹住的感覺。」

「或許妳只是需要時間，試著慢慢來。」

卡森掏出相機，微微頷首彷彿在詢問「可以嗎？」潔絲汀停頓了一下，才點點頭。他拍了幾張她吃東西的照片，背景襯著褪色的「麋鹿燒烤」大型招牌。

突然間，他注意到有個拖著沉重腳步的男人在潔絲汀身後不遠處踱步。卡森放下相機。那人骨瘦如柴，多瘤節的雙手讓人聯想到關節炎和老樹枝椏。他貪婪地動著嘴巴，幾乎像是嬰兒盯著搆不到的乳頭。一直見到這個緩慢蹣跚的老人抽出一根Black & Mild雪茄，咧嘴咬住，卡森才放鬆下來。

「我馬上回來。」潔絲汀說，然後經過他身邊時，伸手碰了一下他的肩膀。卡森以為她可能又反胃想吐了，但幾分鐘後他望向她的方向，卻見到她在講手機。

他們在一種基本上算是友善的沉默中，大約又開了九十分鐘的路程，然後亨德森往外擴展的市郊出現了。卡森感受到背脊傳來一陣輕顫，扯動了神經，皮膚跟著真正發癢起來。這就是他一直懼怕的時刻：要一個人坐在經歷了他們人生最黑暗時刻的地方，供他拍照。

「妳，呃，感覺還好嗎？」卡森問。

潔絲汀在她的位子裡動了一下，在卡森的眼角餘光中顯得嬌小又詭異。

「沒事，本來很擔心我吃的那些東西，但它們全都安穩待在我的肚子裡。」

卡森清清喉嚨，這個聲音讓潔絲汀加快了語氣。「我知道你不是在問這個，但我想儘可能延後對這件事的反應，你覺得可以嗎？」

卡森點點頭，雙手更加用力握住方向盤。潔絲汀往嘴巴塞了更多口香糖。她曾經對他說，因為胃幾乎吃不了東西，給她有種「死亡氣息」。他個人是沒注意到這種情況，但當她透露自己經常刷牙到幾乎已經成癖的地步，他了解到這種狀況不只是口腔衛生那麼簡單。

卡森胡亂轉動電台，直到聽見山姆・庫克[40]的歌聲。他告訴自己別再覺得內疚，車裡的每一個人當時都自願出現在那裡的，不是嗎？當然是這樣呀。

其實不然。

卡森是偶然出現在那裡的。

而潔絲汀在那裡是因為疾病，她並不知道自己在做什麼，不知道身在何處，又傷害了誰。

40. Sam Cooke（一九三一～一九六四），美國靈魂樂先驅，一九八六年入選搖滾名人堂。

只因為卡森剛好在那裡，還帶著相機，所以潔絲汀——和全世界——都知道她成了殭屍的時候，吃掉了一個嬰兒。

那個地區清理得比卡森預料中的還乾淨，外來的棕櫚樹保持完美的間距，彷彿訓練有素的展場女郎那樣美麗和熱情迎人。車子停進雜貨店的停車場後，他的記憶取代了嶄新的建築，想起最後看到這地方的景象——警察、殭屍和像他這樣的「記者」匍匐在一處經過劫掠的空殼廢墟。傳言說，這裡有一棟建築躲著一群襲擊槍枝商店後又占據雜貨店的人們，但是病毒也隨著他們傳入。卡森當時一直沒辦法確認這件事有幾分屬實，大半只是帶著一種驚駭茫然，在這個地區到處走動，不斷拍照好讓自己在這片混亂中有一種目標感。

「那麼，你當時在哪裡？」潔絲汀問。

卡森甩開思緒，回到目前的狀況。「我在停車場後面的路障周圍走動，我想我很幸運，沒人注意到我，而編輯要我隨便去拍一些突發的有趣或混亂情景。」

潔絲汀轉向他。「然後，我就熱切地冒出來了，是那麼的有趣又混亂？」

卡森試著擠出微笑。「對。」

潔絲汀驚訝地大笑，但笑聲很快就隱去。

他們慢慢下了車，呻吟地伸展身子，瞇視太陽。兩人之間彌漫著一種佯裝歡樂的緊張氣氛，彷彿心照不宣地決定擺出一副是要來重現首次約會的照片，而不是失憶時的謀殺行為。

潔絲汀在半滿的停車場漫不經心閒晃，而卡森開始搬出器材準備。一切架設妥當後，他深深吸了一口氣，開始走向她。

她背對著他說話了：

「我以為，站在這裡，或許會有……不一樣的感覺，像是記憶片段，但是沒有。

「說真的，我自己也幾乎記不得當時的狀況，它發生得如此快速，場面又一片混亂……

「有人出手阻止我嗎？你有嗎？」

卡森克制住焦躁不安，才開口回答。

「阻止？我是說……警察擒住了妳。最重要的是，我認為那個嬰兒已經死了，我沒聽到哭聲。」

「嬰兒怎麼會在我手中？」

「呃……」菸現在成了卡森這一生最想要的東西。「警察用煙霧彈逼出購物中心的人時，有一大群人爭先恐後推擠出來。他們認為那嬰兒在裡面，而且被……踐踏了，因為附近有一輛壞掉的娃娃車。」

事實上，它也在相片裡。

他聽到潔絲汀顫抖地吐出一口氣。

「我該死，你該死，什麼都該死。我們來這裡到底有什麼意義？我也好想自己死掉算了。讓我們速速辦好這件事，我才能爬回我的窩裡。」

卡森的嘴巴無聲地張開又閉上，陳腔濫調都已經到了舌尖，只是這些話不想說出來。他身上的每一寸都完全認同她，來這裡是個錯誤。只是，一不做二不休。編輯不斷傳來的簡訊，已變得愈來愈堅持。

「哦，好。」

攝影師打量周遭的停車場，努力不要再度去看iPhone裡的那張照片，只是憑藉記憶行事。

「那堆瓦礫……我非常確定就在那裡。」

他指著一區空曠的停車空間，那和世界其他地方根本沒什麼兩樣，顯然不是所有東西都需要匾額。

他們走過去，不安情緒籠罩讓兩人沉默下來。周遭的一切是那麼稀鬆平常和明亮，整個任務有種計畫不周的演戲感。在這虛構的畫面中，附近烏鴉發起的一場小小殺戮成了唯一的真實部分，而這有效阻嚇了鴿子涉足牠們的領域。

整個過程中，只用手勢和含糊說詞，似乎容易多了，在卡森的內心深處，他原以為舊地重遊會至少喚起潔絲汀情感上的回憶，但顯然不管他曾期望會有怎樣的突破，都注定只在死板的動作中默默流逝。

卡森邊指示邊拍照，大部分相片的取景是讓潔絲汀身後襯著快速落下的夕陽。她或蹲或站，有時甚至若有所思坐著，每一張照片都顯得疏離。精神創傷的女子處於嶄新停車場中所形成的強烈對比，讓卡森對整件事產生一種鮮血映著塵土的感覺。只是，她的眼神……

「好，我想我們拍好了，可以走了。」

她沒有移動。

「怎麼了？」卡森問。

「你不打算問我嗎？」

「問妳什麼？」

「在我們相處的所有時間當中，你一直不好意思去問的問題。我知道你想問什麼，打從一見面，你的神情就透露了這個問題。」

卡森張開嘴巴，然後又閉上搖頭。

「說吧。」潔絲汀說，雙手搭在臀部。「問我在發生了這樣的事情之後，怎麼還能繼續活下去？怎麼還能開玩笑、提及愚蠢的流行文化、吃肋骨、大笑，還有聽音樂呢？這不正是你想要知道的？不正是這整段時期，你都一直非常想要問我的？」

卡森不知怎麼回答，主要是因為她說得對極了。吃嬰女這知名的照片主題，為他搏得他不想要的名聲和不配擁有的讚揚，而這的確是自從一個月前，他聽到吃嬰女還活著時，就一直想要問的問題。

發生了這樣的事情之後，妳**是**怎麼繼續活下去？

潔絲汀嘆息，然後走過他身邊輕聲說：「我們去找一家有酒吧的旅館。」

「謝謝你在這件事上，沒我想像得那麼豬頭。」她說。

他們來到亨德森市區外緣一家連鎖旅館，兩人幾乎促膝坐在一樓運動主題餐廳的酒吧。卡森凝視手中的啤酒，腦海已開始在思考剛才拍攝的那套新照片，思忖會不會弊大於利。當然，他讓潔絲汀買帳的說法是，這是一個讓世界了解她並不是怪物，而且療方**的確**有用的方法。但現在，他不是那麼確定。

潔絲汀伸手覆在他的手上，輕輕捏了一下，她的另一隻手則撥弄著放在吧檯上的手機。

「嘿。」

卡森迎向她的視線，卻不發一語，他能說什麼？說他就要再次毀了她的人生？光是潔絲汀啃肋骨的照片……呃，她不知道自己其實同意了什麼。

「聽著，我是說真的。」潔絲汀說：「無論如何，你一直對我很不錯，所以要做出這種事，我也覺得很難受。」

「做出什麼？」

她驀然探過身來，雙脣壓向他的脣。

對路人來說，這看來就像一對情侶在模仿歷史羅曼史小說的封面，只是男人處於順從的姿勢。然而，這個吻最激烈的時刻中，出現一種近乎錯亂的誠摯，潔絲汀用舌頭探進他的脣。她到底在做什麼？

潔絲汀沒有「死亡氣息」，他嘗到了薄荷和啤酒，而且她的雙脣溫暖。不過，他心中卻只想到她的嘴脣曾經放在哪裡，以及她的舌頭曾經舔舐齒間的肉塊……

他還沒來得及推開這個擁抱，便聽到近處傳來仿擬快門的聲音。

哦，老天，卡森心想。他旋即睜開雙眼，立刻見到她手中的手機。**她拍了自拍照**。

「等等。」他說：「拜託……」

但是潔絲汀的手指已輕敲鍵盤，照片已經在前往無線基地台的路上，然後準備從那裡……天知道？她抬頭看他。

「抱歉，在燒肉店時，我趁你放下手機離座，偷偷記下你老闆的電話。不過，只有他一個。我想，我原本可以把它當成獨家賣掉，但感覺這樣有點差勁。」

卡森離開位子，默默瞪視。他的視線從潔絲汀的臉蛋，移向她的手機，再到周圍看好戲的酒吧客人，感覺兩眼發熱。

「你想知道把個人最糟的時刻傳送給全世界觀看是怎樣的情況嗎？」潔絲汀問。「老兄，你很快就會知道了。」

她微笑，再度伸手握住他顫抖的手。「但是，至少我們擁有彼此，對吧？」

野地

納森・貝林古德

三個男人躺在有朝一日將變成一棟房子的地方，但目前，它只是推土機鏟平後的大型空地上所架設的梁柱骨架，而四周盡是其他建造中的房子架構和地基。周遭土壤是翻動過的橘色紅土。「野地開發」的建設位址沿著藍脊山脈一側往上行，當頂上的天空逐漸轉為深藍時，毗鄰的山胡桃木和楓木森林也聚集了黑暗。原本希望這裡很快會有完工的建築，然後有更多的骨架和更多的房子，還有行駛其間的道路。但是，現在這裡只有砍倒的樹木、泥土和這些裸露的架構，以及躺在冰冷木地板、透過屋頂梁柱凝視天空拉起夜幕的三個男人。他們帶了一個塞滿啤酒的冰桶和一支球棒。

在幾公尺外，傑瑞米的卡車後方還放了一把獵槍。

傑瑞米注視著星星閃耀，先是兩顆，接著是一打。他來到這裡，是準備大幹一場，夜晚卻軟化了他。他仰天躺著，大肚腩平放著一罐啤酒，但願獵槍不會派上用場。「野地」暫時棄置了，可能還要維持這樣好一陣子，使它變成容易被攻擊的目標。過去這一星期就有三個晚上，有人來這個工地進行了小規模但令人生氣的破壞行動，偷竊及損壞工具設備，在專案經理的拖車上噴塗粗俗的圖案，甚至在一棟尚未完工的房子地板上拉大便。專案經理已向警方申訴，但因為房子停工、銀行資金耗盡，憤怒的承包商和潛在的屋主已占據了他大部分的注意力。傑瑞米是這樣看事情的，保護工地要靠交易對象。他認為暴徒是憤恨山林被這開發案夷平的環保激進分子；他擔心他們很快就會放火燒掉他的房子骨架。保險會賠償開發商的損失，但是他和他的公司可就會破產，所以他和他最好朋友和最好打手的丹尼斯和雷納度來到這裡，希望能逮到現行犯，狠狠教訓他們一頓。

「他們今天不會來了。」雷納度說。

「胡扯。」丹尼斯說：「你以為是因為你大嗓門嗎？」丹尼斯跟著傑瑞米十年了。傑瑞米一度考慮讓他成為合夥人，但丹尼斯就是沒辦法管好自己，所以就悄悄打消了這個想法。丹尼斯四十八歲，比傑瑞米年長十歲，整個人生都投注在這個工作上，但只是個木工，僅止於此。他有三個年幼的孩子，甚至還說要生更多的小孩。停工影響了他的經濟狀況。「那票該死的綠色團體，去他媽的混帳環保恐怖分子。」丹尼斯說。

傑瑞米看著他。丹尼斯扭動下巴，保持激昂的怒氣。他認為如果今晚有人出來，這樣倒是很有用；但他認為他們全搞砸了。他們太早到這裡，當時太陽都還沒下山，而且他們發出太多聲響，現在沒人會來了。

「老兄，去拿罐啤酒，消消氣。」

「天哪！這些小鬼快搞砸我的**人生**了，你卻要我**消消氣**？」

「嘿，丹尼斯，不是只有你這樣。」山上吹來一陣微風，拂過他們身上。傑瑞米感覺到風兒穿過他的頭髮，加深輕鬆愜意的感覺。他回想起今天下午和銀行那混蛋談話時，所感受到的怒火，他知道自己又會再次感覺到，知道自己必須如此。但現在，那股憤怒卻有如上方不知多少公里外的明亮滿月，顯得遙遠疏離。「不過，他們沒來。小雷說得對，我們搞砸了，明天晚上得再過來。」他看向鄰近工地的濃密森林，不解他們為什麼沒想到要躲在那裡。「而且不會再出錯了，那麼今晚呢？就放鬆一下吧。」

雷納度靠過來，拍拍丹尼斯的背。「Mañana, amigo. Mañana!（明天，朋友，明天！）」

傑瑞米知道，雷納度的樂觀主義是丹尼斯厭惡他的原因之一，但這位年輕的墨西哥人如果不抱持樂觀，也就沒辦法在這全是白人的工作人員好好發揮。他受到這些傢伙非常多的惡劣對待，但就只是默默承受。當工作這麼難找，自尊就成了奢侈品。然而，雷納度如此輕鬆的態度面對這一切，卻讓傑瑞米甚感訝異。他認為，一個人遭受那樣的貶低，不可能不找個地方發洩怒氣。

丹尼斯對傑瑞米露出受挫的表情。暮光讓天空保有微微的亮光，地面卻已籠罩一片黑暗，他們成了黑色的形影。「老兄，這對你可不一樣。知道嗎？你老婆還有工作，你還有其他收入，但我老婆什麼事也不做。」

「不過，丹尼斯，這不全是你老婆的錯。要是莉貝卡跟你說她明天要上班了，你會怎樣？」

「我會說，也該是時候了。」

傑瑞米大笑。「放屁。你只會再搞大她的肚子。只要那女人一拋頭露面，你就會抓狂，你心知肚明。」

丹尼斯搖搖頭，但露出了一絲笑容。

這段對話減少了啤酒今晚帶給他的小小快樂，原有的那一切恐懼又開始翻騰。他已經三個星期沒付他們薪水了，即使像丹尼斯這樣的老朋友，終究還是得離去。公司更是好幾個月付不出帳單，光靠塔拉當老師的薪水當然無法支撐他們。他了解到他們今晚的任務多半只是一個用來宣洩怒火的藉口；打爆誤入歧途的孩子的頭，不會讓銀行就此不再打電話來，也不會讓推土機再度啟動；同樣也沒辦法讓他通知他的工班可以回來上工了。

但是，他今晚不想讓這些事困住他，在山上這個美麗的月夜，周圍環繞著參天的光禿樹木，不是煩惱的時刻。「他媽的！」他說，然後有如斜倚的蘇丹，擊掌兩次。「小雷！Más cervesas!（再來啤酒！）」

雷納度雖然才剛躺下，卻還是毫無怨言慢慢坐起，爬起身走向冰桶。他已經習慣跑腿了。

「小墨西哥混蛋。」丹尼斯說：「我敢說他有五十個擠在拖車屋裡的表親要養。」

「去你媽的，Hablo fucking ingles（幹，我會英語）。」雷納度說。

「什麼？說英語！我聽不懂。」

傑瑞米大笑。他們喝了更多啤酒，酒精的暖意湧過全身，最後他們就藉著三根小蠟燭的亮光，留在這個被黑暗森林包圍的空地裡。

傑瑞米說：「兄弟，我得去尿一下。」尿意已經累積了好一陣子，但他躺在地板上，身體充斥著啤酒帶來的溫暖昏睡感，他實在很不想動。只是，現在尿意突然變成一種急迫的痛苦，足以驅使他站起來，穿過紅土道路。風勢變強，森林成了一道黑暗音牆，樹木不再是彼此獨立，而出現了一種翻騰的動作、一種掌控的能量，讓他起了雞皮疙瘩，不由得加快了腳步。片刻之前，還是黑夜中親切明燈的月亮，現在卻像是天空中悶燒的煙霧。背後的丹尼斯和雷納度還在胡亂聊天，他憑藉他們的聲音來壓抑突然湧現的懼意。他回頭再看了房子一眼，但地面有坡度，在這個角度，他看不到兩人的身影，只見到肩負天空的交錯山形牆。

他踏進林線，為了禮貌起見，又往回走了幾步。他站到樹後，拉開褲襠解放，肚子的不舒服感覺開始舒緩。

走動加速了他血液中的酒精作用，他又開始感到憤怒。他心想，要是不趕快隨便找個人揍揍，我就要崩潰了。我要去找個並非罪有應得的人發洩一下，要是丹尼斯再胡亂哀號，那就是他。

這樣念頭讓傑瑞米有些自責，丹尼斯是那種非得談論恐懼，不然就會被恐懼生吞活剝的人。他必須對每一個悽慘的可能性發表立即的評論，彷彿大聲說出恐懼，就會逼得恐懼不得不躲藏起來。傑瑞米跟雷納度比較有共鳴，雷納度對於已有多久沒拿到薪水和未來的展望，還未說出任何沮喪的想法。他不是真的很認識雷納度，對於他私人狀況的了解更是少，而這種情況不知怎地狠狠打擊了他。想到有人痛苦哀號，總是讓他難堪。

傑瑞米感覺軟弱的時候，只會在私下發洩。就連塔拉雖然在這段艱困的日子中，始終扮演樂觀的磐石，卻也沒有接觸到這一面。不過，她真的是擁有直覺的聰明女性，擁有她是傑瑞米的幸運。她要他安心，說他既勤勞又有能力，萬一真的到了那種地步，絕對可以找到釘木頭以外的工作。她的眼光總是看得長遠。站在森林這裡撒尿時，他突然湧現一股對她的愛意，這是一種孩子般的迫切需要。他急忙眨眨眼，化解模糊的視線。

他滿懷這樣的思緒，心不在焉望進森林裡，過了好一陣子視線才對焦，然後發現有人也盯著他看。

那是個年輕人，事實上，應該還只是孩子，就在幾步遠外的森林更深處，隱身在低矮的灌木叢和低垂的枝葉，以及黑暗之中。他身材瘦小，打著赤膊，彷彿傑克南瓜燈般，衝著他露齒嘻笑。

「哦，**該死！**」

傑瑞米踉踉蹌蹌從樹林跑出來，一邊急急拉起拉鍊，拉鍊卻卡住褲子的丹寧布。他蹣跚往前一步，憤怒、激動和羞恥等情緒交織。「搞什麼鬼！」他大喊。那孩子跳向他的右方，然後無聲無息消失了。

「丹尼斯？**丹尼斯！**他們來了！」

他轉身，但看不見山坡上的情景。角度不好，從樹林間他只見到白色的木框架有如骨頭般映著天空矗立。他一邊和拉鍊角力，一邊小跳步，結果絆到樹根，狠狠跌在地上。

他聽見丹尼斯提高音量。

他笨拙地爬起身。拉鍊終於鬆開，傑瑞米拉上它，跌跌撞撞衝過枝椏，一邊繫好褲襠。他爬上坡面，穿過從木頭架構之間勉強分辨出來的泥濘道路；他聽見他們打了起來，聽見殘暴呼喊的喘息和沉重的肢體撞擊，聽起來那孩子相當擅長打架。傑瑞米希望在一切結束之前，趕快加入戰團，本能和暴力衝動完全凌駕了他。

讓他興奮激動。

一個聲音劃破喧鬧，其中的苦痛讓它變了調，他花了好一陣子才認出那是丹尼斯的尖叫聲。

傑瑞米猛然停下腳步，耗費了關鍵的幾秒鐘，想要弄清楚傳進耳朵的一切。

然後，他聽見了別的東西；一種像是撕裂帆布的沉重扯裂聲，接著是重心跌落和潮溼重物滑行地面的液態聲。他瞥見動靜，屋子裡有某種巨大快速的東西，然後一隻倒立的腿突然出現，彷彿星辰明亮側面的黑暗裂縫。一聲急促幾乎不可聽聞的尖聲哀號傳來，有如未完工的房子浮現的一縷輕煙。

最後，他終於來到山坡上，定睛看向房子裡。

丹尼斯四腳朝天，月光像在他身上結了一層霜。他努力抬起頭，望向自己的身體。內臟有如擱淺的黑色水母撒落身體一側，深色鮮血從裂開的肚子慢慢湧出，在周遭形成血淋淋般的雨雲。他的頭部頹然往後倒，但他又勉力抬起。雷納度也仰躺在地，雙臂胡亂揮舞，想要拉開跨騎在他身上的東西。那是覆了一身黑色毛皮的狗形巨物，牠如人類般的手指捂住雷納度的臉，狠狠把他的頭部按向地板，力道大到連底下的木板都裂開了。牠抬起毛髮蓬亂的頭，口鼻甩動淌下的一道道鮮血，在銀色月光映照的夜色中劃出弧線。接著，牠露出利牙，雷納度的尖叫聲在牠的手掌底下成了悶響。

「開槍。」丹尼斯說。他的聲音平靜，好像只是在問要不要喝咖啡。「傑瑞米，開槍射牠。」

房子搖搖晃晃離開了視線，道路滾滾而來，傑瑞米東倒西歪，他有些驚慌地察覺到，原來是自己在奔跑。他的白色小貨卡，距離不到十五公尺。雷納度的小小進口車就停在旁邊，從搖下的車窗可以看見掛在後照鏡上的十字架念珠。

傑瑞米跌跌撞撞衝向卡車側邊，直接撞到車子，幾乎彈倒在地。他以感覺異常的速度打開車門，爬進車子，滑過駕駛座旁邊，急急在置物槽翻找鑰匙，他的手指狂亂地和零錢及揉成一團團的收據搏鬥，直到找到目標。

他感覺得到腦後架子上的獵槍散發出一種猙獰的能量，它上膛了，向來是上膛的。

他從前座車窗往外看，見到房子框架裡面有東西直挺挺站著，眼睛盯著他看。他見到雷納度在牠底下抽搐，見到漆黑山林充滿敵意，籠罩在這個夭折社區的後方。他發動引擎，重踩油門，使勁把方向盤左轉到底。輪胎激起一片泥濘，終於找到抓地力，他疾駛下山開向公路。卡車在崎嶇的路面上大力顛簸，甚至短暫凌空。在隆隆的引擎聲中，他的腦海充斥著牠的聲音。

「你到底在**看**什麼？」

「什麼？」傑瑞米眨眨眼，然後看著他的老婆。

藍盤食堂的早餐時段總是非常繁忙，但今天的嘈雜聲和人群更是無與倫比。人們擠在門邊的長凳，等待入內用餐的機會。為了壓過高談闊論的顧客、滾滾油鍋和滋滋煎鍋所交織成的一片喧譁，快餐廚師和服務生扯開嗓門互相叫嚷。他知道塔拉討厭這裡如此的嘈雜，但在糟糕的日子，他真的需要像這樣的地方。而自從那場攻擊事件過後的這六個月，他已有過許多糟糕的日子。即使現在，卡在對兩人來說太過狹窄的雅座，桌緣令人難受地壓迫肚子，他還是不想離開。

餐館新來的收碗雜工吸引了他的注意力，那是一個瘦長的年輕人，細長的髮絲在低垂的臉龐上擺動。他穿梭在無人的餐桌之間，把髒碗盤和咖啡杯放進灰色的收集盆，然後清理桌面。他穿過群眾的動作帶著一種奇特的優雅，就像經過良好的閃避訓練。沒法好好看清楚他的面貌，讓傑瑞米有點心煩。

「妳覺得他為什麼要把頭髮留成那樣呀？」他說：「看起來好像有藥癮之類的，我很訝異他們居然不管他。」

塔拉翻翻白眼，根本懶得費心去看。「那個雜務工？你是認真的嗎？」

「什麼意思？」

「你到底有沒有**在聽**我說話？」

「什麼？當然有呀，別這樣。」他強迫把注意力拉回到應該的地方。「妳在說那個教資優孩子的傢伙，他叫什麼名字？哦，提姆。」

塔拉又凝視了一陣子，才又繼續說：「對，真是混蛋，對吧？他**明知道**我結婚了！」

「嗯，這正是有吸引力的地方。」

「我已經跟你結婚這件事，是他想要我的理由？哦，我的天，我本來還以為**他**超愛面子的！」

「不，我是說，妳這麼辣，他無論如何都會迷上妳。但是名花有主，增加了誘因，變成一種挑戰。」

「等等。」

「有人就是喜歡拿取不屬於他們的東西。」

「等等，現在我是**屬於**你的？」

他微笑。「嗯……沒錯，小潑婦。」

她大笑。「算你走運，我們現在在公共場所。」

「妳又不可怕。」

「哦，我很可怕的。」

「那麼，妳怎麼嚇不走小提姆？」

她七竅生煙看了他一眼。「你以為我沒試過嗎？他就是不**在乎**呀！我想他可能以為我是在撩他，我希望能讓他在耶誕派對見見你。拿出你男子漢大丈夫的氣魄，跟他握手時，用力捏扁他。」

一名女服務生走向他們的位子，端來他們的早餐：塔拉的水果沙拉和炒蛋，傑瑞米是一堆奶油鬆餅。塔拉不以為然瞄了一下他的餐點，說道：「大個子，我們得讓你節制一下飲食，新的一年就要到了，是解決時刻。」

「才不要。」他大口享用。「這是我的燃料，如果要在血淋淋的戰鬥中擊敗提姆，我就需要它。」

這句話尷尬地迴盪在他們兩人之間。傑瑞米發現自己盯住她不放，臉上的傻笑旋即凝結成悽慘怪異的表情。他的頭皮發麻，感覺臉頰燒紅。

「呃，這樣很蠢。」他說。

她伸手覆住他的手。「親愛的。」

他抽手。「隨便啦。」他低頭看著餐盤，叉起一些鬆餅送進嘴巴。

他深深吸了一口氣，吸進這地方濃密的油煙味，努力取代他內心湧現的血腥味和恐懼。他彷彿又回到了半年前的山上，透過後視鏡目睹朋友死去。他再次環顧四周，看能不能窺見那令人毛骨悚然的雜役工的臉龐，卻沒在群眾中找到對方的身影。

驗屍官判定殺死丹尼斯和雷納度的兇手是一匹狼，這成了地方媒體報導了約一星期的大新聞；北卡羅萊納這個區域不應該有野狼的蹤跡。然而，咬痕和泥地上的痕跡卻非常明顯。狩獵團體在森林裡搜索，雖然捕獲了幾隻郊狼，卻沒有大野狼的蹤影。野地開發商申請破產，先前取得有條件協議的買家拒絕關閉這些房屋，而銀行放棄這個工程，不再借貸資金。「野地」成了空洞房子架構和泥地的幽靈鎮。傑瑞米的公司也完蛋了，他對員工宣布了這個消息，展開安撫債權人的沉悶過程。塔拉拿出她當老師的所有薪水，但只勉強餬口，根本沒有餘力。他們不知道還能負擔自己的房子多久。

攻擊事件發生後不到一個月，傑瑞米就發現自己找不到工作了。對於他所能提供的服務，現在已經沒有需求，房子結構公司都已經在精簡人事，沒人想網羅高薪的前公司老闆當員工。

他始終沒對太太透露當晚真正的事情經過。他公開支持驗屍官的理論，也竭盡全力說服自己事實如此。但是，跨坐在他朋友身上，並且凝視他的東西，並不是狼。

他沒辦法指出牠的名字。

在這一切當中，舉辦了兩場葬禮。

雷納度的是一場小小的簡陋儀式，太過於接近現場流露的激烈情緒，他在那裡自覺像是江湖騙子。雷納度的媽媽哭聲充斥全場，看到她這樣毫不保留，和她死去兒子的沉穩天性截然不同，使傑瑞米有點慌張，甚至有些驚駭。大家說著西班牙語，而他確信大家都在談論他。就某種程度來說，他知道這樣很荒謬，卻無法擺脫這樣的想法。

一名年輕男子走近他，那人大約二十歲上下，身上穿著非常不合身的租借西套，雙手僵硬地放在身側。

傑瑞米對他點點頭。「Hola（你好）。」他說，自覺有點笨拙愚蠢。

「嗨。」那人說：「你是他的老闆嗎？」

「對，是。我，呃……很遺憾，他是很棒的工人，你懂的，他是我最優秀的手下之一。大家真的都很喜歡他，如果你認識我的員工，就會知道這是件很了不起的事。」他察覺到自己開始東扯西扯，便要自己住口。

「謝謝。」

「你是他的兄弟嗎？」

「算是內弟吧？他跟我姊姊結婚。」

「哦，當然是。」傑瑞米不知道雷納度結婚了，他望向聚集的群眾，一度荒謬地認為，他可以一眼就認出她來。

「聽著。」那人說：「我知道你現在很不好受，生意各方面都是。」

哦，來了，傑瑞米心想。他試著在對方說到緊要關頭上時打斷話。「我還欠雷納度一些錢，我沒有忘，我會盡快給你。我保證。」

「給卡門。」

「當然，是給卡門。」

「很好。」他點點頭，眼睛盯著地面。傑瑞米感覺得出來，對方還有話要說，而他希望能在這之前先脫身。他張口準備說出在離去前的最後陳腔濫調時，那年輕人卻搶先問了出來。「你為什麼沒有開槍打牠？」

他心中發冷。「什麼？」

「我知道你們在那裡的理由，雷納度跟我說過狀況。是因為暴徒吧？他說過你有一把獵槍。」

傑瑞米發怒了。「聽著，我不知道雷納度當初是怎麼想的，但我們去那裡並不是要開槍打人，而只是想嚇唬他們。就是這樣。我車上有槍，是因為我是獵人，我不會用槍來威脅孩子。」

「但那天晚上在山上的不是孩子，不是嗎？」

兩人就這樣對看了好一陣子，傑瑞米臉色脹紅，聽到自己濁重的呼吸聲。相反地，那年輕人看起來卻一派輕鬆自在，不是他根本就不在乎傑瑞米那天沒開槍的原因，不然就是他早已知道不會聽到滿意的答案。

「對，我想不是。」

「是狼，對吧？」

傑瑞米沉默不語。

「是狼吧？」

他得潤潤嘴巴。「對。」

「那麼你為什麼沒開槍打牠？」

「……事情發生得太快了。」他說：「我當時人在森林，已經來不及了。」

雷納度的內弟沒有回應，只是又凝神看了他好一陣子，才輕輕頷首。他深深吸了一口氣，回頭看看身後前來參加葬禮的人們，當中有些人正往他們的方向看來。然後，他又轉頭回來看著傑瑞米說：「謝謝你過來，但現在，你知道的，你該走了。對有些人來說，見到你很難受。」

「好，是，當然。」傑瑞米往後退了一步，又說：「我真的非常遺憾。」

「好。」

然後，他就離開了。儘管滿懷感激可以脫身，卻幾乎羞愧難當。自從攻擊事件那天過後，他就拿走卡車上的獵槍，收進閣樓。它的存在簡直像是控訴。儘管他跟雷納度的小舅子是那樣子解釋，但他其實不知道自己為什麼沒有抄起槍，爬出車外，直接把那匹狼轟斃。因為那始終都是一匹狼，一隻愚蠢的動物，況且他用那把獵槍不知已射死多少隻動物了。

丹尼斯的葬禮截然不同，他在那裡得到如家屬般的對待，有如一個略微疏遠和受人誤會的親人。肥胖又沒工作的莉貝卡帶著三個孩子站在墓穴旁邊，徹底失去了全世界唯一在乎她，在乎她身邊那些震驚孩子的人，她像是整個崩潰了。他想要向她道歉，卻不知道該怎麼做才好，所以他只在葬禮結束後擁抱她，並且握握男孩們的手說：「如果有我能幫上忙的地方，隨時告訴我。」

她環抱他說：「傑瑞米。」

男孩全身赤裸、瘦骨嶙峋，牙齒有如切割的水晶，對著他微笑。傑瑞米的褲子解開著，鬆垮垮掛在臀部。他擔心如果自己拔腿就跑，褲子會掉下來絆倒他。那孩子絕對還沒中學畢業，傑瑞米知道如果能及時抓住對方，就可以把他折成兩半。但是，已經太遲了；恐懼讓他動彈不得，他只能就這樣看著。那孩子的身體開始顫抖，原本以為的微笑，卻只是痛苦的齜牙咧嘴——他的嘴巴沿著臉頰裂開，體內碎裂，發出樹枝斷裂般的巨響。男孩的內臟噴血，身體抽搐，像是深受發作之苦。

「傑瑞米！」

他睜開眼睛，發現自己在臥房，塔拉站在他身邊。房間燈亮著，床榻感覺溫暖潮溼。

「下床，你做噩夢了。」

「床怎麼溼答答的？」

她拉著他的肩膀，臉上帶著奇怪的表情，顯得心煩意亂又疲憊。「起來吧。」她說：「你出了點意外。」

「什麼？」他坐起來，聞到了尿臊味。「什麼？」

「拜託，下床，我得換床單。」

他按照她的吩咐，發現自己雙腿溼黏，內褲濡溼一片。

塔拉把握時間，盡快抽走床單，同時扯開床墊的保潔墊，看到尿漬已經流進床墊本身，不禁低聲咒罵。

「我來幫忙。」他說。

「你應該去沖個澡，這裡我來就好。」

「……對不起。」

她轉向他。剎那間，他見到了怒氣和不耐煩，他意識到她已忍受了好久他寡慾的乏味生活，甚至到了顧慮他受傷的自尊，必須忍住自身挫折的地步。現在，她像是就要爆發，不過她又收回它，再次為了他壓抑下來。她的表情軟化，輕觸他的臉頰說：「沒事的，寶貝。」她撥開他額頭的髮絲，動作變成了撫摸。「快去沖澡，好嗎？」

「好。」他走向浴室。

他脫光衣服，站到熱水底下。失業六個月，使他的體重更重了，當他慢慢坐到地板，雙手抱膝時，更是深刻體會到這個事實。他不想要塔拉看見他。他想要封住門，用帶刺鐵絲網包圍整個浴室。但是，十五分鐘後，她過來找他，伸出雙臂環住他，拉他接近，直到兩人的頭依偎在一起。

葬禮過後兩個月，丹尼斯的太太打電話來，要他過去一趟。他稍後在當天下午就到了她家，驚愕地見到這棟三房平房的客廳和廚房堆滿了箱子。從五歲到十三歲的那幾個孩子穿梭在箱子間無效率地堆放物品，完全不在意要節省箱子空間，也不管箱子裝了東西後會變得多重。莉貝卡有如勤勞的伊斯蘭苦行僧[41]，以驚人的優雅姿態穿梭在箱子和家具迷宮之間，對著孩子，甚至也對她自己發號施令。當她透過紗門看到他站在前門廊，她停下動作，而如此一來，像是也失去了所有行動的意志力。男孩一併停下動作，跟著她一起凝視外頭的他。

「貝卡，發生什麼事了？」

「這看起來像什麼？我在打包。」她轉身背對他，穿過拱門進入廚房。「進來吧。」她叫喚。

他跟她隔桌對坐，中間放著裝了橘子蘇打的玻璃杯，這一片失序混亂的行動品質讓他更加驚訝了。箱子的數量似乎遠遠不及承擔這項任務，東西也只是零零散散打包著，像是有些盤子已用報紙包好收起，有些卻仍放在櫥櫃，甚至是髒兮兮堆在水槽裡。抽屜大開，部分清空。

傑瑞米還來不及開口，莉貝卡就說話了：「銀行要收走房子抵債，我們週末前就得搬走。」

他一時無言以對。「……我……天哪，貝卡。」

她坐在那裡看著他。他的頭腦一片空白，所以只說：「我真的不知道。」

「呃，丹尼斯在遇害前，已有好長一段時間沒拿到薪水，從那之後當然也都沒有薪水了，所以我想任何人都應該可以預見這件事。」

他感覺肚子像被狠狠揍了一拳。他不知道她是不是語帶指控，但是聽起來的確有這意味。實際情況的確如此，更是於事無補。他盯著玻璃杯裡的橘子蘇打，它在這整個陰沉的氣氛中，增添了一抹詭異的歡樂色彩。他的目光不敢離開它。「你們打算怎麼辦？」

「嗯。」她凝視著自己交疊的手指。「傑瑞米，我真的不知道。我媽媽住在希科里市郊，但那裡真的很遠，而且她家也沒有足夠的空間可以容納我們所有人。丹尼斯已好幾年沒跟他家人聯絡，這些孩子甚至不**認識**爺爺奶奶。」

他點點頭。男孩在另一個房間安靜無聲，顯然都在聆聽。

「傑瑞米，我需要一些錢。我是說，我真的非常需要。我們四天內就要搬出這裡，卻無處可去。」她抬頭看著牆上的時鐘，那是一個用羅馬數字標示的大圓鐘，中間畫著一籃明亮的水果。「我就要失去一切了。」她說，一邊用手腕內側輕拭眼角。

41. dervish，伊斯蘭的苦行僧藉由身體不斷的旋轉，進入冥想，尋找和真主阿拉之間的連結。

傑瑞米體內一陣翻攪，內心就像被纏捲在輪子上。他不得不閉上眼睛，承受這種煎熬。

他曾經多次坐在這張桌邊，看著莉貝卡為丹尼斯和他準備餐點；他也曾坐在這裡和丹尼斯共享一手啤酒，醫院卻打電話來說他的小兒子提前出生了。「哦，貝卡。」他說。

「我只需要一些錢，讓我們可以找地方住幾星期。你知道，等我們想出辦法就好。」

「貝卡，我沒有錢，我真的沒有錢，真的很抱歉。」

「傑瑞米，我們走投無路了！」

「我身無分文，還有討債公司追著我屁股跑……貝卡，我跟塔拉有拿房子去抵押，現在銀行也開始威脅我們，我們沒法留在現在的地方，而借的錢只夠我們勉強撐下去。」

「**我可以他媽的告你！**」她大叫，猛然往桌子一拍，力道大到震翻玻璃杯，橘子蘇打溢流到地上。「**你欠我們錢！你一直沒付丹尼斯薪水，是你欠我們的！我找過律師，他說我可以告死你，他媽的逼你拿出每一分錢！**」

隨後是一片死寂，只聽見蘇打滴滴答答滴落亞麻地板。

這番爆發讓她內心潰堤，整張臉皺縮起來，淚流滿面。她一隻手捂住臉，身體默默抽搐。傑瑞米往客廳望去，見到金髮剃成三分頭的那男孩一臉震驚看著廚房。

「泰勒，沒事的。」他說：「夥伴，沒事的。」

男孩顯然沒在聽，只是一直看著媽媽，直到他媽媽放下手，像是噈回了所有淚水。她頭也沒回，就往男孩的方向揮揮手。「泰勒，沒事的。」她說：「去幫幫哥哥弟弟吧。」

男孩退下了。

傑瑞米兩手伸過桌子，覆住對方的雙手。「貝卡。」他說：「妳跟三個男孩就像我的家人。如果我可以給妳錢，我一定會給。我對天發誓，我絕對會。而妳說得沒錯，這是我欠你們的。丹尼斯一直到最後都沒拿到薪水，沒有人拿到，所以如果妳覺得想要告我，那就告吧。做妳必須做的事，我不會怪妳的，真的不會。」

她凝視著他，淚如泉湧，卻不發一語。

「該死，要是控告我可以讓你們保有房子久一點——如果這樣可以讓銀行不會過來之類的，那麼妳就**應該**這麼做，我**要**妳去做。」

莉貝卡搖搖頭。「沒用的，現在這麼做已經來不及了。」她的頭垂靠在手臂上，雙手仍讓傑瑞米捂住。「小傑，我不會控告你的，這不是你的錯。」

她抽回手，起身去拿了一捲紙巾，然後撕了一大把，開始清理打翻的橘子蘇打。「看看這該死的一團亂。」她說。

他看了她好一會兒。「我對我們建造的房子有留置權。」他說：「他們得先付我們錢，才能賣房子。等他們這麼做，妳就會拿到妳的錢了。」

「小傑，他們永遠不會蓋完那些房子的；發生那件事之後，沒人會買的。」

他沉默不語，知道她說得沒錯，而他老早就暗自不再指望那筆錢了。

「上星期，銀行派人過來，在門上貼了告示。那人還帶了警長一起來。你相信嗎？居然有警長來我家。他們就大剌剌停在我家車道，讓大家看見。」她停下手邊的工作。「他非常無禮。」她的聲音細微消沉。「其實兩人都是。他告訴我，我得滾出我自己的家。三個兒子站在我身邊，聽到都放聲大哭。他根本不在乎，把我當成爛泥，簡直就要當面說我是白人垃圾了。」

「貝卡，我真的很遺憾。」

「而且，他是個子那麼**矮小**的人。」回憶這件事仍讓她震驚不已。「我一直在想，如果丹尼斯還在，那男人**絕對不會**那樣跟我說話，他**絕對不敢！**」

傑瑞米盯著自己的雙手，這雙大手是用來辛勤工作的，現在卻一無是處。莉貝卡坐在地板上，努力克制淚水。她放棄清理橘子蘇打，似乎察覺到這只是白費力氣。

再一星期就是耶誕節，塔拉從淋浴間對他說話。浴室門開著，他看得到她在浴簾後的淡淡身影，卻聽不清楚她在說什麼。他穿著內衣坐在床上，身邊放著當晚要穿的衣物。這是他穿去葬禮的同一套西裝，而他好怕要再穿上它。

外頭，冬季的短暫午後，已慢慢轉為夜晚。耶誕燈串沿著屋簷掛著，再纏繞到樹上，等候點燈。對街的鄰居早已點亮耶誕燈，色彩鮮豔的燈光看起來有如發光的糖果，映得他們的屋子好像童話裡的薑餅屋，而滿月更是光彩奪目。

傑瑞米認為全是小學教職員的耶誕舞會可說是全世界最糟的地方了，他會無助地在他們之間飄蕩，有如置身在一屋子兒童，卻被指望不得吃掉任何小孩的灰熊。

他聽見淋浴間水龍頭扭緊的聲音，突然間，他老婆的話傳來。「——去那裡的時間。」她說。

「什麼？」

她打開浴簾，拉下架上的毛巾。「你剛有在聽我說話嗎？」

「水聲太大，我聽不見。」

她走去梳理頭髮。「那麼，我剛才就是自顧自說得很起勁了。」

「對不起。」

「你要不要穿好衣服？」她問。

他好喜歡看著她這樣，赤裸著身子卻不是刻意擺弄性感，只是做著身為人類該做的正經小事。自然不做作又不可思議。

「那**妳**呢？」他說。

「很好笑。從我去洗澡到現在，你都是這樣，怎麼了？」

「我不想去。」

她把手中的毛巾變成藍色頭巾，再用另一條包住身體。她走過來，在地毯上留下溼答答的腳印，然後坐到他身邊，肩膀和臉蛋仍閃動著水珠。

「妳會著涼的。」他說。

「你在擔心什麼？」

「我變胖了，簡直是惹人厭的奇觀，不適合出現在公眾場合。」

「你是我的大帥哥。」

「夠了。」

「傑瑞米。」她說：「你不能成天關在屋子裡，必須走出去。都已經過了六個月，你已完全和世界脫節。這些人很安全的，好嗎？他們不會評判你。他們是我的朋友，我想要他們也成為你的朋友。」

「他們會盯著我，心中想著，這就是那個把**自己的**朋友留在山上送死的傢伙。」

「你活下來了。」塔拉猛然說道，同時轉過他的頭，讓他不得不看著她。「因為你離開，所以你活下來了；因為你離開，我才還有丈夫。所以，說到底，我根本不在乎別人怎麼想。」她停下話，吸了一口氣平復心情，然後放開他。「而且，不是所有人對你都往壞處想。傑瑞米，有時候你必須直接相信別人的表象，有時候人們真的就像他們自稱的那樣。」

他點點頭，深感內疚。他知道她說得沒錯，他已經躲在家裡好幾個月了，不能再這樣了。

她輕觸他的臉頰，對他微笑。「好嗎？」

「好，是的。」

她起身走回浴室，而他仰倒在床上。「好的。」他說。

「而且！」她開心地大喊：「別忘了提姆！有人得去阻止那頭野獸靠近！」

突然間，他全身竄過一股熾熱。他**已經**忘記提姆。「哦，好。」他說完就坐起來。他看著她更衣，水珠和燈光讓她的身體發亮，他感覺到心中生起了像是希望的東西。

那屋子比傑瑞米預期的還要大，它坐落在高級住宅區，那邊的房子至少都有兩層樓和地下室。門廊燈光流瀉，恍如流星，鄰近街坊裝飾著五顏六色的耶誕燈串。「老天。」他轉進已停滿車子的停車場說道：「唐尼住在**這裡**？」

唐尼．韋恩是塔拉學校的副校長；是一個臉色粉紅的胖墩墩矮個子，他很容易流汗，總是一副瀕臨精神崩潰的模樣。傑瑞米以前只見過他一、兩次，但對他有如溼抹布的印象已揮之不去。

「他太太是物理治療師。」塔拉說：「替卡羅萊納黑豹隊[42]工作之類的，相信我，有錢的她。」

屋子裡擠滿人，而傑瑞米誰也不認識。餐廳裡有張桌子被推到牆邊，並且拉長了邊桌，變成放置了各種節慶佳餚和糕點的自助吧。大碗的蛋酒坐鎮在桌子兩端。唐尼靠著附近的牆，雖然獨自一人卻仍笑容滿面。他的太太恍如政客般招呼群眾，領著剛來的客人前往餐桌，展開親善的熱烈攻擊。
屋內串起一串串耶誕燈泡，每道門都掛著槲寄生。安迪．威廉斯[43]的輕柔歌聲從隱藏在人群中的喇叭中傳了出來。
傑瑞米跟在塔拉身後，穿過來來往往的人群，塔拉帶著他來到自助吧。不一會兒，他們拿了酒充當裝備，準備開始行動。傑瑞米附在塔拉的耳朵問道：「提姆在哪裡？」
她伸長脖子環顧四周，然後搖搖頭說：「我看不到他。別擔心，他會找到我們的！」
「妳是說他會找到**妳**的。」他說。
她微笑，然後捏捏他的手。
他用喝了幾杯來衡量時間，結果數著數著就忘了。燈光和聲音開始模糊，變成帶著糖果色調的煙霧瘴氣，幾乎就要淹沒他。他成為客廳中央靜止不動的軸心，人們和對話有如狂亂摩天輪的輪輻繞著他打轉。塔拉在他身邊，一隻手像老虎鉗般緊緊抓住他的上臂，她跟一個濃妝豔抹的消瘦女人在說話，笑到幾乎直不起腰，而對方的眼睛如冰面般反射光線。
「他真是邪惡！」那女人得放聲大喊才能讓人聽見她的聲音。「他的爸媽應該一出生就掐死他！」
「老天。」傑瑞米說，努力回想她們剛才在說什麼。
「我的天，傑瑞米，你不知道這孩子。」塔拉說：「他就像——這副**德行**。我是說真的！真是要命。」

42. 美國美式足球聯盟職業球隊。
43. Andy Williams（一九二七～二〇一二），美國鄉村樂、爵士樂和流行歌手，膾炙人口的〈月河〉（Moor River）便是他演唱的歌曲。

那女人點頭如搗蒜。「大概是前幾天？我檢查他們的日誌吧？我看到一張斷頭的圖畫！」

「什麼？不會吧！」

「脖子甚至塗上參差不齊的紅線，要確實讓我知道頭是砍下來的！」

「應該要有人採取行動。」傑瑞米說：「不然我們有朝一日會看到這小怪物的新聞。」

塔拉搖搖頭。「沒人想再進一步了解，反正大家都說男孩子就是這樣，對吧？」

那女人揚起眉毛。「人們就是會被包裝欺騙。」她說：「小孩子還是不應該畫斷頭！」

塔拉大笑。「但大人就可以嗎？」

「誰都不許畫。」那女人嚴肅地說。

「失陪一下。」傑瑞米說完，就離開兩人。他感覺到塔拉抓住他的手臂，卻沒停止腳步，這場對話讓他很煩躁。

斷頭？搞什麼鬼呀！

他笨拙地穿過群眾，利用自身的體重幫忙太慢讓道的人。他發現自己擠過女主人，對方露出微笑說：「耶誕快樂。」目光卻在話甚至還沒說出口前，就已經從他身上轉開。她輕率的態度，加上這場派對以其富足且毫無愧色的銅臭味，突然間對他展現出一種權利和認定，他瞬時湧現難以抑制的怒火。「我是猶太人。」[44]他說著就擠進群眾深處，見到她倏然轉身，他不禁有種快樂的興奮感。

他走到當時空無一人的壁爐邊歇息，把酒杯放在壁爐架上後，就背對群眾，端詳架上細心布置的馬槽場景。陶偶老舊缺損，顯然已在這家族待了很長的時間。他的視線掃過東方三賢士和敬畏屈膝的牧羊人，見到在焦點位置的聖嬰耶穌，小小臉蛋如玫瑰般粉嫩，嘴巴圓張，卻缺碎了一隻眼睛。傑瑞米感覺肌肉一陣哆嗦，於是別過頭去。

然後，他就看到了提姆穿過人群走來。提姆是個瘦小的男人，髮量日益稀薄，戴著銀框眼鏡。傑瑞米盯著他走近，認為他的模樣就像漫畫家對知識分子的印象。

這就是他來這裡的理由，他感覺到體內血液有如河流破冰，開始緩緩流動。他再度感受到某種程度的自己，而這就跟酒精一樣醉人。

提姆在行進途中就伸出手，傑瑞米也伸手相握。

「嗨，是傑瑞米吧？塔拉的先生？」

「對，但不好意思，您是哪位？」

「哦，我是提姆．達基特，我們去年見過，就是教師工會的活動那次？」

「哦，沒錯，嗨，提姆。」

「我剛見到你自己一人走來這裡，我心想，那傢伙一定不知所措。你知道吧？就是完全格格不入。」

傑瑞米火大。「我想你搞錯了。」

「是嗎？我是說，看看這裡的人。」他走到傑瑞米身旁，這樣兩人就可以並肩望向群眾。「少來了，都是老師耶？對**我**來說很難受！我只能想像你會有怎樣的感覺。」

「我感覺還好。」

提姆舉杯碰碰傑瑞米的酒杯。「嗯，那麼要敬你一杯。我覺得自己就快他媽的窒息了。」他猛喝了一大口酒。「我是說，看到那邊那傢伙沒，那個胖子？」傑瑞米情緒激動，但管住了嘴巴。這些人不會思考。「那是尚恩．穆勒。」提姆繼續說：「笑得一副自己高高

44. 猶太人並不慶祝耶誕節，所以傑瑞米面對女主人說耶誕快樂，故意如此強調。

在上似的。他能這樣子大笑，只因為交到正確的朋友，你知道我的意思嗎？該死的自大鬼。不像她。」

他指著傑瑞米幾分鐘前交談的那名女性。塔拉去哪裡了？

「據說她明年不會回來了，而且不是唯一的一個，這裡每個人都嚇死了。他媽的州議會把我們丟向狼群。誰在乎教育，是吧？牽扯錢的問題，才不會呢。」他又喝了一口。「**英文**？開什麼玩笑？」

提姆悄悄貼過來，兩人手臂互碰。傑瑞米用手肘輕推，提姆跟著讓出一些距離，似乎沒注意到。

「我一直有點羨慕你，你知道嗎？」他說。

「……什麼？」

「哦，沒錯。可能嚇壞你了，是吧？這個你甚至不太認識的人？但是塔拉有時會在休息室談到你，最後讓我覺得自己也有點認識你。」

「所以你喜歡找塔拉說話，是嗎？」

「哦，對，老兄。她是很棒的女孩，很了不起的女孩。但你做的才是真正的工作，你跟成年人相處，用你的**雙手**打造東西。」他伸出自己的雙手，彷彿在說明觀點。「老兄，我和孩子相處。」他指向人群。「一群該死的小孩。」

傑瑞米喝了一口酒，端詳杯內。冰塊幾乎已完全融化，杯底留著混濁的稀釋酒水。

「一切都變了。」他說。

提姆對他投以非常同情的眼光。「對呀，你真是經歷了一堆鳥事，對吧？」

傑瑞米看著他，略感驚訝，驟然湧現防禦情緒，這傢伙可真沒有界限。「什麼？」

「少來了，老兄，我們全都知道了。又不是什麼秘密！就是那隻該死的狼呀！」

「你懂個屁。」

「哦，這不公平。如果你不想談，好，我了解。但是，事情發生的時候，我們全都在這裡陪伴塔拉。她在這裡有很多朋友，又不是說我們都完全沒關心她。」

傑瑞米轉向他，驟生的猛烈怒火從內燒灼他的皮膚。他近身壓迫提姆，把他逼到貼向壁爐。提姆差一點被壁爐絆倒，只能抓住壁爐架保持平衡。「我說過你懂個**屁**！」

提姆驚訝地臉部肌肉扭曲。「老天，傑瑞米，你是想揍我嗎？」

傑瑞米感覺到肩膀有一隻手搭上來，接著就聽見太太的聲音：「發生什麼事了？」

他後退，任由她拉開自己，讓提姆重新站穩。提姆盯著他們兩人，神情看起來是困惑多過於擔憂和被冒犯。

塔拉圈住丈夫的手。「你們這些小伙子需要先叫暫停嗎？」

提姆做了一個安撫的動作。「不，不，我們只是在談論——」

「提姆真是大嘴巴。」傑瑞米說：「他需要學會閉嘴。」

塔拉捏捏他的手，然後靠向他，他可以感覺到她身體非常緊繃。「我們何不出去呼吸一下新鮮空氣？」她說。

「什麼？」

「來嘛，我想看看外頭的燈光。」

「別想安撫我，妳有什麼毛病呀？」

提姆說：「哇嗚，我們全都先冷靜一下。」

「你給我閉上鳥嘴。」

派對上的聲浪持續，未曾減弱，但傑瑞米可以感覺到周遭的氣氛有了轉變。他用不著回頭，就知道自己開始成為眾人目光的焦點。

「傑瑞米！」塔拉的聲音尖銳。「你到底是怎麼回事呀？」

提姆碰碰她的手臂。「是我的錯，我提起了那匹狼的事。」

傑瑞米抓住他的手腕。「你敢再碰我老婆，我就扭斷你該死的手臂。」他的腦海湧現戲劇式的暴力場景，像是提姆的腸子有如耶誕裝飾彩旗般，掛在這些昂貴的家具上，而他歡欣洋溢享受這巔峰時刻。

令人驚訝的是，提姆居然對他露齒微笑。「老兄，搞什麼呀？」

傑瑞米目睹提姆的嘴脣往後拉，見到兩排白牙，便屈從於本能。這就好像卸下了鎖鍊，而貫穿他身體的自由和釋放感，帶來宗教般的衝擊。傑瑞米使盡全力往他嘴巴一揮，鋒利鋸齒的東西撕裂了他的指關節。提姆後退雙手亂揮，再度被壁爐絆到，而這次他狠狠摔倒，頭敲到壁爐架，在白漆上留下血印。馬槽陶偶翻覆，跌落在他身上。

身後有人尖叫，聲音此起彼落，彷彿合唱，但全只是背景噪音。傑瑞米湊向前去，一再又一再出拳，直到好幾隻手從背後抓住他往後拉，暫且把他舉離地面。他被一群人壓制，手臂被扭在後頭，動彈不得。傑瑞米努力掙脫，使得壓制他的整堆人如瘋狂怪物般晃動。

全場靜默下來，只聽見〈銀色鈴鐺〉的歌聲續揚了數秒鐘，直到有人衝去關上音響。而他只聽見自己沉重的喘息聲。

他恢復自制，仍感覺到頭部血脈僨張，肌肉蓄勢待發。「好。」他說：「好。」

他發現自己處於群眾中央，大部分的人瞠目結舌，站得遠遠的。有人蹲在提姆身邊，只見提姆一臉蒼白坐在爐床，雙手捧住鮮血直流的嘴巴，而一隻眼睛已經腫得睜不開。

塔拉站在一旁，臉色氣得脹紅，但也可能是羞愧，或兩者兼具。她大步上前，用力抓起他的前臂，要他跟她走。制止他的那些人於是鬆開手。

「我們應該報警嗎？」有人問道。

「哦，**去你的！**」塔拉怒喊。

她推著他走出大門，進入外頭的冷冽空氣之中，直到來到卡車旁邊才放開他。夜色籠罩在兩人身上，整個世界點綴著耶誕色彩的星座。塔拉垂頭喪氣倚著卡車車門，貼著車窗隱藏神情。他默默站著，努力掌握感覺，掌握合適的行為模式。現在，腎上腺素開始消退，他開始領悟到狀況有多糟。

塔拉挺直身子，看也不看他一眼，只說：「我必須回去屋內一下，你在這裡等。」

「妳要我跟你去嗎？」

「在這裡等就好。」

他照辦。她走向大門，按了門鈴，不一會兒，就有人開門讓她進去。他站在那裡，任憑寒意侵襲他的身體，熄滅酒精給予的最後溫暖餘燼。過了一陣子，他改坐進駕駛座等待。不多時，大門再度打開，她走了出來。她輕快走向卡車，身後跟著呼出的白色氣息。她打開車門說：「坐過去，我開車。」

他沒有抗議。她沒多久就啟動引擎，開上馬路。她慢慢駛出鄰近街區，最後一棟大宅隱入他們身後的黑暗之中，彷彿閃爍的珠寶沒入海洋。她開上高速公路，展開返家的漫長路程。

「他不會報警。」她終於開口說道：「小小的奇蹟。」

他點點頭。「我以為妳想要我對付他。」他說，但馬上就後悔這麼說了。

她沒有回答。他偷偷瞄了她一眼，但她面無表情。她深深吸了一口氣。「你跟韋恩太太說我們是猶太人？」

「……對。」

「為什麼？你為什麼要這麼做？」

他只是搖搖頭，凝視窗外。車燈快速經過，接著駛遠。

塔拉啜泣，雙手仍緊緊握住方向盤。她的神情痛苦扭曲。「你得管好自己。」她說：「我不知道你怎麼了，也不知道該怎麼辦。」

他把頭往後靠，閉上眼睛，感覺五臟六腑像全變成了石頭。他知道自己必須說些話，必須試著解釋自己的行為，不然有朝一日她會離開他。而且，這一日或許很快就會到來。但恐懼把他攫得太緊，不讓他說話，也幾乎不讓他呼吸。

回家後，兩人短暫地激烈爭吵，傑瑞米逃回車上，而且在離開前，先去了閣樓一趟。現在，他疾駛在兩線道的蜿蜒柏油路上，車速快到沒法好好留在自己的車道。如果有其他人出現在這條路上，必定遭殃。他急速右轉，駛向通往野地的彎道，卡車急急駛過顛簸的路面，底盤整個衝向泥地。他駛上坡道，進入雜草叢生缺乏維護的泥土路。一個急轉彎讓卡車猛震，引擎蓋底下發出怪聲。他沒抓好方向盤，車子滑向溝渠，嘎地一聲停住，傑瑞米的臉龐狠狠撞到方向盤。

車頭大燈曲折地射向塵土彌漫的空中，照亮了房子骨架。這些未完工的房子在飛揚塵沙的籠罩下，彷彿飄移的巨大幽靈。他在駕駛座裡往後靠，小心翼翼碰觸鼻子，視線開始模糊。滿月開始往天空滲出銀血。他內心有東西開始變形，嘴巴充滿酸味。他一隻手捂緊嘴，閉上眼睛，開始拚命想著：別這樣，千萬不要。

他沒有，他嚥下來，喉嚨燒灼。

他用手肘猛撞車門好幾回，最後才把頭抵著方向盤，開始嗚咽。是那種撕裂身體，必須用力大口喘息，只有小時候才遭受過的大聲啜泣。這讓他有點驚嚇，他無意發出這樣的聲音。

過了一陣子，他止住哭聲。他抬起頭，凝視最靠近的房子骨架。在月光下，它映出白骨色彩，地板覆著深色汙漬，後頭的森林不斷逼近。慌亂恐懼中，他從架上拔下獵槍，打開車門，跳上道路。

手中的獵槍滑溜，他大步走進房屋骨架，舉槍抵住下巴，槍口對準黑暗森林，凝視準星瞄準。全世界和所有聲音都撤退成為靜止不動的一個點。他凝視，等待。

「來吧！」他大叫。「來吧！**快來吧！**」

但什麼也沒出現。

賓果的呼喚

——拉姆齊・坎貝爾

馬克的奶奶似乎才剛前腳出門，爺爺就說：「你能不能自己去玩，這樣我就可以趁機去酒吧？」

馬克心想，他們以為自己是多會陪他玩呀？嘴巴卻只回答：「奶奶自己回家沒問題嗎？」

「孩子，不用擔心，她們會自己照顧自己。」老人對著馬克皺眉，眨動眼睛讓朦朧視野清晰，如毛毛蟲般的多毛眉毛也跟著蠕動。「不會有人打來要你去接她，賓果遊戲是女人的玩意兒。」他顫巍巍捏捏男孩的肩膀，喃喃說道：「有你在就放心了。」

馬克有些難為情，也有點小小內疚，因為他很高興用不著接奶奶。「或許我可以去看電影。」

「那麼你最好有鑰匙。」爺爺走到搖搖欲墜的餐櫃，翻動抽屜裡一堆東西──裡面有收在參差不齊信封裡的眾多文件，失去彈性一拿就斷的橡皮筋，一捲快用完的棉線，以及塞滿照片的資料夾──然後拉出一把繫在磨損繩套上的鑰匙。「收著，下次來可以用。」他說。

他的意思是，以後馬克會自己過來嗎？昨晚的爭執那麼嚴重嗎？爺爺晚上給了他一杯酒，媽媽反對，然後奶奶就指責媽媽不讓馬克長大。沒多久，兩人就開始對吼，數落奶奶是怎麼帶大女兒，在場的男人試圖安撫她們，卻只讓衝突惡化。馬克上床睡覺時，兩人都還在吵。而今天上午，爸爸通知馬克他和馬克的媽媽要提前回家。「如果你想要的話，可以留下來。」媽媽告訴馬克。

她當時是在試探馬克的忠誠度，還是希望他會留下來彌補她的行為？媽媽臉上不動聲色，爸爸則像男人之間交付名片一般，把返家火車票遞給他。媽媽花了一些時間，列舉他不該讓人失望的一些作為，而其中並不包括去看電影。穿外套倒是在需求單裡，所以他從玄關的衣帽架上取下外套。「小伙子，快去吧。」爺爺見到馬克在大門外的人行道躊躇不前時說道：「你可不會希望有老頭子拖慢你的腳步。」

到了街角，馬克回頭看。老人在他後頭蹣跚走著，每當遇上兩輪開上人行道停車的車子時，就一隻手撐著車頂。這是另一條同是兩側排屋的狹窄街道，它通往這蘭開夏小鎮的中心。扇貝鐵柱上的街燈在雲層密滿的四月底天空斷斷續續亮著。許多商店已拉下了百葉窗，有些甚至用木板封住。只有幾對情侶漫步走過荒廢的全新廚房和沒人的服飾店。大部分的當地娛樂對馬克來說，已變得太孩子氣，雖然如果不是自己一人，他可能還是會喜歡打保齡球或室內高爾夫；至於其他娛樂則遠超乎他的年齡，例如酒吧和等著夜間群眾的夜店，那裡的門房有如身著葬禮西裝的摔角選手。戲院當然不會這麼挑剔它的顧客。不只一個同學拿手機給馬克看了《奶油臉蛋》的電影片段，裡面女孩被噴得滿臉奶油。

他急急走過夜店區時，感覺像是聽到一個門房在他背後大喊，但是喊聲卻來自一條滿是被釘死的商店巷道。剛開始，他想像聲音是從其中一間商店裡面傳來，然後，他看到遠端有一家舊戲院。儘管他聽不出確切字句，但音律卻明確顯示他聽見的是賓果唱數。馬克可以想像，所有面無表情的門房都決意要忽略這個聲音。

富歌複合式電影院是在過了夜店的那一區，在一處停車場對面，這停車場至少可以容納目前停放車子數量的十倍。戲院大廳散落著爆米花，有些爆米花還被踩進紫色地毯裡。掛在金屬支柱上的深褐色繩子讓排隊買票的人龍在前往櫃台途中，來回繞行兩排。當馬克準備低頭穿過最接近隊伍末端的繩子時，櫃台後方的一個男人狠狠瞪他，所以他只好順著繩子行走，剛好排在兩對年齡跟他相仿，才剛彎腰穿越繩子的情侶前面。他希望能夠避開快快然的那個男人，卻還是排隊輪到他。「一張『奶油臉蛋』，謝謝。」馬克說，遞出一張十英鎊紙鈔。

「小子，別想跟我玩這招。」那男人說，怒目轉向尾隨馬克到櫃台的那群青少年。「你的朋友也不必。」

「他不是我們的朋友。」其中一名男孩抗議。

「我想的確不是，既然他讓你們全被禁止入內了。」

馬克的臉龐滾燙，但他不能就這樣離開，或求人讓他看這場他獲准觀看的電影。「我不認識他們，但我十五歲了。」

「我還是你親愛的老爺爺哩！好，你們所有人都該走了，別再動腦筋來我的戲院。」那經理告訴櫃台人員。「看好這群人，記下他們的臉。」

馬克跌跌撞撞近乎盲目走出複合式廣場，準備穿過停車場，突然聽見身後有人嘀咕：「他想要被人狠狠踢頭。」

雖然只是幾個字，卻表達了他的感覺。「那正是他應得的。」馬克同意，回頭轉向他的新朋友。

他馬上明白他們指的不是戲院經理。「你害我們不能進場。」剛才一直沒說話的女孩說道。

「我不是故意的，你們不應該站得那麼靠近。」

「你的想法不重要。」她說，而另一個女孩接著說：「我們會站得更加靠近，就站到你頭上。」

馬克沒辦法到戲院尋求庇護，但是拔腿就跑會太丟臉，而且也會招來追趕。所以，他只是加快腳步走過停車場。他的影子在前方搖晃，影子隨著拉長顏色顯得更淡，不多時，它就有了同伴，新同伴在他兩側往前晃動趕上。他幾乎就想拔足狂奔，卻只是走得更快。他希望路人會注意到他的困境，但他們要嘛是沒興趣，不然就是決意不理會。最後，他來到夜店，正想開口懇求最靠近他的門房，但那人卻說：「小鬼，往前走。」

「他們在跟蹤我。」

門房幾乎連看都沒看馬克身後，依舊面無表情。「往前走。」

這可能是忠告，但聽起來卻像斥退；讓馬克感覺自己被認出是個外人，認為門房冷漠的神色是警告他不要遊蕩。如果知道警察局在哪裡，他就會去那裡。他不能回去爺爺奶奶的家，免得害他們遭殃。他只想得到一個庇護所，所以他閃進小巷，趕往賓果屋。

這條街巷看起來比主要大路老舊了數十年，彷彿起碼被遺忘了這樣的年代。三盞街燈照亮了龜裂的路面，隔開街道路面的格柵裡面積滿了久遠的落葉。街燈懸垂著灰色蛛網，蛛網布滿無力掙脫的昆蟲，燈光因此昏暗到難以穿透封住店面板子之間的縫隙。除了馬克身後急促的腳步聲外，唯一透露出生氣的是那還在傳送模糊唱數的擴音聲。這幾乎像是對他的呼喚，所以他開始拔足狂奔。

跟蹤他的人也一樣，他好害怕賓果屋或許會上鎖，以防外人入侵。三道雙扇門的骯髒玻璃後的門廳空無一人，售票處和點心吧都沒人在。他衝向最近的雙扇門時，追趕者猶豫了一下，但見到兩扇門都推不開，那群人開始逼近他。凹凸不平的大理石台階讓他的腳步踉蹌，幾乎絆倒在地。他急忙用盡其實滿小的全身重量，推向下一道雙扇門，沒想到門居然一推而開，使得他差點仆倒在門廳的破舊地毯上。

唱數主持人像是抬高了聲音來歡迎他。「六十三。」他宣布。「就跟我一樣。」追逐者從低矮的台階底下怒視馬克。「你不能留在那裡。」一名女孩奉勸他，而其他人大喊：「你最好別試。」

那票人像是下定決心要等他出來。如果他們真的不嫌累，等到賓果玩家回家的時候，他們必定不會敢讓自己被認出來，所以馬克關上大門，走過門廳。通往觀眾席入口的兩側，貼滿了戲院舊海報，不只一張描繪的是一個有著狡猾男孩學童臉蛋的肥胖喜劇演員。馬克推開通往觀眾席的大門時，可以想像他們正在取笑他。

戲院座位已被撤走，但舞台還留著。舞台前方擺了數十張桌子，大部分的桌子都已經坐著手持短鉛筆、面前擺著計分卡的婦人。舞台放了一座大型講台，講台擺了一個裝滿數字球的透明球體。馬克或許知道那些海報看起來如此有趣的原因了，因為海報裡的男人就站在講台後方。他看起來比外頭老了數十歲，沉沉的臉龐垂得變形，並且布滿斑點，但他的笑容雖然顯得疲憊，卻仍帶著狡黠。他過大的外套和鬆垮垮的襯衫相信是用來展現喜劇效果，而不像撿穿人家不要衣服的年輕人。他檢視一顆數字球後，把它放回球桶，再轉動球軸。「兩個三。」他說，朦朧的目光望向馬克。「你在看什麼？」他說，然後在場所有婦人都轉向新來者。

剛開始，馬克沒看到奶奶，一名瘦骨嶙峋的婦人讓他分了神。那婦人滿是色斑的雙手伸過最靠近他的桌子大喊：「孩子，找不到媽媽嗎？這裡有很多人可以照顧你哦。」

他一度很不自在地認為，她就要伸向乳房顯現自己的母性，但她只是在調整衣服，因為她對他的熱切歡迎，暴露出一堆皺巴巴的皮膚。他還想不到怎麼回答時，奶奶大喊：「馬克，你怎麼會來這裡？」

她坐在靠近舞台的桌子，除非必要，他不想讓她感到不安，而且也羞愧自己剛才的逃跑。沒鋪地毯的地板放大了他每一個腳步聲，所以他自覺像是故意比平常大聲走路。所有婦人和賓果主持人看著他前進，他心想是不是大家都聽見他的抱怨：「我去戲院，但是他們不肯讓我看播映的電影。」

奶奶正想要開口說話時，她的三名同伴中有人湊向前，兩隻前臂攤放在桌上搭成了兩倍寬。「孩子，你幾歲？」

「馬克十三歲。」奶奶回答。

她另一個朋友使勁地點頭，打從一開始，每次馬克望向她，她就一直這麼做。「十三歲。」她宣布，許多婦人熱烈地細語低喃。

「對我看來是夠大了。」奶奶第三個桌友說道，她臉上的鬍鬚比馬克還多。「夠當個男人了。」

「嗯，我們已經讓大家看夠你了。」馬克的奶奶對他說：「家裡見。」

這引發了全場一片哀鳴。詢問他年齡的那名婦人舉起雙手，前臂鬆弛的肌肉落向手肘。「羅蒂，別私藏他呀！」

點頭的婦人急急去替他拿了一張椅子。「馬克，你讓這裡變成幸運桌了。」

他不安地觀察到奶奶和朋友相較之下，顯得有多虛弱，儘管她們起碼都跟她一樣老了。賓果主持人對他撇嘴一笑，高聲喊說：「很高興又來一個男士了，小伙子，人多勢眾哦。」

這大概是某種笑話，因為有不少婦人咯咯笑了起來。馬克的奶奶倒是沒笑，只說：「可以給他卡嗎？」

這又激發了另一陣笑聲，點頭婦人甚至還設法改成搖頭。「小伙子，這是女人的遊戲。」主持人說：「各位女士準備要玩了嗎？」

「迫不及待。」鬍鬚婦大喊，這不知怎地似乎惹惱了馬克奶奶。「要玩的話，就坐下。」她說：「別再引人注目。」

他大可以回嘴說，她剛剛又讓他成為焦點。他屈身坐進椅腳細長的椅子時，完全沒辦法隱藏燒燙的臉龐。賓果主持人從賓果機拿起另一顆球。「八十七。」他唱出數字。「天堂近了[45]。」

這句話讓在場老婦人同時低頭畫卡，還贏得了笑聲和讚賞。她們找到數字時，有的哈哈大笑，有的悶哼出聲；沒找到的話，就愁眉苦臉。當講台的主持人喊出：「四十，老頑童。」馬克同桌的人都沒有人找到數字。

「沒錯，那正是我們。」鬍鬚婦尖叫，然後對著她的賓果卡吶喊。

「數字六，耍花招。」

「那也是我們。」她的朋友大喊，但她一直點頭卻也沒能拿到數字。

「九十四，妳們沒事。」

第三個婦人劃掉數字，她舉起鉛筆，手臂的鬆弛肌肉也垮了下來。「他帶來了勝利鐘聲。」她說著，一邊對馬克關愛地眨眨眼。

他必須回應，只是微笑感覺卻像是腫脹的嘴唇牽動發燙僵硬的臉龐。「三加二十。」主持人吟唱：「實在多。」

馬克的奶奶俯湊在桌面，他可以想成奶奶在努力逃避其他玩家聽到句子所發出的開心呢喃和語句，但她只是在賓果卡標示數字。她似乎急切想要獲勝，在主持人拿出下一顆號碼球前，都保持俯看賓果卡的姿勢。「六加三十。」他說，左邊嘴角揚起一個無賴般的笑容。

「我們放浪享樂吧。」

他用手指戳弄笑容，彷彿想把話吞回去，只是這句話早已引起全場讚賞的尖叫聲。肉肉嫗倒向她的賓果卡，動作熱切到她每一寸可見的部位都在晃動。「選我選我。」她大喊。

想必她是把他的建議當真，因為她還沒有完成她的賓果卡。馬克見到奶奶緊張地瞥了一眼，然後盯著自己的卡片不放，像是在努力召喚數字。「兩個四。」主持人幾乎同時說：「門在那。」

鬍鬚嫗使勁摩擦上唇，用力到馬克感覺像是聽見毛髮嘎嘎作響。「不用費心。」她對主持人說。

他對她眨眨眼，環視全場。馬克感覺更加格格不入，彷彿自己聽著不合乎他年齡的老笑話——無論如何，就是超乎他的理解。主持人確認下一顆球的數字時，下垂的臉龐露出挑釁意味。「九十五。」他說：「留活口。」

這句話沒有帶來笑聲，只是一陣嘀咕，也沒人說話。至少，馬克的奶奶終於在她的賓果卡上找到數字。她還需要三個數字才能賓果，而他好驚訝自己居然這麼希望奶奶贏。他把滿懷獲勝的祈望眼神投注在舞台上。「五十。」主持人以一種幾乎跟配球機一樣機械式的語調說：「他好棒。」

「沒錯。」幾名婦人回答，那個顫動的老嫗再次對馬克眨眼。

「八十一，快完工。」

「是我。」點頭婦附和，俯向她的賓果卡，彷彿頭部的動作已經壓倒其餘的她。

或是她指的是自己的年齡，因為她不規律做的記號並沒有完成賓果。「二十九。」主持

45. Eighty-seven/Close to heaven。賓果為了不讓玩家錯認數字，各個數字都有其別名（nickname），大多以數字形狀、意思或其他歷史淵源，搭配韻腳呈現。各個賓果屋使用的別名大同小異，但本文中的別名卻和平常的大不相同。而馬克剛到進入會場時，主持人說的「你在看什麼？」也可看作是要配合他抽出的「兩個三」（Three and three/What do you see?）。

人說，目光一直凝視雙手指尖舉起的號碼球。「見徵兆。」

即使玩家真的見到徵兆，也還是保持安靜，甚至沒有迎接數字或哀嘆不走運。主持人有如魔術師般展示接下來的號碼球，並且伸出一隻手指放在故作神秘的笑容旁。「六十三。」他說：「該逃嘍。」

這句話引起的竊竊私語可不算愉快，他於是專注在搖球機所滾出來的號碼球。「二十四。」他說：「無能為力了。」

肉肉婦尖叫一聲，馬克耳朵大感刺痛，而主持人的視線飄向馬克。「我們成功了！」她大叫：「是我的了！」

主持人關上搖球機，伸出手。「我們看看。」

她踏著台階走上舞台，全身肥肉從靜脈曲張的雙腳開始顫動。主持人確認她的數字，並且和抽出的數字比對後說：「我們有贏家了。」

她拿走賓果卡，踩著沉甸甸的腳步走回位子。馬克看到卡上畫叉的記號像極了墓碑十字，起碼在她翻轉卡片到正確方向為止。她放低身子，坐進嘎吱作響的椅子說：「我申請特權。」

主持人沒看她，也沒往她的方向看。「時間還沒到。」不知是說給誰聽。

因為他是湊向講台說這句話，讓馬克聯想起講道的神職人員，只是這種比較似乎不太恰當，而馬克也不懂為什麼。奶奶轉移了他的注意力，她把鉛筆放在賓果卡的旁邊，卡上散落著的十字，和其他所有婦人畫的一樣。「我今晚的運氣不好。」她說，然後抓住他的手臂，借力起身。「有人回家的時間到了。」

「別這樣。」肉肉婦說：「妳不能就這樣落跑。」

「我什麼地方也跑不了。」馬克好奇這到底是抗議，抑或只是痛苦的事實，奶奶又說：「以後的晚上我還是會來找妳們。」

「看看我們現在，看看妳自己。」說話者猛烈點頭，話都變得斷斷續續了。「妳仍然是我們的一分子。」

「我沒有異議。」馬克的奶奶說，更加用力抓住他的手臂。「走吧，馬克。」

奶奶轉身朝出口走去時，馬克不知道有多少婦人在嘀咕。儘管他聽不出她們在說什麼，但是聽起來不太開心，甚至是不爽的樣子，而且所有人都比出口的接近。奶奶緊抓住他的手臂，力道大到讓他陣陣抽痛，而就在奶奶即將帶他走出去時，那個最早歡迎他的瘦女人再度用手覆住乳房。儘管她可能是在表達情緒，馬克卻出現一種反感想法，認為她就要對他裸露她那乾癟的奶子。奶奶要他快快通過，當通往門廳的門在他們身後沉沉關上時，裡面傳來一個女人的聲音：「我們還沒玩完。」

馬克希望她是對台上的男人說的，敦促快點開始下一局的遊戲，只是當他和奶奶走到台階時，都還沒聽到主持人唱數。街道空無一人，他猜想從戲院跟蹤他到這裡的那幫人，早就離開了。夜店的門房看到他和他的伴護人，仍舊面無表情，而現在已分不出奶奶是倚著他還是領著他了。她一直沉默不語，直到來到商店區才喃喃說著：「馬克，真希望你今晚沒去那裡，我們應該為你負責的。」

他不明所以地感到內疚，而在他們逐漸放慢腳步的回家路上，奶奶都沒再開口。她正準備用空出來的手按門鈴時，馬克掏出了鑰匙。「他不是在家嗎？」她提出異議。

「他去酒吧了。」

「男人就是這樣。」她的語氣非常激烈，馬克不禁覺得也被判刑了。她腳步蹣跚靠向門，砰地關上大門，然後說：「我想，你該上床了。」

他大可以抗議說這不是他的睡覺時刻，說他不知道他到底犯了什麼錯，但或許這不是在處罰他，而且無論是哪一種情形，他都不確定是不是真想知道她要他回房的理由。他吃力地爬上夾著兩道牆的狹窄樓梯，來到明顯狹窄的浴室，這裡的每一個物品對他來說，似乎都太接近了，尤其是映出他不安神情的斑駁鏡子。牙膏嘗起來比往常辛辣，往洗手槽吐水時，他盡力保持無聲。在閃身進入前方兩間臥室較小的那一間時，他見到奶奶坐在樓梯底端。他躲進牆邊小窗底下單人床的被窩裡，傾聽爺爺的聲音。

他閉上眼睛等待，不知閉了多久，才聽見底下大門打開的聲音。奶奶立刻開口說話，他拉長耳朵竭力聆聽。「你今晚叫馬克去接我嗎？」

「我跟他說不要去。」馬克爺爺就沒那麼小聲說話。「他看到什麼？」

「不是他看到什麼，而是她們做了什麼。」

「妳還是仰賴那個老玩意兒？它讓妳們全都覺得強大，是嗎？」

「連恩，讓我挑明說——你早就沒了。」她一副公平地說：「我不記得輪到你的時候，你有太傷心。」

「嗯，不是現在。」

「它根本不該來我們的房子。」這句話像是指控，尤其她又加上一句：「如果需要談談，你去。」

顯然，就只是這樣。馬克聽到爺爺奶奶費勁走上樓，並且在浴室輪流發出各種聲響，這提醒了他兩人歲數有多大。他發現自己幾乎開始胡思亂想爺爺奶奶明天會不會像以前的五月節那樣，帶他去參加城裡綠地舉行的慶典。這個展望即便不是要彌補什麼，至少也像是獎賞。另一間臥房房門關上了，他聽到一連串吱嘎聲，這表示爺爺奶奶也都上床睡了。

有好一陣子，夜晚幾乎安靜到讓他迷迷糊糊睡著，只是他仍感覺到整棟房子像是進入警戒狀態。就在他即將熟睡時，耳朵卻聽見遠方一陣騷動。剛開始，他以為是夜店的門房在喝斥別人，因為有幾個人回應，所以可能是一群醉鬼。只是，這個聲音和回應都有點奇怪。馬克從填充物結塊的不平枕頭上抬起頭，竭力想要辨識出這個聲音，接著就了解到這是不必要的努力。聲音和伴隨聲音的一行人，已穿過城鎮而來。

馬克心中拚命想著，他必定是誤解了所聽見的聲音。但是，聲音近到讓人不舒服，他不可能錯認。「七十四。」帶隊者唱數，接著是參差不齊的附和：「敲敲門。」馬克格外不安地發現，唱數者不是舞台上那個男人。儘管大聲洪亮，這卻是出自女人的聲音。

「號碼十。」聲音呼喊，同行者接著回應：「找到男人。」現在附和吟誦已近乎一致，這樣的表現讓馬克心中浮現牧師和會眾，無論如何就像是一種儀式。他踢開被子，屈膝跪在柔軟的床墊，掀起窗簾一角窺看窗外。當他把臉頰貼著冰冷的玻璃時，發現目光所及的整條街上都毫無人跡。他的呼吸霧氣在窗格上擴大又縮小，此時唱數者大喊：「甜蜜十三。」其他人吟誦：「趁他鮮綠。」

對方每一句話聽起來都非常有自信，但困擾馬克不全是這件事。儘管他知道對面的房子全都有人住，不過每一扇窗戶都黑漆漆的，窗簾完全不見掀動。大家都害怕看到嗎？爺爺奶奶為什麼這麼安靜？在馬克幾次吐息之間，夜晚的聲音也一片靜默，但是他聽得到一種拖著腳步的悶沉聲，一種決意行進的聲響。然後，唱數者宣布：「一對五。」然後她的跟隨著吟誦：「我們是太太。」行進隊伍出現在路的盡頭。

隊伍由肉肉婦引領，等來到街道中段時，她的鬍鬚朋友和點頭婦都跟上前來，其他的玩家同伴有的跛行、有的腳步蹣跚或搖搖晃晃，她們成對繞過街角。街燈的橘色光線給了她們一種鐵鏽般的色調，像是怪異的曝曬膚色。馬克用不著細數，就可以確認這遊行隊伍包括了賓果屋裡的所有人，只是少了台上的主持人和他的奶奶。他緊緊抓著窗台，甚至弄傷了手指，此時那個肉肉婦大聲說：「九十八。」

她拿了一把賓果卡，讀出上面的數字。「我們是他的宿命。」行進隊伍熱切地宣布，馬克見到眾多閃爍的眼睛，但這不只是因為街燈的關係。鬍鬚婦用一根手指和拇指擦過上嘴脣，而行進同伴熱烈地點頭，像是已瀕臨發作。「八十九。」領隊像是在唸彌撒書般地吟誦，而長度幾乎跟整條街相當的隊伍詠頌：「他將是我的。」

她們如此接近，馬克看得到肉肉婦也加入回應行列，見到她隨著接近他的每一個腳步，從頭到腳不斷震顫；接著，站在行列中央的那個瘦削婦人吸引了他的目光。她絕不孤單地玩弄一邊乳房，像是迫不及待要把它裸露出來。以上種種，讓馬克放開窗簾和窗台，縮進被窩。很久以前，他可能相信這樣可以藏住他，但是這甚至無法隔絕窗戶底下的眾多聲音。「二十四。」唱數者呼喊，然後加入吟誦：「大門到了。」

對馬克來說，這實在太精確了，因為這數字正是這棟房子的號碼。他雙臂環抱膝蓋，背脊貼住牆壁，然後附近傳來一聲低沉的轟隆聲。有人打開了隔壁房間的窗戶。馬克屏息以待，直到聽見爺爺大喊：「不是這裡，就像羅蒂說的，你們來過這裡了。」

「連恩，那是很久以前的事了。」馬克分不清楚這句話是懷舊還是輕蔑，但這樣的語調一直保留在肉肉婦的聲音中，她說：「不是你就是他。」

停頓了一下子之後，窗戶又轟隆隆關上，馬克發現自己幾乎無法呼吸。他聽到下樓的腳步聲，但不知道是誰的。大門嘎地打開，緊隨著湧現一陣拖曳的腳步聲浪，先是在街道上，然後進來屋內。等腳步開始上樓，馬克聽見唱數者的聲音，儘管音量只比耳語大不了多少。「號碼一。」她提示，接著一陣呢喃吟誦回應：「我們不說話。」這是提議角色扮演，還是下令守密[46]？馬克無法判斷，即使行列已開始低聲吟誦：「不說話，不說話，不說話……」這樣的反覆吟誦似乎充斥了整個房子，房子似乎顯得太小了，尤其當最後行進隊伍進屋，大門關上之後。吟誦聲掩蓋不了腳步聲，聽起來像是一個焦躁不耐煩的隊伍。馬克所能做的只是緊緊閉上眼睛，讓黑暗跟著他的脈搏一起跳動，努力不要張開眼睛，直到悄悄的開門聲傳來。

46. 前面那句話原文是 Let's be mum，mum 除了沉默也有媽媽的意思。

停滯不變的氣息

布萊恩・霍奇

畢斯利光是最後一個月就死了三次。每一次他們都把他救活了，但是每一次都愈發困難。第一次只是單純的心臟病發作，他們用除顫器讓他甦醒；後來再進行氣球血脈擴張手術。

而這開啟了人為疏失的大門。畢斯利的生命跡象原本正常，後來卻毫無預警地斷氣。他們追蹤發現，有一袋鉀溶液濃度過高，最後藉由施打胰島素和葡萄糖，加上靜脈注射鈣以及吸入支氣管擴張劑，讓他的脈搏再度跳動。

最後一次驚嚇最為嚴重，一如既往，一開始只是小小的導管感染，接著卻在大家還來不及了解狀況時，如海嘯襲來的細菌感染便淹沒了他。這就是導管感染的潛在危險，一旦有一條導管受感染，幾乎就一定會散播到其餘導管，況且他還連接了那麼多條。

他們讓他撐過了最危險的時期，一等到唐納．畢斯利像是會再存活下去，他們就解除戒備。到目前為止，古德山姆醫院的加護病房就是他的房間。

到如今，貝瑟妮已非常熟悉例行程序，知道狀況解決後會是怎樣的狀況。**嗨，腎上腺素暴跌，我的老朋友。嗨，放寬心，你這誘人的謊言。**

當危機解除，不可避免的那一刻又稍稍推遠後，她會一如往常，穿著綠色刷手衣回到走廊，擺脫壓力，並且從最近的窗戶往外望向天空，搜尋跡象。可能是暴風雨雲撤退，或勾勒出多年噩夢面孔的巨大絲縷逐漸散去。倒是沒有什麼合理理由，跡象非得出現在天空不可，只是這似乎是個很好的源頭去釋放出……

反正就是，他們**沒辦法**救回他的那一天所釋出的任何東西。

「我們還能這樣維持多久？」貝瑟妮問總是以自己方式消除壓力的主治醫師。

他名字叫卡文帝許，但這裡的人大多稱呼他李查醫師。他吐出一口煙，彷彿這是唯一讓他保持清醒的東西。他是那種儘管知道不該抽菸，卻還是持續抽著的醫師之一。問題永遠不會找上他，就是這樣，是他的，她的，所有其他人的。

「那衰老的身體還能承受多少？」

「只要我們還能使得上力。」李查醫師說：「如果必要，我會把他開胸，再爬進去住在裡面。」

「別逞英雄。」她說：「說真話。」

他已在這裡當了很久的醫師，甚至在她八歲的暑假時，她騎單車和汽車爭道失利後，便接受過他的治療。而現今，他顯現了所有歲數。

「如果從現在開始，我們還能持續這樣的對話一個月，我會把它當成奇蹟。」李查從第一根菸接續點了另一根菸。「這樣對妳夠算真話了嗎？」

幾小時後，等結束值班，她去了一趟唐納．畢斯利的病房，好讓自己可以問心無愧地離開。這是危機過後的一個習慣，就像開車經過一個滲漏的水壩以確定裂縫沒有擴大。一個值班的護士坐在床邊的椅子監看他，總是有人在監看他。

這樣反覆出入鬼門關，讓他付出了代價。根據畢斯利的紀錄資料，他今年七十六歲，但看起來卻至少有一百歲。

他仍處於昏迷狀態，但是終究會再次清醒，她不想在場目睹這件事的發生。她已經完成份內職責。畢斯利可能會含混不清胡說八道，另一方面，他也可能再度意識到一切，繼續乞求他們讓他死去，而這兩種選項都各有令人不安的可怕成分。他會無力地拉扯把他的手腕固定在床欄的束縛帶，乾癟的身軀不知怎地找到足夠的水分來流淚啜泣。他們一直提心吊膽，害怕他會想到可以咬舌自盡，讓自己鮮血溺死他。

看守護士轉頭，越過她那渾圓厚重的肩膀目光呆滯地對她點頭示意。兩人算是一起上過高中，珍妮特·史威就讀畢業班時，貝瑟妮還是矮小的新生，沒有胸部可言，也沒人注意。

譚納瀑布鎮這裡的人全都一起上高中。

「如果我們已經救不了他，知道他只剩下一些時間，不太久的時間，妳會想要做什麼？」珍妮特問：「妳會給他應得的報應嗎？」

貝瑟妮緊緊閉上眼睛。「別問我這樣的問題。」

「我會，我是說，有何不可？這是最後機會，為什麼要浪費時機？這是多年來，全鎮的每一個人都想對他做的事。如果我們宣布這件事，會有一萬人排隊過來。我們應該趁還有辦法時，來用彩券抽選機會。」

「這真的是妳在最後關頭想要考慮的事嗎？」

「我會從他的眼睛開始。有人要你的眼睛，那可真是嚇人的事。不過，我會留一隻眼睛給他，這樣他才能看到我會對他其餘部位做什麼。」

只是說說而已。貝瑟妮努力把它當成空談，不去理會它。沒什麼危險，大家有時只是需要發洩一下。

「即使老傢伙仍連著他們的老二。」珍妮特拍擊床欄，直接對畢斯利說話：「你以為導尿管就夠你這老禿鷹受的了？你根本不懂。」

如果他們可以這樣擺脫他們的系統，或許就會足夠，他們就不會失控在想要有所作為的衝動之下。

「還有，對，這**就是**我在最後關頭想要考慮的事。」珍妮特目光瞋怒，語氣幾乎像在指控。「當你生命中沒有任何人，也知道永遠不會有的時候，你就會去考慮這種事。」

她發出同伴的聲音，像是一個她得不到的慰藉，但果真得不到嗎？或許珍妮特才是幸運的那一個，等時候到來，她就會了解。如果不是孤獨死去，就意味必須見到所愛的人在你身邊死去，誰會真的想要這樣？

他們可以全都孤獨死去，一起孤獨死去。

貝瑟妮值班結束後，直接走路回家，因為她走得到。所有畢斯利醫療小組的第一線人員都住在走路可到的地方。可稱之為醫院政策，也是明顯的舊時道理。他們想要不分日夜，不管路上會有多大的狂風雨雪，隨時可在幾分鐘內就集合到頂尖的救援小組。

這計畫早在老人的健康還沒走下坡的幾年前就開始實施，實際上，計畫是在上一個世代，當這城鎮的創立之父有第一人死亡時就啟動了。他們有朝一日全都會變成病弱的老人，而有些人早已年老，其他人則是生病的中年男子。隨著時間流逝，他們全做了生病老人會做的事，最後都擊敗了每一項延長他們自私生命的特別措施，直到畢斯利成了最後一個存活的男人，儘管狀況並不穩定。

孩子多年前就唱著關於他的曲子，未來可能也會持續，但前提是要有足夠的孩子可以傳唱下去，就像過去這種事運作的狀況。不過，經過一個世代，出生率出於選擇，已經落到非常低，孩子在譚納瀑布鎮已成為稀有物。就連孩子都知道事情不太對勁，在這個地方，他們的未來早在他們誕生前就已被奪走。

「畢老先生有個鎮，
咿啊咿啊唷！
他在這裡養山羊，
咿啊咿啊唷！」

恐怖的兒歌。孩子在不知道實際情況下，居然可以如此歡唱恐怖，只能讓人嘖嘖稱奇。然而，她還是想念這曲子的聲音。

曾經有段時間，譚納瀑布是個長大的好地方，她經歷的就是這樣的時光。在這裡，可以成天四處徜徉不被大人察覺。即使是城裡，仍有多處林地，讓人感覺比實際上遠離文明，池塘邊矗立百年古樹，溪流和被單車輪胎磨平的小徑穿梭其間。這裡有魚可抓，有青蛙可以拿來比賽。還有鐵軌可以探索，可以好奇鐵路通往何處，並且找尋馳過火車落下的寶藏；而就算什麼都找不到，至少也有很多可以丟石頭的目標，只是看你敢不敢而已。

而在鎮立公園，水泥的貝殼形舞台似乎總是隱約有尿臊味——似乎總是不斷重現的茶色玻璃碎片解釋了這個現象——不過，舞台反射聲音的方式極其神奇，尤其當一票朋友想要試試一起尖叫會多大聲時，往往會讓住在公園旁邊的老人滿臉怒容出現在門廊。

當年紀大到可以讓交通工具從兩輪換成四輪時，就會去郊區的露天電影院，還有A＆W速食店，服務生會滑著溜冰鞋，捧著托盤帶來漢堡、洋蔥圈及裝在結霜馬克杯的麥根沙士來到你的車門。有好一陣子，這樣的確也是很棒，直到這裡全開始顯得太小，無聊變成了敵人，只能靠著前往這裡以外的任何地方來逃脫。

貝瑟妮用不著努力記憶這樣的城鎮面貌，因為至今仍舊相同，全部一模一樣，它就跟法院草地上那尊有著輻條輪的古老大砲一樣固定不變，而大砲所紀念的是一場參戰人士均已不在人世的戰爭。

就像街角那家「史都華藥局和雜貨舖」，現在誰還會用「雜貨舖」這個名詞？但在這裡，還是有人使用。走到街道對面，往下一個路口走去會看到什麼呢？誰料得到在這個喬治·布希的後雷根時代中，甚至可以找到一家富蘭克林十分錢商店？但這裡就有，就跟她在父母兒時照片裡所見到的一樣，完全沒變。不管從哪個方向朝房子看去，都會見到豎起一根根電視天線的天際線，彷彿沒人聽過有線電視似的。他們其實聽說過……但它從未接線到這個地方。

貝瑟妮對外在世界有足夠了解，得知上面的事物已不復存在，所以人應該要充滿感情記得這些事。懷舊思緒就是這麼一回事——哀悼不存在的行業、過時的方式，以及開發者以進步為名，派遣推土機入侵的蠻荒大地。回想起來時，像是染了一片金黃光澤，因為它們意義深重，足以淘汰記憶中不如忘懷的醜惡事情。

就像位於鎮中心的譚納旅館，它的巨大磚造邊牆上所塗上的標語：

黑鬼，別讓落日餘暉照在你身上。

沒有人想要這句話，沒有人喜歡它非說不可的事，這句敘說這個城鎮現況的話。這句話讓他們無法逼視，讓眼睛不愉快，卻抵抗了所有想要抹去它的努力。重新粉刷、在上面作畫、用紙糊起來、從屋頂垂下旗幟掩蓋它——不管怎麼做，都撐不過晚上。噴沙只會造成多了沙子的髒亂，就連想要直接搗毀它，也會出現機械故障的麻煩。

他們不再嘗試改變，已超過十五年了。

譚納瀑布鎮一直維持它在一九六九年的樣貌。

旅館堅決固守現狀，是這裡不對勁的最早證據之一，是有人對他們全體做了一件可怕的事的早期證明。

人們改變，人們成長。做不到的人，相繼死去，而且幸運的是，他們的惡劣觀念也跟著逝去。大家都只想要那令人憎恨的標語消失。

或許，只除了畢斯利及一世代前和他同為城鎮創立父老的夥伴，只是那些人都早他一步進入墳墓。

曾經有過那麼一段時間，譚納瀑布像是一個長大的好地方。

毀掉它是多麼不可能的事呀！

她到家時，麥特已經先回來了，他的護背腰帶掛在側門的掛鉤上。他的班應該還有一小時，但就情況看來，他已經回家好一陣子，足以喝掉三罐Iron City啤酒了。麥特是她認識的人中，第一個弄懂只要在譚納瀑布有了工作就不可能失業的人，這是他顧不得不受罰，查探這個無可爭辯的實情。終止工作是一種改變，嘿，他們可不能這樣。

所以就是這樣，打從一九六九年畢業後，他一直在同一家倉儲搬運同樣的家具，一星期工作十五小時賺取薪資，才能存錢買下他第一把真正的吉他。

他沒注意到她，只專心在自己的事上，所以她就這麼看著他彈了好一陣子。看著他神遊到別的地方，這是他剩下的唯一方法。

他是左撇子，他的萊斯．保羅[47]也是。貝瑟妮的工作雖然是協助外科醫師用手行使奇蹟，卻也始終不明白麥特怎能這麼靈活同時演奏三部：下方兩條弦的節奏，加上上方兩條弦的旋律，以及中間兩條弦的和聲和對位。而吉他和音箱之間的效果器踏板讓音樂更為開闊，轟雷和狂風來臨前的一道迷幻旋動暴風，倏地攀升和直墜，既許諾了希望，也傳達了心痛。

每一個城鎮的每一個世代都有自己的麥特．梅德斯，他們只要離鄉，就可以真正成大事，闖蕩出一番事業。

他終於注意到她，便讓太空船降落著地，最後的琶音漣漪在音波地平線迴盪，直到整個屋子中的聲音只剩下音箱的蜂鳴。

而每一個城鎮的每一個女孩都有她可能的麥特，因為她也沒有離開，最後成為她結婚的對象。

「美好的一天，是吧？」他說。

後來，他們一起去散步，先是漫步穿過鄰近街坊，然後如同她感覺他可能會走的方向，再往西行，經過房子愈來愈大也愈來愈分離的地區。他有一種返巢本能，貝瑟妮早在目的地出現前，就知道他們最後會去的地方：那是一塊未開發的林地，棲身在給予城鎮名字的瀑布上游支流沿岸。麥特需要用這地方，以及它從他們身上奪走的一切，來折磨自己。

她看待這件事的方式，就跟看待他即使散步也隨身攜帶啤酒的態度一樣：不喜歡，但也不反對。就讓麥特當麥特吧，就讓他得到能夠過日子所需要的東西，因為沒有的話，情況可能會更加糟糕。一切可能會很快就變得糟糕。

這裡的林木並不茂密，除了一些緊挨著的小樹林外，大部分是空地，溪流穿過其間，灌木叢如牆壁般圍繞兩旁。麥特和朋友以前時常戴著護目鏡和厚運動衫，在這裡對戰空氣槍，從來沒有人傷了眼睛或少了牙齒，最壞就只是紅腫。難怪他們會出現自己就是好運氣的想法。

他們是男孩子，而且有一段時間所向無敵。

在其他城鎮的其他生活中，她可能會有個像那樣的兒子。她會很樂意接受這樣的光景，煩惱操心每個小傷勢和小傷口，而男孩會以令人費解的男孩想法，對此深感驕傲和覺得意義重大。她會同樣樂意迎接像這樣的一個女兒。

47. Les Paul（一九一五～二〇〇九），美國音樂家及發明家，在一九四一年研發出第一把實心電吉他，有電吉他之父的稱號。

只是有一次Ortho-Novum避孕藥出了差錯，她把麥特蒙在鼓裡，默默做了手術。要是他知道的話，絕對不會有好事。倒不是說他會反對她的決定；而是她不想讓他又多了一件憾事。

蹄印。每次到了這裡，麥特總是在找蹄印。

人們是這麼稱呼的，總之，就是一排沿著場上最大空地而行的幾公分凹陷。它們出現在這裡已二十二年，但都不見填平，彷彿創造者已把它們永遠烙印在此。生物閃避它們，甚至連最投機取巧的雜草都不見在裡面和其附近生長。

說真的，貝瑟妮不知道它是不是蹄印。形狀的確是蹄形，就像對映的半月。只是，每一個印子卻大如卡車輪胎。

事件發生時，她還是個不到十歲的孩子，儘管不曾親眼目睹，但聽過太多次傳聞後，卻讓她覺得像當場目擊。不是所有傳聞都必然可靠。人們會說謊，即使不是有意為之。到如今，千絲萬縷的傳說密不可分地纏繞著事實，再也無法解開來了解真實。

在一個春季新月的黑色月輪底下，一道閃光照亮了城鎮片刻。不過，那不是閃電——從沒有記載提到暴風雨，比較像是形容流星明亮隕落的報導。它也不是白色的。有些人說是藍色，有些人堅稱是綠色，但也有人根本無法確切指出顏色，只覺得不自然。

它同時也掀起一陣恐懼風潮，而且持續得更久。城北的居民深信它擊向南方，南方居民卻說是擊向北方。而東邊的居民，則說是掃向西方，西方則說是向東方。方向完全看人們的距離有多遠。這不可能全部正確，除非有東西在夜裡打出大洞，就像敲破飛機窗戶般即刻吸走四面八方的空氣。

或許的確這樣。

有人說那天晚上有東西出現在林間，體型大到超出最高的樹木。有人說出現翻騰的雲層，有人發誓目睹大步穿過樹林的巨腿，腿上長著粗糙的黑毛，帶著蹄足。有腿的雲？哦，有何不可？有東西改變了這裡的現實法則。

她不記得是什麼時候第一次聽到有人低聲談論「千百子嗣的森林黑羊」[48]，它就像耶誕老人和牙仙，是陪伴人長大的事物。

「妳想它還會重返，再回來這裡嗎？」麥特說：「情況是不是應該這樣？」

「我不知道。」她說。

「畢斯利，他們任何人，從沒說過接下來會發生什麼事嗎？甚至在最後，或急救用藥昏沉時都沒說嗎？」

「沒有。」

他注視她的樣子，彷彿兩人是陌生人。他才三十二歲，臉上卻已出現不少皺紋。「妳會告訴我，對吧？妳不會想為我好，所以保守秘密吧？」

剎那間，她不禁懷疑，他是不是終究知道墮胎的事？她是怎麼吸出兩人創造的生命，她不想孩子出生，不想孩子成為財產般的短暫殘酷存在。

「我認為這些人大多否認自己做過的事。」她說：「他們不願承認自己真的做過什麼事，更不願去揣測未來會有怎樣的後果。總之，不會對我們說。他們為什麼要說？他們知道等事情發生時，自己早已不在，用不著擔心了。」

「對，但是……他們有小孩，有孫子。」

48. The Black Goat of the Woods with a Thousand Young，意指克魯蘇神話中，擁有超強生殖力的神祇莎布・尼古拉絲。

「當你下定決心時，否認可以掩飾許多地方。」

他們一路走著，而他喝著啤酒，兩人思索各種問題，到時候是誰的認知會永遠被否決。

「那種事到底怎麼會在這樣的城鎮開始的呢？」麥特說：「我敢說，他們原本甚至不是有意的。」

「這我不知道。不管這裡出了什麼事，都因為他們考慮不周而沒發生。」

「起初，我是說當他們最早開始的時候，我敢說，它是像某種小鎮裡好老男孩版的地獄火俱樂部。」

「地獄火俱樂部？」這倒是新話題。「對我來說，這聽起來就夠不祥了。」

「並不是，這只是一群英國、愛爾蘭上層政客和其他外表虔誠的人士找樂子的玩意兒，一個讓他們結伴跟妓女廝混，感受當壞男孩的藉口。」麥特看著她，必定把她困惑的表情看在眼裡，這件事怎麼會在他的知識寶庫？「我以前常看這樣的東西，小時候，我甚至到了一種程度，認為所有我喜歡的樂團和音樂家，都有某種危險氣息。會聽到他們有多麼**投入**一些事，秘密的事。看起來他們像是可能知道其他人所不知的事，而且覺得應該就是這樣。不然他們怎麼可能如此擅長所做的事？但最後才了解到，這只是一種形象。」

「那一定很令人失望。」她說。

「我不知道哪樣比較糟。」他把空罐子扔到地上，因為誰還在乎呢？「是認定這一切全是鬼扯？還是了解到它畢竟有幾分真實，而這些傻瓜正是弄懂它的人。」

接下來幾天，畢斯利都保持穩定狀況，但他的病情已經傳播出去。這樣的事根本不可能保密，對譚納瀑布的每個人來說，他的健康是既定利益，而它持續衰退也點燃了新一波私底下的恐慌。

多年前，會有人認為他們已經脫離了系統。但是，並沒有。

貝瑟妮在休假日的清晨，聽見一陣騷動，她往外看，見到對街第三棟房子過去的韓德森一家，拚命往他們的車子塞東西。中年丈夫、中年太太，以及因為工作前景黯淡仍跟他們同住的二十多歲兒子。他們邊放行李邊爭執，吵嘴中加快動作，然後閃過一陣車尾燈後，他們就離開了。

彷彿以前從沒有人想過這檔事。

如果這已在他們的街區發生，她認為恐懼已經也促使鎮上其他人開始嘗試，而「或許這次會不一樣」的絕望聖歌，則鼓舞了大家的希望。

是，最好是這樣。

近二十年間，幾乎每個體格健壯到可以嘗試的人，都至少採取過一次這樣的逃離行動。全都徒勞無功。早期的人未曾懷疑，離開的理由也很正常，單純只是為了尋求更好發展；但因為他們就是無法離去，加上開始有謠言提及這個城鎮為什麼會排除現代化和改變的每一次嘗試，促使後來的人變成在恐懼中逃離的難民。

他們嘗試了各種方法，從搬家卡車，到只帶幾件衣服的衝動成行。開車、搭公車、騎機車，較有冒險精神的人更是試圖徒步離去，彷彿悄悄離開，除了腳步聲之外無聲無息，就可以不被在一旁守望的事物注意，不會像迷途牲畜一樣隨時被趕回畜欄，而得以順利穿越。

每個人似乎都必須親自證實這件事，而且常常不止一次。

他們都會回來。

韓德森一家也會回來。

那天晚上，麥特睡覺後，她煮了咖啡，然後在門廊準備觀察。冷冽的空氣，以及唧唧的蟋蟀叫聲，真是再正常不過的夜晚，還能有什麼要求呢？預防萬一，她的椅子旁邊還是擺了急救箱。

月亮已半掛在天空，此時街燈閃爍變暗，事情開始發生。不管這些實體怎麼移動，它似乎都會製造電磁干擾，而且似乎不只是能見度這個簡單的因素。有人推測是次元的關係，它們在不同次元進進出出。

貝瑟妮記不得她本身的這個經驗。

前一刻還沒見到它們，下一刻卻馬上出現了。感覺就像大樹從韓德森家草坪拔地而起，只是樹木不會從一個地方急竄到另一個地方，也不會像是手臂一般揮動樹枝。它們只現身一會兒，而且見到的比較是陰影而不是細部。三者過於高大，無法進入屋子，便直接用附肢頂端撞擊二樓的雙扇窗，然後塞進它們的貨物，再急速撤離房子，消失在視野之中，彷彿從不曾來過。

它們可察覺到她的視線？其中一尊像是停下動作轉向她，但它們的形體幾乎看不出臉部，更別說是眼睛了。

令人驚訝的是，儘管大部分的人都是被它們帶回，卻很少人看過它們本尊。普遍的共識是，這些只是千百子嗣的其中一些，被留下來執行協議。

她抓起她的包包，趕往韓德森家。她思忖他們離開了多遠，車子目前在哪裡？他們會不會再見到他們的車子，以及那些他們重視到足以帶走的所有物？他們是不是真的在乎？就維持現狀這件事來說，交通工具似乎無關緊要，人本身才是最重要的事。

韓德森家早上離開時，鎖了前門，但沒理會後門，所以她任由自己從後門進屋。屋裡既黑暗又安靜，直到她胡亂摸索打開了廚房的燈光開關，接著聽到上方他們開始甦醒的聲音。在她上樓途中，他們的聲響也愈來愈大——哭泣，還有瀕臨尖叫的聲音，彷彿還無法消化所發生的事。這不是身體疼痛的嘶喊，那些聲音她相當熟悉，而這些就某方面來說卻更加悽慘。疼痛可以設法忍耐，失去希望和絕望卻是出自比神經末梢更深處的地方。

她發現他們蜷縮躺在窗戶碎片之中，最糟糕的傷勢也只有割傷、擦傷和刮傷，這些她都可以治療，但創傷卻需要更加長久的時間才能克服。

更可能的是，瘋狂的畢老先生會在他們得到機會之前就死去。

韓德森一家人遇上的事，譚納瀑布鎮的其他人也遇過。

很少有比恐慌更容易散播蔓延的事物，也很少人擁有比醫院人員更好的立場來評估這件事。事故率再度激增，就跟每當畢斯利即將死亡的事實又引發新的恐懼時一樣，喜歡用酒精麻痺自身恐懼的人，就做了酒醉者會做的事。

畢斯利及其同伴在他們的自私自利中，是否曾預見了這一切？

自殺率也激增……或者該說自殺未遂率，因為從未成功。他們會被護理人員和焦急的家人送來，有時他們會憑藉自身駭人的力量自行就醫——這些人早該死去，負傷累累、血管爆開、腦漿迸裂，但不知怎地，生命就是拒絕離去。沒有比治療早該躺在太平間的人更糟的事了，他們心知肚明，想要死亡，卻屢屢無法得到。

畢斯利及其同伴在試圖保存這座他們聲稱熱愛的城鎮時，是否真的有意讓**這一切**發生？

自始至終，鎮民只會因為自然因素而死亡，不得作弊死去。只是，這無法阻止絕望人士去嘗試。就跟努力逃離的人一樣，他們也沒從這個愚行學到教訓，只是，至少逃跑的人不會在過程中自殘身體。他們努力自殺，卻反倒慢慢殺死了她的憐憫之心，這讓貝瑟妮更容易為這件事痛恨他們。

至少，對成人是如此。

但今天的事故卻沒有為她帶來這樣的情緒——目前還沒有。這女孩名叫艾莉森，她在後院的套索上吊了一整晚，等到今天上午被爸爸發現時，她細長的脖子已拉長了好幾公分。就這麼快，很難說她日後是不是還有辦法挺直頭部，而她才十五歲。

盡力而為，讓他們舒適輕鬆，努力不要染上他們的絕望。

對任何人來說，這都是無路可活。

當她需要愈做愈多時，等危機一解除，貝瑟妮就會撤退到醫院走廊來擺脫它。沒多久，菸味跟著出現。因為李查醫師帶來的小小抒壓時刻，已讓她變得歡迎這樣的臭味。

「這件事已經沒有意義。」這男人兩星期前才誓言不惜爬進畢斯利的胸口，才肯放手讓他死，現在卻這麼說。

這是她人生中第一次希望自己有抽菸，因為果真如此，她現在就會找菸抽。她指著對方指間那根升起裊裊白煙的東西：「你知道的，這會害死你。」

「但願如此。」他像是思索要捻熄它，最後卻沒有。「我想過這個主意，但我想癌症並不喜歡我。」

「自然死亡的那些人……你真的認為他們已經逃離即將到來的事嗎？」她問：「還是他們只是比我們其他人更早被撈起來？」

他聳聳肩。「有待爭議，但值得一試。」

從走廊窗外可眺望一大片停車場，再過去是一個舊式大宅的社區，再遠方是市區建築，而當中最顯眼的就是，有著他們永遠無法擺脫的可恨標語的譚納旅館。它是附近最高的建築物，不管住在哪裡，他們全都住在它的底下。

「妳是知道的，我從來就不奉行必須不惜任何代價留住生命，我曾因此被視為異端，只是那些人對我有沒有好感也不重要。」李查告訴她。「採用特別手段從病人身上擠出一天天壽命，我從來就看不出這樣有什麼價值，因為當我們這樣做，其實只是延長了苦難。對我來說，生命品質向來是更好的基準，我卻不知怎地遠離了這一點。」

在他們遠眺窗外時，視野以外的某個地方又傳來了警笛聲。

「這**真的**是生命品質嗎？」

「我老公麥特說，我們應該去十五號公路，把『歡迎來到譚納瀑布鎮』的標語重新粉刷成『死囚區』。」她說：「但當然，那會算是改變。」

「辦不到的。」李查嘖了一聲，不表認同。「到了終結的時刻，難道大部分的病人不想成為選擇自己死亡時刻的人嗎？我認為他們一定想。」

「這是他們最後一個可以控制的決定，起碼應該要這樣。」

「沒錯。」他說：「我想我會跟鎮長談談。」

她感受到從上頭、從畢斯利二樓病房施加的責任壓力，能拋下它真好。

「你可懂我認為你是怎樣的人？」她問。

「可能吧。」

所以已到了這個地步。瞬間的震驚過後，她很驚訝自己居然對此如此平和。然後，她想到護士同儕珍妮特坐在那裡監看鎮史上最令人憎恨的男人的模樣。**我會從他的眼睛開始……**

「你要給人的不只是機會。」她真不敢相信自己說出了這些話。「你需要讓他們參與。」

在特別公投的那一天，她又輪值擔任看守護士。她坐在畢斯利病榻旁邊，聽著心電監測儀令人安心的嗶聲，看著他上下起伏的胸膛。機器嗡嗡作響，然後噴氣。他的臉龐和手臂彷彿是皺紋和管線交織的地形圖。

他醒著，甚至有認知意識。他刻意避著她，寧可直視遠端的牆壁，直到貝瑟妮被忽視了一個小時過後，直接把椅子拉近，足以倚向床欄，聞到他乾枯發霉的氣味，而他再也無法假裝她不在場。

「我懂。」她告訴他：「我真的懂。你們所有人當時是有多害怕。這是你們對彼此、對自己，最不可能使用的詞，但你們當時就是如此，就是害怕。明明是成年人，卻怕得跟看到霸凌者現身搶走玩具卡車的小男孩一樣。」

她愈是要說，他愈是咯咯嘎嘎別過頭不看她，努力轉向窗戶及蔑視他的城鎮窗景。

「不，我懂的。當時，整個世界必定像是突然改變，變成一個你們完全不想進入的地方。像我老公這樣的男生，會留長髮、開始演奏你們無法理解的音樂。像我這樣的女孩，會吃避孕藥，開始了解到離開廚房和嬰兒床，還是有人生。我們發現的毒品藥物，是你們這種喝烈酒加啤酒[49]的人完全無法想像的。」

她既然已開始說了，就停不下來。

「還有黑人，當時已經不再限制他們坐在公車後列，對吧？不管你們這樣的偏執狂槍擊了多少他們的領袖，又放了多少狗和消防水帶對付他們，無論如何，他們就是一直出現，這必定是最讓你們害怕的事。」

在被單底下，畢斯利的身體不斷顫抖，她希望那是無能為力的怒氣。

「你們這些扶手椅上的愛國者，你們鼓吹了一場全國即將起而反對的戰爭，而在內心深處，你們甚至也懷疑那些好戰人士是為了自己的議題而騙了你們，只是你們太鴕鳥心態而不願承認。」

她想要他流淚，但或許他已終究乾枯到無法落淚。

「世界就要拋下你們這些懦夫，一切開始從你們手中溜走。你們可能擔心如果不採取行動，查爾斯・曼森[50]這樣的人隨時會現身。**我懂的**。如果無法阻止世界繼續前進，那麼在世界改變時，你們就只想棲身在梅貝里[51]這樣的烏托邦。我不怪你們這樣，不怪你們當懦夫，因為懦夫就是這樣，畏縮是野獸的本性。」

在被單底下，他淺淺的呼吸明顯加快了，心電監測儀顯現的脈搏也更為快速。

「但是，你們是怎麼從這樣，變成只為了維持你們的假象更久一點，就犧牲其他所有人的人生？這是完全不同程度的貪婪。一群該死的反社會分子，你們全部都是！」

如果他現在嚴重心臟病發作，倒是對他再仁慈不過的事了。但是他沒有，非常好。

「你們到底怎麼能**真的**愛自己的城鎮，卻又跟甚至不應該存在的東西交涉，進而出賣了它？只為了保持城鎮原本的樣貌，直到你們小團體最後一人死去，然後我們其他人全都該死，因為我們只是……什麼？交易籌碼嗎？」

49. Shot and a beer，直接把一杯烈酒加入一大杯啤酒中，調成「炸彈酒」。
50. Charles Manson（一九三四～二〇一七），美國重大罪犯，邪教領袖，其「曼森家族」組織被控在一九六九年間犯下九件連續殺人案。
51. Mayberry，美國電視情景喜劇中所設定的虛構社區。

畢斯利終於費力把頭轉回來面對她。

「山羊。」他緩緩低語，聲音有如乾枯蘆葦。「那黑山羊……我們從未想過她會回應。」

或許麥特說得沒錯。或許這整個不合情理的狀況一開始只是一個愚蠢的玩笑。還在跟妓女廝混，佯裝壞男孩的悲傷小男人，拚命想要抓住他們的東西，只想再抓得久一點，再久一點。

「有件事你可從未想過。」她不應該告訴他，但讓他經歷到跟他們其他人一樣的恐懼，似乎很重要。「打從人們弄清楚一切，讓你得以活下去的唯一理由是，他們恐懼你死後將會發生的事。只是，即使這樣的事也會有其盡頭。所以，你或許不會像你以為的那樣輕易離開。你可知道現在發生了什麼事？整個城鎮正在投票決定要怎麼處置你。看看大家是否願意用最後的這幾天或幾星期，或任何我們僅存……任何你僅存的日子，換取讓你受苦的滿足感。」

出現了，就在那裡，他的眼神有了恐懼，而這正是他們大家所需要的。

「我上班前已先去投票了。」她說：「我投贊成票。」

不怎麼意外，這項特別公投通過了：三六五八票支持，二〇七七票反對，另外大約還有五千一百人，不管怎樣都懶得出席。

審判日，人們這麼稱呼這一天。傳教士使盡街角瘋子般的能力，提出異議。城鎮現在嗜血，沒有神蹟干預，所以他們將會取走所能得到的。

事情在鎮民廣場舉行。數以千計的人擠上街道，但還有更多數以千計的人留在家中。他們在法院草坪上架起高台，它原本是退伍軍人節、陣亡將士紀念日及六個不同遊行節日中用來演講的台子。

鎮長在場主持，警察在場維持秩序，當救護車送來唐納．畢斯利，群眾有如潮水般分開讓它通行。他的醫療小組縮減成兩位，醫師和護士各一人，即李查醫師和她的同事珍妮特．史威。即使他們是來監督他的死亡，但是他們的工作依舊相同：盡可能讓他活久一點。

而珍妮特如願了，她率先下手，拿走畢斯利的左眼。他被綁在豎直的輪床上，讓群眾目睹事情經過，而這空洞的窟窿讓全場興起一片歡呼。

他可能才七十六歲，但看起來至少有一百歲，卻尖叫得像是虛弱的孩子。

貝瑟妮在群眾之中，相距幾排的距離。她轉開視線，盯著地面，伸手讓麥特握住她的手，想要緊緊握住，直到最後一刻。

「想離開嗎？」他問。

她搖搖頭。「如果投票贊成這樣的事，就應該做好見證全程的準備。」

想要如此的人，得轉個彎，進入排隊等候走上平台側面階梯的隊伍，再從另一頭下去，至於當中會發生什麼事，就看個人決定。有些人光是咒罵畢斯利，或對他吐口水就夠了，但其他人卻不是這麼容易滿足。他們會打他巴掌、割他的肉，用鉗子拔指甲，拿走耳朵、敲下牙齒，把香菸壓向他的額頭，用裝了強酸的滴管侵蝕他的皮膚。

早在隊伍輪完以前，歡呼聲就已沉寂下來。

群眾有的繼續留著，有的離開，有的因為千百種不同的悲傷而啜泣著。有些人吐了，有些人想要再度回到隊伍，還有一些人開始大笑就停不了。

貝瑟妮提醒自己，有那麼一段時間，譚納瀑布鎮曾經是長大的好地方。只是撕下裝飾的外表後，就是現在這個樣子。

即使在畢斯利已被宣布死亡後，隊伍還是繼續前進。有何不可？他或許騙走了他們的未來，但他們不會讓他騙走拿他屍體出氣的最後機會。

大約過了一小時，天空才開始打下一道閃光——可能是綠色，可能是藍色，也可能是不在已知光譜上的顏色。狂風揚起，吹向西方，拉向閃光的源頭。他們以前也感受過這樣的狂風。

她緊握住麥特的手，用力到必定弄痛了他。必定是。

在他們周遭，鄰人開始驚聲尖叫，一群群散開。儘管被四面八方不斷推擠，她和麥特還是決定不為所動。逃跑**可曾**有用？

「我昨晚做了一個夢。」他告訴她，聲音開始顫抖。「感覺好真實，栩栩如生。我夢到我拿到某種管樂器，要在宇宙中心的一片混沌中，為神演奏。」

沒多久，它開始在遠方的樹木和屋頂上方現身，黑暗翻騰，外表有如暴風雨雲般反覆多變。所以，這就是他們之前召喚、呼喚，交易的對象……這個，有著千百子嗣的林間黑羊。它是從噩夢前來的神祇，仍在尋求掌控世界，而在東方、在北方、在南方，不管人們逃向何方，他們很快都會在那裡發現需要尖叫的理由。尖叫聲迴盪在譚納瀑布鎮。千百子嗣可以圍捕許多落單者。

「所以，或許我們不會有事。」麥特說。

但是，它愈來愈接近，彷彿閃電會說話似的，以刺耳的聲音劃破空中。它攪動著不斷張張合合的眾多嘴巴，混亂不定的形體隨處重現大口。

「為什麼？」她說：「你怎麼會這麼想？」

在三個街區外，它繞行朝向醫院，經過它，**通過**它，這個自殺未遂的倉庫，過了像是永恆的時間，天空落下了血肉交織的暴雨。

「要是它一直可以吃掉我們？」麥特說：「卻還是等待呢？」

它來了。

「它當時為什麼要這麼做？」

來到了鎮民廣場。

「或許它只是好奇，或許它想看看我們會怎麼做。」

它來了，地面和人行道全都在它那打樁機的蹄足下滋滋冒煙。

「或許現在，就在今天，就在這裡。」麥特說：「我們當中終於有人會變成……有價值。」

貝瑟妮緊緊閉上眼睛，就跟握住麥特的手一樣緊密，等著它帶著猛烈氣旋的聲音襲向他們。

終於，終於，經過長久等待，無法捉摸的終於……

離家的時候到了。

陪葬品

潔瑪・法爾斯

一塊一塊放回去，缺口對缺口、線對線，就這樣一片片拼起來，它們就會開始歌唱。這裡有一種骸骨散發的樂音，但愛瑞莎・霍桑並不是聽到，而是感受到，就像它發出一種她不是很能確切聽聞的頻率，卻層層迴盪在她的皮膚、肌肉、軟骨、骨頭之中；入夜後，流轉在她的耳際悄悄低語，有如鮮血穿透外殼。

按照遺物嚴謹判定，他們現在挖掘的遺址可能屬於距今六千五百年前左右的上古時期，因此較近來布格河的發現早了快兩千年。而且，遺址高於水際線甚多，使它非常罕見；當時大部分的人類是住在水岸營區，而那時候最後冰河期在蘇必略湖東邊河道區殘餘的大量冰雪退去，造成湖面不自然地下降逾一百公尺，水平面來到最低點。然後，均衡作用使得水面慢慢回升，這就是古印第安人時期末到四千年前之間的遺址，大部分都位於水中的原因。

但是，這個遺址卻不是。它收攏在周遭盡是古老松柏的一處花崗岩山脊底下，林木濃密到他們必須把車子停在一公里半以外的地方，再一路步行闢路，儘可能降低干擾。差不多一個月之後，在寒冷天雨的討厭十月，在即將迎向萬聖節的時候，安瑪莉・貝格博士的團隊一一清除樹幹，樹樁如傷口般滲出樹液，使得空氣中充滿難聞的氣味，他們砍掉最長的樹木後，裝載送回保留區，作為日後傳統習俗或重建使用。那裡總有很多忙碌的改善計畫，安瑪莉——要稱為貝格博士——是這麼說的。

儘管加拿大的倫理法規大多禁止挖掘，但當貝格邀請艾莉絲・路文博士擔任顧問，就連地方長者都不得不認同這特別的發現，值得一探究竟。貝格是路文在雷霆灣湖首大學最喜歡的助教，兩人從此之後實際上就一直在同一團隊；路文擅長處理資金和考察計畫，貝格則處理部落聯繫職務、一般公關，以及幾乎和媒體有關的一切。由於在花崗岩石板找到像是祖先岩石壁畫的淺微雕刻，它和北極圈卡亞塔利克島的發現相似，同時石板如瓶塞般蓋住這個坑洞，這遺址開始被稱為「潘朵拉盒子」，而激起這樣熱情的人正是貝格。愛瑞莎親眼見到石板上方以及下方都有這些雕刻，當時他們撬開坑穴，打開一個足以讓愛瑞莎跳進去的三角形缺口；她先是拿手電筒往下探，但燈光最遠只夠她在著地前，確認落腳處——她單膝跪地，感覺到一片濡溼，這裡狹窄到無法完全伸展——然後她不自覺地反轉手電筒，映出那些沒有眼睛的方正冷漠面孔，就在正上方無聲評判她。

「他們是怎麼把它弄來這裡的？」另一個實習生摩根詢問路文，路文聳聳肩，然後看了貝格一眼，讓她回答。

「石板本身是自然形成，而不是製造出來——雖然可能有稍稍改變形狀。後冰河期的剪力使得這地區有非常多的落石，造成石板出現。接著，他們進行巨石陣那樣的土方軌道，往下挖——」貝格用雙手在空中比劃。「——然後堆在前方，上頭置放原木，作為滾筒使用。再找來足夠的人力推拉，就成功了！」

路文點點頭。「對，就是這樣。等墓穴挖好之後，封蓋它也不會有太大問題；只要增加斜度，直到產生斜坡，再把它推過邊緣，俯角往下，讓一端接觸對面邊緣，再撤除斜坡，讓它整個蓋平。」

「嗯。」摩根微微轉身示意：「只是，這些雕刻是做什麼的？是說……它們有什麼意義？」

「奉獻圖騰。」貝格充滿信心地回答。

法醫專家塔蒂亞娜．霍契雷克博士卻搖搖頭。「無從而知。」她反駁：「記得嗎？妳不是跟我們說過，它們跟妳從小看到的儀式符號沒有絲毫相像之處？所以對我們大家來說，它就像是中國字——除非你懂拼音，不然『他媽的』和『上帝保佑你』都有可能。」

貝格張開嘴巴想要爭辯，此時，路文看到愛瑞莎舉起手，於是要兩人別作聲。「哦，親愛的，妳用不著**這樣！**」她驚呼。「有什麼想法，直接大聲說出來就好。」

愛瑞莎遲疑了一下，視線轉向摩根，對方點點頭。勇氣在握，她回答——

「哦，或許，我的意思是——即使不懂語言，還是可以從脈絡了解到許多事，對吧？呃……」她抬起身子，足以高過石板，她的手指輕叩石板上方，指甲輕輕劃過邊緣粗糙的石頭。「我猜是：『別過來』。」她推論：「因為它是刻在上方這裡。」

路文點點頭，而霍契雷克和貝格互看了一眼。「很合理，那麼下面呢？石板的另一面呢？」

此時，愛瑞莎聳聳肩，在三名教授全體注視的沉重目光下，不自在地無所遁形。

「……『留下來』？」她終於說出想法。

和路文團隊一起挖掘應該是有史以來最棒的職務，一個讓人發暈的夢幻考古實習——有政府協助、預先付費、實際動手的經驗，還有機會真正發現已數千年未出土的東西。然而，第一個星期結束後，愛瑞莎已開始夢想著要趁大家入睡時，悶死幾乎每一個人；或是在就近的第一棵樹木吊死自己。但之後唯一有改進的事是，她已筋疲力竭到兩者都做不到。

當時迎接他們到來的雨依舊下個不停，這更是於事無補，雨勢不斷，雨水寒峭，一切都泥濘不堪，散發強烈的針葉氣味。有時，細雨模糊化為濃霧，滲透愛瑞莎最厚的雨衣表面；無時無刻的冰冷，以刺痛的鋒利螺紋點燃了她的骨髓，周遭空氣冷冽到張嘴呼吸都會疼痛的地步。跪在泥地中，她見到自己呼出炙熱的氣息，松果穿過垂著水滴、張著刺蝟般針葉的樹枝落下，悶沉的撞擊聲有如步槍射擊，每一天都是相同的開始，相同的結束：林間霉味有如濃煙，燒灼她的眼睛和鼻竇，尤其在抗過敏藥物用光之後，她已失去防禦能力。

「老天！」摩根突然驚呼，像是現在才注意到。「小瑞，妳感冒症狀很嚴重哦，路文知道嗎？」

愛瑞莎聳聳肩，水珠四散；忙著墓穴挖掘工作時，也很難有什麼反應。只能說：「呃，嗯……對，是呀。」她含糊回答：「看不出她怎麼可能不知道？」

「是說這樣的朝夕相處嗎？妳說得可能沒錯，但誰知道呢？我是說……」摩根這時隱去了聲音，視線投向主帳篷——那裡有兩個非常熟悉的聲音再次扯開嗓門——才又接續剛才說的話。「……她最近有一點，呃，心煩意亂，就是……我想對每件事都這樣吧。」

「我想也是。」

在主帳篷中，貝格和霍契雷克一如既往激烈地爭吵，像是永無止盡的連載小說最新篇章，不同日子卻同樣的屁話。這大概打從一開始，就注定是一場悲慘的較量；霍契雷克的專業能力讓她把所有人類遺骸視為可利用的資源，貝格身為部落聯絡人使她負責確保一切能令人信服地維持原貌，分類編目之後就放到原處，盡量減少對祖先的不敬。當然，如同路文不斷提醒霍契雷克的說法，貝格的參與是大家一開始全聚集在此地的唯一理由，但從霍契雷克的觀點來看，只因為知道這是事實，並不代表就必須假裝喜歡它。

「我要再次強調。」現在換霍契雷克說話，明顯咬牙切齒。「取得這遺址可證實年代**最簡單的單一做法**依舊是，帶回一些骨頭，送到公正可靠的實驗室進行碳定年檢測……」

愛瑞莎幾乎可以想見，貝格回答時，會做出她平均一天五十次的動作，堅決地搖搖頭，髮辮跟著擺動。「塔蒂，那麼，妳盡情拿陪葬品去做碳定年吧！隨妳怎麼測，可以嗎？要磨成醬，或是該死地燒來吸取灰燼，隨妳高興。但是遺骨本身？**那些**可是要留在這裡。」

「哦，因為這些骨頭當中可能跟妳有一百萬分之一的相同基因嗎？賤人，妳也幫幫忙。」路文此時出聲，語氣仍舊安撫溫和。「各位女士！保持禮貌，好嗎？畢竟，我們全都得至少再一起工作整整一個月……」

「真不幸。」霍契雷克回嘴。這可能讓貝格像豪豬般豎起尖刺，準備狠狠回擊——

「嘿，不要只因為妳沒有，就詆毀我的靈性，這有那麼難嗎？要是我們在非洲，挖掘盧安達大屠殺的棄屍坑，**那麼**，事情就會不同，對吧？」

「安瑪莉，妳知道嗎？可笑的是，並不盡然。無論在什麼地方，對我來說，它們都是一樣的，因為我首先的身分是**科學家**。妳他媽的給我住嘴。」

「而我不是，妳可是這個意思？」

「哎呀……如果原住民鹿皮鞋適合妳的話。」

聽到這句話，愛瑞莎猛然回頭，剛好迎向摩根同樣不敢置信的眼神。兩人面面相覷，像是在說：**來真的嗎？**用可能一觸即發的互毆，對神聖文化打耳光，哇！老天爺！

「六拳就擊倒拖走，頂多七拳。」摩根瞟了一眼嘀咕。「我下注，五十元賭塔蒂贏，除非安瑪莉第一拳就打倒她。妳要不要加入？」

愛瑞莎發出實在不能說是笑聲的聲音。「多謝，我不跟。」

摩根聳聳肩，然後繼續手中被指派的工作，只是輕輕搖頭。「妳的損失。」

按照路文原本的做法，她像是真的以為，只聘請女性同事和學生可以保持這趟小行程順暢無比，彷彿從方程式中移除所有男性荷爾蒙的痕跡可以創造某種天堂般的心靈交會：生理週期同步，保持忙碌，就從容不迫。然而，這個原則一開始就有了瑕疵：**她們沒有老二，並不代表就沒有權勢等級**。就像愛瑞莎所有阿姨姑媽在清一色女性的清潔服務總部下班後，參與同樣清一色女性的縫紉團體後，經常聽到並加以評論的一樣。坦白說，愛瑞莎非常驚訝路文怎麼會有這樣的想法，認為女性絕對不會為隱喻性的檯面上，帶來野心、憤怒或欲望等各種分化的特質，尤其路文的大半學術生涯都在美國各地的女校度過，最後才終於擴展了領域——

但無論如何，或許路文其實是披著第二波女性主義者[52]糖衣的演化心理學瘋子，不管前因後果，始終執意誤把生物學當成命運。果真如此，就像她顯然從不曾好奇愛瑞莎每天到底都在吞什麼藥。

謝天謝地，自從相當早期的診斷後，愛瑞莎就開始使用青春期抑制劑，所以她始終沒有長到像哥哥那樣會暴露秘密的身高，而且也不太變聲；加上沒有喉結，並且以化學手段讓鬍鬚體毛跟這個臨時家族的天生女性一樣柔軟淡化，即使其他隊員感覺像是身體警察。但是，純粹的事實是，自從離開基地營之後，她們就沒人見過彼此任何衣衫不整的模樣——這裡冷到大家都包得緊緊入睡，更別說是沖澡了，假設她們有地方洗澡的話。

只是，這是典型的妄想症，她也心知肚明；這裡每一個人把她當成愛瑞莎是因為，她**就是**愛瑞莎。她是用這個名字合法地就讀大學，而就跟高中畢業一樣，這也將是她未來大學畢業的名字。在現下這個時刻，不管是實際上還是比喻上，她和出生時的自己已有相當大的不同。

她再次抬頭，發現摩根仍盯著她。她臉色一紅，手中沒有任何東西可以草草擦掉滴落的鼻水，只能努力吸回去。「不好意思。」過了一會兒，她才擠出話來。「很噁心，我知道，我真的知道。我只是——對不起，**天呀！**」

52. the Second Wave feminist，一九六〇年代始於美國的女性主義運動，內容包括爭取性別平等、生育權、避孕、墮胎、離婚和工作權等等。

摩根大笑。「夥計，沒事，誰知道，對吧？」

「對。」一陣停頓。「我想應該會沒事，只要沒該死的一直下雨的話。」

「可是。」

「……對，可是。」

摩根擁有非常漂亮的笑容；換成其他場合，愛瑞莎可能會想找時間好好就近欣賞。但現在，在承受壓力的片刻連結，兩人唯一真正想到可以做的就是，不以為意，再度各自散開——摩根回到發電機組，那裡再次發出讓人憂心忡忡的即將限電聲響；而愛瑞莎把身體撐出墓穴，踩著泥濘的腳步往帳篷走去，打算用防水布的排水水流沖洗戴著手套的雙手。這使她得以近距離看到爭執狀況，透過帳篷搭設不佳的邊布空隙，她終於看見各選手的實際狀況：貝格和霍契雷克對陣，路文擔任裁判。還不到真正劍拔弩張的階段，但如果摩根有下注，愛瑞莎倒至少可以開始計時。

「聽著，安瑪莉……」霍契雷克終於開口：「我知道妳想把外頭、把墓穴裡這些當成是妳的同胞——但我已經實地研究好幾星期了，我認為根本不是，我認為這些不是任何人的『同胞』。」

「塔蒂，我的天！這是什麼見鬼的他人主義，殖民主義者的屁話——」

「不是，我是說真的，**認真的**。」霍契雷克指向陳列排放的骨盆骨頭、壓扁的顱骨，以及她們所能找到的脊椎。「骨盆往後懸吊，比較像是鳥類，而不是哺乳類。眼窩比平常整整大了十毫升，而且是側位，不是朝前；這些人幾乎不是雙眼並用，要看正前方的東西，可能必須仰起頭。牙齒多了一倍，一半是犬齒，後面的牙齒是鋸齒狀：這是純肉食動物。而這甚至還沒提到椎骨數目，以及把椎骨固定在一起，前後各有的突起物，像是蛇……」

「妳才只檢視了三具骸骨，就已經來到分類的範疇了？以特點進行演化系統分析是有偏見的，就目前來說，太容易對整個分隔的物種誤判演化分支或判定單倍群[53]——」

即使最後一句話才剛開始，愛瑞莎心想，**哦哦，貝格博士，下錯招了**。實際上，等這句話結束後，霍契雷克博士的眼睛已瞪大到笑紋完全消失。「哦，真的嗎？**真是**這樣嗎？」她狠狠啐道：「哇，天哪！我可不**知道**，請多多指教吧！妳是說霍督屯的維納斯[54]嗎？」

「妳知道我的意思。」

「對，我**的確**知道妳的意思；但妳知道**我的**意思嗎？還是跟平常一樣，妳剛剛在我一開口說話，就把手指塞進耳朵，然後唱著，**啦啦啦**，**我聽不見**。」

貝格氣憤地怒哼一聲。「整整一個月的每一天，妳都見到挖掘狀況了——那是個**墓穴**，塔蒂，妳剛剛也用了這個字眼。那裡有滿滿的陪葬品，動物才不會這麼**做**，如果妳是想暗指那是動物的話。」

「拜託，我當然不是說在那裡面的是動物；或許只是人類的分支，一個演化的終點，就像是南方古猿。」

「妳是在跟我說南方古猿有蛇類脊椎？」

「**不是**。但不會因為我們還沒發現，就代表東西不曾存在。」

「說得好，穆德探員[55]。」

53. Haplogroup，可用來標記數千年前的物種祖先來源。

54. Hottentot Venus，十九世紀歐洲的怪奇秀中，以「霍督屯的維納斯」為名，展示來自南非原住民女性莎拉．巴特曼的豐滿臀部，當時人類學家甚至據此試圖找出黑人與黑猩猩的關聯。

55. Agent Mulder，美國一九九〇年代的知名科幻影集《X檔案》男主角。

「哦，去妳媽的，妳這高高在上的原住民中間派，幹——」

路文舉高雙手，走到兩人中間打斷戰火，但她們都惡狠狠不理會她——兩人怒目相向，態度陰沉，比較像是準備持久戰，打算抖抖腳甩開她。霍契雷克抬頭瞪視，而貝格低頭盯著對方，雙手扠在臀後，髮辮仍不斷擺動地質問：「當真嗎？我們現在是要這樣？黑人女生和印第安人，互相指責對方種族歧視？」

霍契雷克抽動了一下，像是準備架拐子，她努力化解想要先出手再回答問題的衝動；而這個動作實際上已猛烈到讓貝格微微後退，並且不自覺地瑟縮了一下，才又穩住自己。

「妳先來。」霍契雷克語氣平淡，終於作出了回應。

然後，路文再次插嘴，顯得稍微狂亂。「各位女士，我們可是科學家，對吧？我們是專家，意見可以不同，甚至可以吵架，但是要保持**尊重**——始終都要保持尊重。就這麼簡單的原理，現在也是。」

現在，換霍契雷克哼了一聲。「她總是可以得逞。」她回答：「未來也是如此。」

「妳說得沒錯。」貝格同意。「因為這可是KI第一民族[56]的土地，並**不是**理論，所以如同妳的政府所允諾的，那些骨頭會回到它們被發現的地方，毫無爭議。」

路文看著霍契雷克，霍契雷克轉開視線。

「從沒真的想到居然會有爭議。」她低聲嘀咕。

那些讓霍契雷克大感無趣的陪葬品是典型的上古時期器物：大部分是沒有經過大範圍打製的石片石器，明顯缺少陶器和煙管，尖形石器具有新式的柳葉拋線，邊緣有鋸齒和拐角刻痕，適合在針葉和落葉的混合林使用，此外對當地燧石的依賴程度也增加了。但怪異的是，墓穴整體陪葬品的規模卻非常驚人——就貝格提及的三具屍骸，其中包括一男一女及一具性別不明的青少年（缺少骨盆，可能在石板蓋下前就被動物吃掉了），意指這裡可能只埋葬了一個家庭，但裡面找到的端刮器、邊刮器、粗製石斧和作為梭標投擲器的打磨重管，數量卻似乎遠超過一家人的需求。

屍骸上面放置了一層陪葬物，物品多到幾乎像是當成第二道定錨力，不過，三具遺骨都居於最重要的位置，而且全部有著明顯可見的紅赭土痕跡，並不是像習俗只限男性屍骨。更加詭異的是，近距離檢視後發現，同樣的紅赭痕跡似乎不只煞費苦心運用在剝了皮脂的骨頭上，所有陪葬品在堆疊上去前也加了紅赭。

愛瑞莎知道，從前王朝時期的埃及到史前時期英國的葬禮中，紅赭是用來象徵鮮血；骸骨會在剝除皮脂後，用紅赭裝飾，象徵敬意和撫慰，用來避開可能出現的吸血鬼魂：**請享用這些，把我們的留下來**。因為沒有真正的來世觀念，史前時代的死者一般被認為對生者具有恆久的妒意和憤恨，以及掠奪的心理……尤其當他們早死或冤死，等於被奪取了他們生前可能獲得的所有一切時，更是如此。愛瑞莎心想，就像卡奧女士或是所謂的「斯基泰公主」，兩者都在二十多歲死亡，都是坐擁不尋常權力的顯貴（前者是莫切文明所發現到的第一位地位崇高的女性；後者其實是西伯利亞的女祭司，身著絲綢、毛皮和黃金埋葬）。她們的墓穴都放置了最為珍貴的陪葬品，令人訝異的是，這在中部美洲[57]、印度、埃及到亞洲各文明都極為常見，而且有更多的屍骸，顯現出新進的暴力**獻祭**跡象。

56. Kitchenuhmaykoosib Inninuwg First Nation，位於安大略雷霆灣北方五百八十公里處的加拿大原住民第一民族保留區。
57. 位 Mesoamerican，不同於地理上的中美洲，中部美洲涵蓋的範圍更大，它是歷史上的地理和文化區，從墨西哥一直延續到哥斯大黎加。

他們稱之為侍從殉葬，愛瑞莎心想，她的頭微微暈眩，顱骨在經常溼冷的頭皮底下顯得麻木發燙。**就像屠殺馬兒，這樣牠們才能為公主拉馬車進入地府，此外還有人們：妃妾、士兵、僕役、奴隸，可能一批批選出，或是有志願者。隨之而來的是，為了替進入夜間的最後漫長日間旅程，取得同伴所進行的殺戮。在埃及，他們總算開始用替代的薩布提人俑，這是一種雕刻著咒語，用來替換真正屍體的巫術陶俑；一種事物的意象，就跟事物本身一樣好用，除非它不是。**

文字在她的眼前晃動成形，她幾乎像在筆電螢幕上看到它，但也可能是某個地方的書頁，或任何她最早見到這項資料的參考途徑。在密西西比文化（西元前八百年到一千六百年位於現今密蘇里州聖路易市附近）最大遺址卡霍基亞中的七十二號台基中，是怎樣挖掘到有大量埋葬的坑洞：五十三名年輕女性被絞死後，再整齊疊成兩層放置；卻有三十九名男、女和孩童被亂葬，有幾個跡象顯示他們被埋葬時還沒完全死亡，曾試著想要挖掘出一條生路。另有一組四人屍身被整齊安置在雪松木棒和藤編製成的褥架上，他們的手臂交纏，但是首級和手部卻都被砍除了。

其中最引人注目的是「鳥人」，這是一具約四十多歲死去的高大男性，被認為曾經是早期卡霍基亞的重要統治人物。他被安葬在一處高起的台座，躺在逾兩萬片穿孔圓盤貝所鋪成獵鷹形狀的貝床上，鷹頭就在遺骸頭部底下，鷹翅和尾巴則在他的手腳下方。在鳥人底下還發現了另一具遺骸，只是臉朝下，而周遭盡是一堆堆精巧的陪葬品……

當然，卡霍基亞是帝國巔峰時的一個貿易中心，所以他們盛大行事，準備豪華陪葬物品是很合理的。然而，這一座……這一座都不一樣，比較小，也比較寒磣。三具主要屍骸的臉部全被蓄意砸爛，彷彿一陣厭惡或褻瀆湧現，試圖讓面孔無法辨識；天知道愛瑞莎花了多少時間拼補復原，所以明白第一擊的成效有多大，非常奇怪的是，這居然伴隨著像是幾乎同等激烈的崇敬程度。只是，卻又有這樣的合頂石、蓋板、剝除皮脂和赭土，而且紅赭土還滲透了陪葬物本身——這全是後來添加，贈予者必定耗費巨大。就像是遲來的道歉。

但沒有侍從，這裡沒有。

在大家認為應該挖掘的地方，至今都沒見到。

最後一個想法終於讓愛瑞莎從半夢半醒之間驚醒，她驟然坐直身子，險些摔倒，兩邊太陽穴傳來一陣令人目眩的刺痛。她在睡袋上穩住身子，儘可能放慢呼吸，壓抑反胃感；十指同時壓住眼窩邊緣，直到眼皮底下白點閃現，以壓力和純粹的意志力壓制疼痛，等待痛楚慢慢消退。行動能力一恢復之後，她便套回靴子，抓起挖掘的鏟子和泥刀，低頭衝出帳篷。

霧氣撲面而來，冰冷氣息為她發紅的臉蛋帶來片刻的舒緩。她不知道讓她頭暈眼花的是靈感還是發燒，但就是盡快趕往墓穴。

燈光昏暗；她的時間不多。沒見到其他人在工作，這表示大家都到炊事帳吃晚餐了。但並不是，結果發現不是所有人都去用餐了。經過主帳篷時，她停下腳步，因為裡面傳來貝格博士再度和人爭執的聲音——但這一次是透過衛星電話，對方是誰？

好奇心戰勝了她，她屏住氣息慢慢靠近外帳。

「……我的重點是，不知道她認識**誰**，Gammé。」貝格說。愛瑞莎蹙眉在心中翻譯：Gammé是指老奶奶，就是當初一開始就幫忙斡旋部族委員會同意這次挖掘工作的長者；愛瑞莎從沒聽過貝格對她說話的語氣如此不安。「但如果那是具有足夠影響力的人，決定不想再尊重約定——」她停下話來，嘆了一口氣。「當然，可能會有更多的資金，也可能沒有，只是資金或許不是我們現在應該思考的問題。」

一段長長的停頓。「嗯，妳見到照片了，對吧？是，就是塔蒂送過去的那一些，所以要是大家開始認同她——」停頓一會兒。「好，什麼？不，我不打算那樣做。**不**。因為這是**科學**，不是故事時間，就是這樣，而且要依據那些標準，塔蒂說得很有道理。蹚進神話的渾水可不會——妳有聽到嗎？喂？**喂？**」

顯然沒有回音；話筒砰地一聲掛上。有時電話莫名其妙就斷訊，即使有衛星協助——定位和技術等不可捉摸。所以貝格只能嘀咕：「哦，可惡。」就踩著沉重的步伐離開，而口中仍低聲咒罵。

神話？

在第一週的時候，有一次……對，她現在回想起來了。當時大家圍著首次大膽生起營火坐著，上方的防水布滴答潑濺，營火冒起濃煙。路文請貝格補上這獨特地區的部落歷史，而貝格略沒好氣地回答說，這裡沒這樣的歷史：就只有很多的故事；英雄和怪物，諸此之類的說法。「我們不太接觸那裡、那個地方，因為——」

這時出現一個字，是愛瑞莎從未聽過的，簡短而且奇特：**布可**、**帕庫**、**巴庫**諸此之類的。

（巴卡）

她的腦海深處傳來貝格糾正的版本，歐吉布威族說的巴卡，也是阿岡昆人說的帕卡。這是愛尼席納比族[58]的aadizookaan，也就是神話。他們通常會隔離特異者，稱其為披可骨（Baykok）。

摩根指出，**就像溫迪哥**[59]，但貝格搖搖頭。她說，溫迪哥重點是，剛開始是人類，但披可骨從來不是這樣。

這是一堆隱語的結合。披可骨的意思是「骸骨」、「披著皮膚的骨頭」；因此

bakaakadozo，就是瘦小、皮包骨、可憐。或是bakaakadwengwe，意思是指有張瘦臉——bekaakadwaabewizid，就是極瘦的人。更別說它會在夜晚發出淒厲的尖叫，bagakwewewin，指的是清晰明顯的叫聲；還有用棍棒打死戰士的baagaakwaa'ige。Baakaakwaakiganezh，拋擲受害者讓他們開膛剖肚，再吃掉他們的肝……

為什麼吃肝？愛瑞莎問，但貝格只是聳聳肩。

為什麼有該死的東西？它們可是妖怪，所以就要做一些噁心可怕的事，像巨人就會磨骨頭來做麵包。

知道嗎？只要有加麵粉，的確可以這樣，霍契雷克從營火的另一頭說道。只是麵包會扁扁的，因為骨粉和酵母菌無法結合。

瑪莎．史都華[60]，謝謝妳。

這就是貝格的祖母剛才在電話上說的嗎？那些骸骨看起來像是披可骨？三個披可骨？霍契雷克說得對，但同時也錯了？貝格她——

哦，但現在愛瑞莎的頭像在燃燒，整個炙熱發燙，有如溫迪哥傳說的著火雙腳。熱燙到雨滴應該會在她的皮膚上滋滋作響，不過並沒有。雨只是不斷下著，輕柔卻又犀利，往充滿松木氣息的潮溼空氣中滴落堅實的點點寒意，而墓穴在她腳邊張開缺牙的泥濘大口。

她屈膝跪下，攀過邊緣，手腳忙亂地往下滑。

等摩根經過它……那是很後來的事了。愛瑞莎不知道還剩下多少，但燈光已經快要完全

58. Anishinaabe，是一群文化相關聯的加拿大和美國原住民，包括前述的歐吉布威族和阿岡昆族。
59. Windigo，阿岡昆族的傳說，被認為是遭惡靈附身的人類變化而成的高大巨怪，會吃人肉。
60. Martha Stewart（一九四一～），美國知名作家和女性富豪，以教導婦女如何做好居家家務和烹飪手藝而致富。

熄滅，而她老早就已縮減行動到只能用戴手套的手指，盲目在墓穴內壁亂抓。她抬頭看到摩根透過手電筒的光線，往下盯著她。她面露笑容——或是自以為有笑容；此時她的臉龐已經僵硬麻木到難以確切做出表情。

「嗨，摩根。」她大喊，仍未停止動作。「晚餐如何？」

「呃，還可以。小瑞，妳……妳到底在底下做什麼？」

「我得挖掘。」

「對，我看得出來。妳還好嗎？妳看來不太好耶。」

「不過，我大致上**感覺**還好，我是說——」愛瑞莎用了一秒鐘來搖搖頭，幾乎停頓下來；兩旁坑壁開始變得模糊，危險地隆起，有如在呼吸一般。然後她作出結論：「不要緊。」這主要是對自己說，然後又回到手邊指定的任務。

「嗯，好吧。」摩根往後退，隨著叫喊每一個新的名字，聲音逐漸上揚：「塔蒂，霍契雷克博士，可過來一下嗎？現在可以嗎？安瑪莉？路文博士？」

她們有如蒼蠅黏在傷口一般，聚集在墓穴邊緣，她們往下凝視，而愛瑞莎只是一直繼續挖，現在幾乎連手腕都骯髒不已。「愛瑞莎。」路文博士終於開口。「妳知道我們已經標示過這個地區，對吧？就在一個星期以前。」

「博士，我記得。」

「如果我沒記錯的話，是妳測量的？」

「我記得。」

「好，那麼**住手**，該死。」霍契雷克下令。「聽到沒？我的天！看看妳做了什麼！安瑪莉——」

然而，貝格只是簡潔地搖頭蹲下。「塔蒂，閉嘴。」她說。她沒回頭，逕自對愛瑞莎說：「霍桑，小瑞……妳是愛瑞莎，對吧？」愛瑞莎點點頭。「愛瑞莎，妳是不是聽到我剛才說的話了？就是我在講衛星電話的時候？」

「是的，貝格博士。」

「哦，哦，該死。聽著……披可骨只是故事。小瑞，那只是傳說。妳不會找到，是什麼——另一堆人骨？妳是不是這麼想的？像是食物儲藏室？」

她的雙手仍繼續挖掘：「沒有，我沒這麼想。」

「那麼，妳**到底**在想什麼？」

愛瑞莎拭去臉頰的泥巴，卻讓嘴巴沾上了一些土，她啐吐了一口。「獻祭。」等嘴唇再次乾淨了之後，她回答：「就像卡霍基亞：死後世界的奴隸，而不是食物。但話又說回來，誰知道呢？或許兩者兼具。」

「喔，小瑞，妳在底下多久了？」

「我不知道。尼安德塔人和巧人共存了多久？他們的確如此，是吧？我沒說錯，兩者共存的時間久到足以共享土地，甚至混種，足以讓某些人擁有尼安德塔人的ＤＮＡ……」

「那是目前的理論。」路文同意，和貝格迅速交換了一個陰沉的眼神。「她到底在說什麼？」霍契雷克幾乎同時質問路文。「艾莉絲，妳都不審查妳該死的志工嗎？我們得把她弄出來，至少回到保留地，再找飛機送她出去——」

「塔蒂，妳給我住嘴。」貝格重複，這次還是沒有回頭。「摩根，妳是她的朋友——聽我的指示？一……二……」

不過，此時正是墓坑牆壁終於棄守的時刻。它突然崩洩出泥狀土壤，黑暗的急流逼得愛瑞莎往後退，上下同時襲來，釘牢她的雙腳，又壓得她無法動彈，盡是樹根、石子，以及骨頭、骨頭，還是骨頭。

就在這裡，我想得沒錯。她幾乎沒時間思考，只是欣喜欲狂，雙手全是戰利品。她掙扎地高舉它們。**看到沒？看到沒？我想得沒錯，就在這裡，我們**

（就在這裡）

但那是誰？在她震驚的隊友環圈後方稍遠處，那個低頭凝視她的高瘦身影？那個揚起頭，側向眼睛像在燃燒，缺乏五官的臉龐像是由漆黑石頭雕鑿出來的身影？

她聽見它在她的內心深處尖叫，尖細卻清楚的遙遠嚎叫。每一片碎裂頭骨的哭號聚集迴響，校整到某種遠方的音調：貝殼鈴聲、鮮血嘶吼。最後，文字終於成了血肉。

（對，就在這裡）

（我們一直在這裡）

（未來也會在這裡）

愛瑞莎慢慢醒來，發現自己躺在主帳篷的小床上，痛得無法動彈，她裡裡外外的全身都好痛。外在主要是瘀傷、擦傷，全面性的扭傷痛楚；但是體內——卻不是這麼一回事。就像全世界最嚴重的陰道炎，如尖釘刺進膀胱，從體內殺死她，目睹她痛苦翻滾；整個身體系統突然緊緊揪住她的內心，就像一個收攏的苦痛種子，隨時威嚇著開花綻放。

她想要嗚咽，甚至哭泣，卻幾乎無法忍受呼吸。至少這在其他人圍著她、在她上方談論她時，讓她容易——比較容易——保持安靜。

「披可骨？啊？」霍契雷克博士在說話，而貝格博士發出怪異的哼聲。「對我來說，看來還比較像是一個該死的史前連續殺人犯的棄屍坑。她怎麼會知道要挖哪裡？是怎麼知道的？」

摩根說：「她說她做了一個夢，在我檢視她的生命跡象時，她是這麼低語。」

路文博士聽起來頗為憂慮；愛瑞莎希望這是出於正確理由。「是，說到這一點，她的受損狀況有多壞？」

「要這麼表達也可以。」霍契雷克嘀咕，摩根吸了一口氣後回答：「嗯……信不信由你，但我想她沒事。至少，身體上是如此。」

「至於那些——」

摩根的語氣變得強硬。「那些是舊疤痕，不是新傷。是外科手術的結果，跟我們無關。」

路文嘆了一口氣。「如果那些正代表我想的那個意義，我可不太滿意……『她』選擇在計畫申請表上，曲解了『她自己』。」

「拜託，我們可不可以不要用別有用心的引號了？」摩根問。「我是說——確認一下大學法規，博士。現在來說，代名詞是由個人而定。」

「生物學上是嗎？愛瑞莎是——是女性，只因為『她』說『她』是？」

「呃，對，路文博士，**的確**就是這個意思。就像一個多種族的人說自己是黑人，那就是黑人；或是有人說自己是基督徒，那就是基督徒，即使他們不上教堂。」摩根強悍的語氣讓愛瑞莎感動得喉嚨像噎住了。她微微睜開眼睛，努力想要找尋感謝摩根的言詞，但她的嘴唇不管用，發出的只是乾澀的嗒嗒聲，像是蟲子在她的嘴巴裡面清了喉嚨。

但是，霍契雷克已經抓住空檔說道：「就像墓坑裡的東西，如果他們可以自稱是人類，那就是人類。」

聽到這句話，貝格轉身和她對嗆。「不好意思，妳是說**東西**？我們又回到這裡了嗎？該死的平行演化到底怎麼了？」

「哦，我可不知道——安瑪莉，再跟我說說妳的長輩是怎麼把它們當成祖先，告訴我他們**沒說**它們是怪物。」

「好，當然。就像我在第一週時說的，這裡是披可骨的國度，這就是為什麼非部落的人們，來自多倫多的健行客，會貨真價實被墓穴合頂石絆倒，讓我們知道它在這裡；也正是我們後來必須闢路進來的原因。但是，這只證明了，迷信的力量強大。我的Gammé八十多歲了，而老實說，提到考古學，她根本不知道自己在說什麼。」

霍契雷克嗤之以鼻。「是，而施利曼[61]也從來沒因為探尋荷馬指稱的地方，而找到八個不同版本的特洛伊。」

「哦，那又怎麼樣——民間故事是掩飾的事實，那可是我們所傳唱的歌曲？施利曼以《伊利亞德》作為嚮導書，這是特例，不是法則；他很幸運，而他找到的也**不是**他一直想要找尋的事物。這正是這裡所發生的狀況，一切都是。」

「一堆看起來不像人類的骨頭，卻緊鄰著更大一堆像人類的骨頭？」霍契雷克語氣極為嘲諷。「對，當然，**其中**可沒什麼重大的神秘之處。」

「嗯，事實上，的確沒有。妳聽到愛瑞莎說的了：這是侍從獻祭，就跟其他一百個地方一樣，而妳真的認為我們需要用怪物來解釋這件事？」就這麼一次，貝格的語氣是疲憊多過於氣憤。「塔蒂，這是典型的畫鳥症候群。只要和群體出現極大不同的人就會被放棄……賤民、異鄉人、畸形人，像這個小家庭有寬眼距、蛇形脊椎，或像我的Gammé從原住民寄宿學校回來後，剪了頭髮，穿著白人孩子的服飾，幾乎已不會說自己的語言。或是這裡的愛瑞莎，就那件事來說，只要艾莉絲曾看一眼她的胸部……」

路文舉起雙手。「拜託，別把我牽扯進去。」

「但是，妳早已經牽扯**進來**了，我們全部都是。」現在換成霍契雷克的語氣反常了，她收起了平時的冷嘲熱諷。愛瑞莎費勁地轉頭，見到對方站在輪床旁邊，俯身湊向一根灰棕色的骯髒長形物：那是剛挖掘出來的骨頭，這堆剛出土的骨頭在輪床上交錯堆疊成金字塔，顯得搖搖欲墜，而其中一根骨頭特別突出。「我是說，我還需要進行完整的實驗室檢查才能證實，但這裡有些骸骨上面還有血肉，就在汙泥底下，像是非木乃伊化的血肉。」

路文博士眨眨眼。「妳是說它們——」

「對，最近的。」

「但是，它們埋在土中，怎麼——？」

「妳來告訴我呀！安瑪莉？」

貝格張開嘴巴，接著又合上，最後才開口說：「嗯，那顯然——呃。好，我是說，那是……」她垂頭喪氣，幾乎無法聽聞地說：「我不知道那是什麼。」

還以為霍契雷克會很得意能徹底擺脫主要敵人，但是沒有；她看起來也同樣震驚，幾乎像是恐懼。路文只是站在那裡，打量帳篷的油布地面，就像她放錯了東西；而上方傳來不斷敲打屋頂的雨聲，悶沉的寒意襲來。當沉默不斷拉長，延續令人難以置信的氣氛，摩根的視線從在各人身上游移，最後終於落到愛瑞莎身上，然後她瞪大了雙眼。「老天——小瑞！妳醒來了！」她急急走到小床，屈膝跪下，然後伸手撫過愛瑞莎的額頭。「寶貝，妳還好嗎？」

寶貝。摩根的這句話聽起來美好到讓愛瑞莎泫然欲泣，也可能是真的流淚了。

61. Heinrich Schliemann（一八二二～一八九〇），德國商人與業餘考古學家，發掘出荷馬史詩中的特洛伊、邁錫尼等遺跡。

「好痛。」結果她從乾裂的嘴脣間，發出的卻是「阿他」。「從我的胯下、下腹部整個……」她發出氣音，努力挪動，但關節有如針刺。「手肘、膝蓋和腳踝也是。」

摩根用手腕內側搭在愛瑞莎額頭，測量她的脈搏；愛瑞莎無力地舉起手腕，見到自己的手腕在帳篷燈罩的光線下看起來這麼蒼白，靜脈又略略腫脹發紫，不免覺得有些毛骨悚然。「至少，熱度像是降下來了。」摩根對她說，擠出一個不太有說服力的微笑。「但既然我的女童軍急救訓練只有這樣的功力，我只能跟妳說，妳還需要送醫院，大概就是**現在**。貝格博士，衛星電話恢復了嗎？」

「嗯，不，還沒有。」

「好，知道嗎？回到大路只有半小時路程；把那該死的玩意兒給我，我會把它帶到可以接收到訊號的地方，然後打電話叫飛機來載她去雷霆灣。」

路文一隻手捂住嘴巴，活像維多利亞時代的女人。「哦，親愛的，不要在晚上，在像這樣的雨勢中出去！要是妳迷路，滑倒摔倒，或是——？」

「女士，我沒事的，我的靴子可是登山級的，真的沒問題。」

但是：「不，摩根，相信我，這真是糟糕透頂的**壞**主意。」霍契雷克說，貝格點頭附和。「等到天亮，等到天氣放晴，這樣有利訊號連接——」

兩人同時停下話來，因為彎腰綁緊鞋帶的摩根伸手往空中一揮。

「我有羅盤也有地圖。」她頭也沒抬地對她們說：「還有手電筒、小刀，而且我不會融化。況且，在這種情況下，步行比試著開車來得安全。如果有人要代替我去，我可以接受，但是最好現在說，不然就永遠別再多說了：小瑞是我的朋友，除非必要，我不會讓她多承受一秒鐘這樣的狀況。」

她挺起身子，雙手放在臀部，怒視全場，但沒有人有異議。所以她只是聳聳肩，把那部笨重的衛星電話塞進包包，然後彷彿給予承諾一般，彎下身在愛瑞莎額頭迅速一吻──輕柔到沒有留下完整的痕跡，一下子就消散了，幾乎像是錯覺。

「我馬上回來。」她低語，然後把背包揹上肩。

但是：**不**，同樣的聲音從愛瑞莎的內心低聲嘶喊，**我**──

（我們）

──可不認為。

愛瑞莎不知不覺中睡著了。醒來時，疼痛已令人訝異地舒緩了，卻沒有消失。當她搖搖晃晃試探著坐起時，臀部和膝蓋依舊傳來陣陣刺痛，但是已少到近乎讓人覺得幸福。她覺得頭暈，沒什麼實在感，就連森林潮溼的松木臭味都不像平常那樣薰人。有好一陣子，她只是享受著像平常那樣自在的呼吸。

然後，她見了光線，或者該說是沒有光線。而且同樣缺少了同伴，桌上也沒有衛星電話，只有塵土和骨頭。沒有摩根。

該死。

她把睡袋披在身上，有如蓬鬆的披風，然後腳步蹣跚走出帳外，就這麼一次，很幸運地沒下雨；林間看不見天空，但是鼻竇覺得比較不塞，表示氣壓可能即將轉換。路文、貝格和霍契雷克擠在大約三公尺外的Coleman炊事爐旁邊，小蟲和飛蛾如星火般成群飛舞；路文在愛瑞莎走近時轉身，認出是她時，幾乎露出笑容，這很……奇怪，但是令人愉快。事態**必定**很糟糕。

「愛瑞莎！」她大喊，聲音只在高音時略顯緊繃。「妳看起來——好多了，比起剛才的樣子。」

愛瑞莎清清喉嚨，就連其他兩人都看了路文一眼，兩人的言下之意非常明顯：**開什麼玩笑？**「……謝謝。」她終於設法回答，然後問：「摩根呢？」

路文嘆息。「親愛的，沒有，還沒回來。」

「多——久了？」

「兩小時，或許三小時。」霍契雷克回答。「安瑪莉有出去察看，但是——」

「我沒有找到她。」貝格說，語調有點太快、太平淡。「不是她。」

愛瑞莎點點頭，再度吞嚥，還是口乾舌燥。

「那妳**倒是**找到什麼？」她問。

答案是，足跡，就在大約離營地五分鐘路程的地方。這些足跡雖然狹窄，卻很深入，彷彿雕鑿而成，每一個痕跡都盈滿從地下湧現的深色液體。愛瑞莎只能認定，經過老老實實下了四個半星期的雨之後，這裡的土壤溼透了——但是這些痕跡卻讓人介意，既熟悉又不太——看起來……就是不太對勁。上下反轉。

「它們是反向的。」她終於說出觀察。她稍稍湊得更近，身體跟著搖晃，於是不太信任自己可以蹲下；水窪反射出光線，此時，霍契雷克的手電筒和路文的手電筒光束交錯，而貝格在兩人身邊徘徊，她們有所保留，等著看愛瑞莎是否終究能在沒有提示下，指認出那特別的酒紅色液體。

「不是水。」愛瑞莎說，喉嚨更加乾燥了。貝格搖搖頭證實：「的確不是。」愛瑞莎探得更低，用力嗅聞，有鐵鏽和腐肉的味道。

是血。

路文往後退，差一點絆倒，但霍契雷克卻動也不動，只是開口質問：「而妳居然不想告訴我們？**該死**，安瑪莉！」

貝格留在原處，迅速生根，彷彿身上每一絲抗議早就從腳跟流瀉殆盡，她甚至懶得聳肩。「沒什麼意義。」她只簡單這麼說：「只要妳們當中有人曾想要詢問，妳們終究也會發現的。但是愛瑞莎在此對這件事，卻比我們多數人都更加拿手，不是嗎？從前因後果來看，這倒是頗為有趣。」

「怎麼回事？」

「我的奶奶多年來一直告訴我關於這地區的事，就是這樣。那是我會自動打折扣，打了非常多折扣的說法，因為——哎，塔蒂，**妳**知道原因的，就是科學。關於實證資料對上主觀信念的這一切。因為如果辦得到的話，我是該死地那麼努力不要成為**那種**印第安人。」她停下話來，急促吸了一口氣。「但是，妳們知道嗎？有時候，不管有沒有力量，怪物根本不是一種偏見的隱喻；有時候，它就只是一個怪物。」

霍契雷克盯著她，像是她長出了另一顆頭。「什麼？」她問，然後又再問了一次。「塔蒂，我剛才說的是，我們可能應該動身了，如果要的話。」

「要什麼——？」路文顯然忍不住想追問，但態度小心翼翼。

貝格彷彿洩氣一般，重重呼出一口氣。「我的意思是，嘗試。」停頓了好一陣子後，她說：「我是說，離開。趁它們還沒來到這裡之前。」

「它們？」路文重複：「它們……誰？」

現在換貝格瞪視了，此時霍契雷克——可能只是理解力稍快，也可能只是生性猜疑，用不著被問就直接理出頭緒——突然倒抽了一口氣，像是嗆到的半喘息；她胡亂抱住自己，想要抓住慰藉，卻完全找不到。而路文只是站在那裡，顯然十分困惑：對她來說，這太不合理；完全不合理，也絕對**不可能**，就任何科學角度來說都是。

「最早來到這裡的是它們，奶奶這麼跟我說。」貝格博士——安瑪莉——彷彿自言自語般輕聲說著：「當我們闖入它們的領域，就把我們當成動物般獵捕，因為我們在它們眼中必定是這個模樣，正如對我們來說，它們也是一樣。是有某種人類特質的東西，卻不是剛好長得像東西的人類。所以我們反擊，因為這就是我們的行事風格，卻還有更多的它們，而且它們——更強壯、更兇猛回擊。開始把我們當成食物，接著是奴隸，然後是育種家畜。改變自身，以便隱藏，它們無所不在，隱藏在**我們**之中。」

「尼安德塔人。」愛瑞莎說：「還有巧人。」

貝格微微一笑。「這是現今的理論。」她回答，附和路文。說話時，她沒有注視全場，甚至沒看路文是怎樣終於開始被她自己沉重的言語壓垮——她的拒絕認知突然間被快狠準地刺破了。

在她們身後，墓穴沒有掩蓋，仍大剌剌張開大洞，雨水注入、赭土滲透。愛瑞莎沉思，從上方看來，這批出土的隱藏陪葬品必定看起來像是一塊稍稍覆上的巨大血跡，是某種難以形容的古老罪行遺跡。以實際屈膝、以一堆堆工具和屍體來增添風味的容器所做出的致歉，卻永遠不被接受。

霍契雷克——塔蒂——清清喉嚨，雙手指關節仍因緊緊扣著各邊手肘而發白。她聲音虛弱抗議：「但是……我們不知道。」

「我知道。」

「但是，妳一直沒**說**。」

「當然不說，因為我不想認為它是真的。我是說，少來了，塔蒂；現在說真的，**妳**會嗎？」

「呃……」

（不。）

現在，林間底下的深深暮色裡，覆上了更加深沉的寂靜。深沉到愛瑞莎足以終於開始再次聽見它，有如以她身上浮現疼痛的同樣方式，穿過她的身體：骨頭之歌在她身上最後每一個溼冷部位顫動輕彈；那個音符、曲調是如此微弱遙遠，一個愈來愈接近的遠方啼叫，有如鮮血流過成了化石的外殼。

而且，**哦，哦：安瑪莉說得沒錯，不想要**，她模糊想著，覺得膝蓋就快發軟，她彎下身、跪下來，最後雙手雙膝都陷入帶著血腥氣味的泥土中。**我甚至不是原住民，我也不太喜歡那個故事，我完全不喜歡。**

完全不。

「是誰？」愛瑞莎迷迷糊糊之間聽到路文——艾莉絲——大喊，便瞄向她那一方，看向黑暗；接著聽見她滿懷希望地加上一句：「摩根？我——親愛的，是妳嗎？」

安瑪莉聽到這句話只是搖搖頭，而塔蒂開始啜泣，愛瑞莎抬起頭，看見愈發厚重的夜幕平垂著那熟悉的五官，眼睛空洞，嘴巴開垂，略顯歪斜。她甚至不用等著聽骨頭的回答，就已經悲痛地了解這是怎樣的詭計：那個骸骨身影站在後方，揚起頭，像是拿著早期的萬聖節面具，舉高摩根的人皮，而它的氣息中帶有剛吃了肝臟的味道。一列相似的身影翩然排在後頭，開始踩著後腳悄悄走向她們所有人，而利爪大張。

別擔心，隨著披可骨昂然闖進，骸骨之歌從內而外對她說，畢竟，這個黑暗屬於我們也屬於你們：**是從我們共同祖先，一手一手傳承的遺贈。是我們目前所在、原本所在，也是向來的所在。是你們現在所在，也將一直所在的地方。**

唯一留給我們任何人的所在。

那麼，畢竟也不是那麼不一樣：充其量只是起不了作用的安慰，最壞的話倒什麼也不是。不管怎樣，都不是真的重要。

每一座墓穴都是我們自己的，這是愛瑞莎·霍桑最後還來得及思考的事，然後她腳下的土壤就裂開，她一頭栽下，思忖後來會是誰發現她的骨頭，而且當——當被挖掘出來時，它們會訴說怎樣的故事……被處理時，會吟唱怎樣的歌曲……

這一次，要經過多少時間，才會有人停下來聆聽。

貝拉德和桑德琳之歌

彼得・史超伯

一九九七

「所以，我們今天又要吃午餐嗎？」貝拉德問。現在已到了悶熱潮溼的十一月下旬。

「我們昨天吃了該死的午餐。」攤臥在長桌上的裸女回答：「那今天為什麼要不一樣？」她彎著膝蓋，一邊臀部揚起，柔若無骨的手臂順著身體曲線垂放，儘管身體有隱去的疤痕，但看起來至少比她的臉蛋年輕十歲。

桑德琳．洛伊經歷過表面尊貴優越卻父母失職的童年、高等教育，以及兩次失敗的婚姻，現在成了一個仍在探索的四十歲叛逆女人。現下，她的音調有種磨練過的銳利，彷彿在向可疑的情報人員說明事情。

讓桑德琳加入這趟河上旅程的兩天前，貝拉德才剛在香港的晚宴歡度六十五歲生日，那裡是他進行個人怪異生意的城市之一。桑德琳一直沒有受邀參加晚宴，但就算有，她也不會去。貝拉德正式隆重的生活層面，他個人非常滿意，她卻毫無興趣。

桑德琳完全沒有調整展露美妙胴體的姿勢，僅僅視線從天花板往下移動打量他，眼神充滿虛假的好奇和天真無邪，同時又閃動著坦率的怒火。

驀然一陣栩栩如生的回憶湧現，貝拉德發現自己想起一九六九年那個傍晚，當時，在曼哈頓公園大道的九樓上，在一間掛著溫斯洛．霍默[62]和艾伯特．平克漢．萊德[63]畫作的房間，腳下踩著幾乎難以形容的奢華地毯，和屋子主人、同時也是富有的惡棍客戶勞利茨恩．洛伊站在一起，迎接洛伊的女兒結束道爾頓中學又一天的疲憊課程後返家。他觀察到一位綁著髮辮的十五歲少女，身著尺碼大了兩號的傑克森．布朗[64]運動衫，側面優雅，帶著微怒現身。他迎向她灰綠色的眼眸，感受到自己宇宙劇烈改變的確切形狀，但分不出是擴張了一千倍還是縮小如針尖。兩人目光交會的那一刻，女孩整個羞紅了臉。

她並不喜歡那樣，一點也不。

「我沒有說會不一樣，也不認為會不一樣。」他轉頭看著她，確定和她四目相接後，才任由自己的視線往下游移到她的粉頸、酥胸，然後是渾圓的小腹、恥骨的曲線，以及她修長的美腿。「妳的心情是不是不太好？」

「你在罵我。」

貝拉德嘆息。「是妳給我**臉色**，妳說：『那今天為什麼要不一樣？』」

「老頭，隨你便。但要當作勝利的話，可是他媽的差勁，非常空洞。」

她翻身仰躺，身子微顫，以便更加安穩貼近長桌的鋼製檯面。不鏽鋼只比她的皮膚稍冷，靠著它的感覺很舒服。在這種氣候下，沒凍在冰塊或放在冰箱裡的東西，即使是屍體，也絕對不可能變得冰涼。

「相信我，大部分的勝利都很空洞。」

貝拉德走過套房，他們這間的精美套房有很多房間，他來到甲板那一側的黃銅框架舷窗。映入眼簾的光景讓他瞬間僵住，身子不由得後退。

「景色如何？」

「這所謂的景色是骯髒的亞馬遜河和無趣的泥濘河岸，有時河岸又遠到看不見。」

他沒有說出口的是，一個大約年輕二十歲的貝拉德，大概是一九七六年的貝拉德，身

62. Winslow Homer（一八三六～一九一〇），美國知名風景畫畫家。
63. Albert Pinkham Ryder（一八四七～一九一七），美國知名畫家，畫風充滿寓意和象徵意味。
64. Jackson Browne（一九四八～），美國搖滾樂手，二〇〇四年入選搖滾名人堂。

著俊俏的深色西裝和亮麗的白襯衫，倚著甲板欄杆，被年長二十歲的自己觀察而不自覺。年老的貝拉德觀察到，年輕的貝拉德以深沉且歷經滄桑的溫文爾雅作為掩飾，巧妙隱藏悲慘的內在狀況，在不知成了觀眾的觀眾面前，日復一日進行同樣的表演，而且永遠無法退居幕後。

跟桑德琳不同，貝拉德一生未婚。

「可憐的貝拉德，困在景色恐怖的『無盡長夜號』，只有芳華不再的壞脾氣女友相伴。」他面露微笑，回到鋼製長桌，用殘缺的右手撫過她腹部的曲線，覆住她的肚臍。「這正是我想要的，妳太美好了。」

「但是，一切原本可能會完全不同——這樣想不是很有趣嗎？」

貝拉德殘餘的手指往下滑，輕觸她三角地帶如灌木叢般的黑色彈性鬈毛。

「現在一切已截然不同。」

「那麼就脫掉你的衣服，跟我玩玩。」桑德琳說：「我一分鐘可以讓你再度硬挺，不，三十秒。」

「我相信妳辦得到，但或許妳應該**穿上**一些衣服，這樣我們就可以去吃午餐。」

「你寧可在我們的床上做愛。」

「對，沒錯。總之，我就是不懂妳為什麼想要脫光衣服，躺在這玩意上。我是說，現在。」

「它不冰，如果你怕的是這個的話。」她扭動身體，用雙腳做了雪天使的動作。

「或許這一次我們可以逮到服務生。」

「因為我們會早到？」

貝拉德點點頭。「遷就我一下，穿那件無袖的法國白色衣裳。」

「好，好，mon capitaine（是的，船長）。」她坐起身，沿著高起的垂直邊緣，挪坐移動到長桌邊。邊緣是深綠色的大理石，大約一吋厚、四吋高；桌子兩側，弧狀金屬與大理石內側接鄰。桑德琳在桌緣晃盪雙腳，伸直雙臂，有如坐在跳板邊緣的女孩。「我也知道為什麼。」

「為什麼我要妳穿那件白色衣裳？我喜歡它在妳身上的模樣。」

「為什麼你不跟我在這張桌子做愛？」

「這裡太窄了。」

「你是想到這張桌子的用途，對吧？你不想讓**那件事**和性愛結合，但我認為這正是我們**應該**在這裡做愛的原因。」

「記得嗎？我們做任何事都必須雙方同意，這是我們的黃金法則。」

「黃金掃興法則。」她說：「黃金屎浴[65]。」

「瞧？一切已經不一樣了。」

桑德琳撐住身體離開桌緣，然後有如只是剛好赤身裸體的嚴格女教師一般，面對著他。「我是你僅有的，但有時候，我甚至不了解你。」

「彼此彼此。」

她轉身，輕踩著腳步走進浴室，以貝拉德不由得讚賞的自信，展現她漂亮的小屁股和骨上的凹陷。

65. Golden Shower of Shit，Golden Shower是一種性愛前戲，通常和施虐受虐式的性愛有關，施虐者解尿在受虐者身上。

儘管桑德琳和貝拉德完全蔑視指示命令，比行程表整整提前了九分鐘闖進餐廳，但總是不見身影的服務生已完成工作消失了。光亮的紅木餐桌上，已經擺好兩個正式餐位，盤子罩上鏤刻精美的銀蓋。亮晶晶的水晶高瓶裡面插滿新鮮的鳶尾花，閃動著藍黃色澤。

「我敢說，這艘遊艇上必定有溫室。」貝拉德說。

「頭髮沾滿泥濘的裸男在深夜裡插花。」

「我甚至不認為亞馬遜盆地有生長鳶尾花。」

「說著鳥語的小傢伙可能可以種植任何想要的東西。」

「只有皮拉罕這個部族會說這種語言，而且聽起來像鳥鳴的聲音其實是語言，是人類的語言。」貝拉德繞過餐桌，來到他聲稱屬於他的位子坐下。他掀開鏤刻繁複的銀蓋。「好，這是什麼？」他看向對面的桑德琳，發現她拿著叉子戳弄碗裡的東西。

「看起來像是臘腸切片，至少，我希望這是臘腸，還有像是花椰菜的東西，以及一堆黏糊糊的橘黃色玩意兒。」她舉起叉子，舔了一下叉齒。「嗯，說真的，味道很不錯。但是……」

片刻之間，她像是迷失在時間叢林裡。

「我知道這毫無道理，但要是我們以前曾經這麼做，**真的**這麼做，就是在同樣的這個房間，你坐在那邊，而我在這裡，嗯，那時候的食物不是好吃多了，我是說，好吃**許多許多**。」

「我沒辦法評論這件事。」貝拉德說：「我真的沒辦法，只有這個模糊的……」模糊不明確遠比貌似相當合理，更加困擾著他。「我們別提這檔事，來談談鳥語吧。對，就這樣，還有酒。」他拿起酒瓶。「仍舊是一瓶非常棒的波爾多紅酒。」貝拉德說著，替兩人斟酒。

「無論如何，妳曾經聽到的是真正的鳥兒，不是皮拉罕人。」

「但是，他們在談話，不是只有啾鳴。其中有差異，這些傢伙在交談。」

「鳥兒也會交談，我是說，牠們會唱歌。」

不過，有件事她說得沒錯：就樸實的家常菜來說，這道看似燉煮的餐點味道可口。他擺脫它應該美味上百、上千倍的感覺，要是它，或很像它的東西，曾經在天堂。

「鳥兒不會像這些人一樣，吟唱出句子，或是分出段落。」

「他們依舊不可能是皮拉罕人，皮拉罕人居住在五百哩外和秘魯接壤的邊界。」

「你的耳朵不像我的那樣好，你其實沒真的聽見他們。」

「哦，我聽過很多鳥兒，到處都有鳥兒。」

「只是，我們說的不是**鳥兒**。」桑德琳說。

一九八二

在十一月的最後一天，桑德琳・洛伊此時二十五歲，本質上脾氣暴躁，擁有驚人的美貌（大眼睛、寬嘴、美人尖、修長美腿），曾就讀普林斯頓大學及劍橋大學克萊爾學院，現在她越過肩膀回頭說：「請告訴我，你在開玩笑。我才剛淋浴，套上這件你在巴黎買給我的漂亮白洋裝。而且，**我餓了**。」她不太情願地露出一抹淘氣的微笑，讓她的臉蛋友善了近乎一秒鐘。「況且，我想要看一眼我們隱形的僕人。」

「我也餓了。」

「不幸的是，不是因為食物。」她從舷窗及醜陋的窗景轉身。外頭景色是綿延一哩的滾滾褐色河水及泥濘河岸，惱怒的原住民蹲踞在岸邊，當「甜蜜歡愉號」通過時，他們總是退後隱身灌木林中。她意指著貝拉德的興奮證據，那裡比他身體其他部位黝黑，現在挺立得跟旗杆一樣。

「我們在這張桌子上辦事吧，它可比看起來的樣子舒適太多。」

「難道妳不覺得這打敗了打炮的目的？舒適幾乎不是重點。」

「我說，或許會讓我們儘可能舒適。」他舉起雙臂，讓手垂放在鋼製長桌的四吋大理石邊緣。「妳知道這玩意的空間很大，比妳在克萊爾學院的床還大。」

「或許你不像我原本以為的那樣胖。」

「注意，注意，如果妳侮辱到我，我可會讓妳付出代價。」

五十歲的貝拉德多了一些重量，但很適合他。他的肩膀仍舊遠比臀部寬碩；小腹其實沒有贅肉，只剛開始突出而已；頭髮比大部分同齡男子還長，豐厚的棕髮當中剛摻雜一些銀絲；額頭寬闊，總裁般的臉龐。他看起來有如一生都在扮演參議員、醫師和銀行家的演員。貝拉德真正的職業是替紐約一家大型法律公司暗中辦事，公司在他從小長大的香港設有子公司。手臂、肩膀和腿部的肌肉重量，加深了臉龐給人的頑強堅定，甚至可說殘忍的感覺；透露如有必要，他將不辭千里執行一切需要的冷酷行動。他身上傷疤累累，或長或短，有的像蛇，有的像拉鍊；而刺青更是到處綻放。

「好，你說的。」她說：「但現在請暫時起身，穿上衣服。看到你欣賞自己的老二，對我沒什麼作用。」

「哦，真的嗎？」

「嗯，我的確喜歡你在這種年紀下，還可以像快樂的小兵直立硬挺！但是男人對他們的老二總是多愁善感，你們自己全都那麼古怪。貝拉德，你更是比大多數人更怪。」

「哎呀。」他說，坐起身子。「桑德琳，我相信我現在就會穿上衣服。」

「別磨蹭一輩子，好嗎？我知道這只是第二天，但我想要趁著他們擺放餐桌時，看看他們。因為某人，甚至可能是兩個某人，的確擺放了餐桌。」

貝拉德已經到了臥室，從衣架上取下一條亞麻白寬褲以及一件長袖的白色厚棉T。他一下子就穿好衣物，曬黑的雙腳套上繫繩的木底鞋。

「走吧。」他從臥室大步走出，雙手手肘彎曲，前臂抬起。

餐廳傳來鳥兒獨特的尖銳啾鳴。兩個音符，第二個音較高，兩聲都如鐘聲般清澈持久。貝拉德瞄了桑德琳一眼，對方似乎瞬間震顫了一下。

「如果那些可怕的叢林鳥兒飛了進來，我才不過去，他們必須趕走牠們。我們可是花錢請他們的，不是嗎？」

「妳絕對想不到。」貝拉德說著，便抓住她的手臂，拉著她跟上。「但那不是鳥兒，而是**他們**，是服務生，是工作人員。」

桑德琳漂亮的臉蛋上，露出懷疑和厭惡。

「那些啾鳴和哨音是他們交談的方式，妳昨晚和今天早上不是有聽到嗎？」

當他再次拉拉她的手臂，她便跟上去了，但是姿態、步伐和偏著頭的模樣，都流露出不情願。

「我說的是鳥，牠們甚至不在遊艇上，而是在岸上，在空中。」

「我們來看看這裡是些什麼人。」距離晚餐正式開始的時間還有六、七分鐘，而他們已被要求，一定要等到晚餐確切開始時間才能進入餐廳。

貝拉德拉開門，拉她一起進餐廳。銀製盤蓋放在Royal Doulton的瓷器上，一瓶未開瓶的波爾多好酒精確擺在兩個餐位的中間點。紅酒右方三吋處，有一簇海軍藍和皇家紫的蘭花，滿開到像是可以食用，卻像就要凋零般斜倚在一個小小的方形水晶花瓶側邊。空氣似乎停滯不動，從盤蓋上方的拇指洞口升起濃郁奇特的肉味，卻難以分辨是什麼食物。

「該死，又錯過他們了。」桑德琳從貝拉德的掌握中抽出手臂，退開了幾步。

「但妳注意到這裡沒有鳥兒，甚至沒有羽毛。」

「所以牠離開了──我知道牠原本在這裡的，貝拉德。」

她踩著四吋高跟鞋立地旋轉，迅速三百六十度掃視全場。他們的餐室約略呈現橢圓形，擺放著一排排染成深色的橡木書櫃，書櫃加了玻璃，收納了大多是十九世紀後半到二十世紀初的小說，全部大約有五百本，按照作者姓名字母順序陳列，體裁不拘。書衣已被移除，這讓貝拉德有點在意。甲板側除了書櫃，還騰出一道門和兩扇舷窗的空間，而書櫃前方三呎處，放了一張桌面鑲嵌精緻的木製長桌──這是真正的桌子，推測應該是要作為陳列自助餐的餐檯，不像他們剛才離開的房間桌子，那一張比較像是實驗室的工作桌。

第一道門敞開通往甲板；橢圓形前緣的另一扇則連接擺設精美的寬敞起居室。起居室有閱讀椅和燈具，搭配茶几的兩張沙發，放置許多酒瓶的吧檯，兩個他們還沒探查的紅色漆櫃，整體呈現出眾多珍貴小物在柔和燈光中顯得閃閃動人的氣氛。餐室另外兩道門是在內側，一扇接連寬敞的走廊，走廊和他們套房長度一樣，兩端都可以通往甲板；另一道門後是一條灰色通道和一道金屬樓梯，往上可到船長甲板，往下連接引擎室、廚房，以及不見身影的遊艇矮小船員所住的艙房。

「所以牠收起所有羽毛。」桑德琳說：「如果你認為這樣不可能，那你根本對鳥兒連個屁知識都沒有。」

「不可能的是——」貝拉德說：「怎樣的巨型鸚鵡會連門和舷窗都沒有打開，就離開這裡了。」

「笨蛋，是服務生放走牠的，就是那些**講西班牙話**的英俊服務生當中一人。」

他們各自在富麗堂皇的餐桌對側入座，貝拉德對著桑德琳微笑，她回應帶著怒火和懷疑的笑容。毫無預兆下，他驟然想起六〇年代末期在公園大道那個還是女孩的她，略微笨拙的優雅，盛氣凌人，髮型打扮可笑有趣，卻只一個眼神就索求了他，正如他索求她一樣。他剛拯救了她父親免於身敗名裂，不受長期牢獄之災，但一見到她，他就了解到他的工作才剛開始，而這將需要克制、犧牲、耐心和堅定不移的謹慎。

「數到三？」他問。

她點點頭。

「一。」他說：「二。」兩人把拇指放進餐蓋上方的圓孔。「三。」他們掀起餐蓋，釋放出熱騰騰的蒸氣，以及更為濃縮強烈的肉味。

「哇，這是什麼？」

一根長弧形的異國玩意兒淋著黃褐醬汁或肉汁，淋醬底下還有看起來略像秋葵和青豆等爛爛蔬菜，它們毫無生氣鋪撒在餐點上。

「突然間，我真的餓了。」桑德琳說：「你也看不出這是什麼吧？」

貝拉德用刀子來回挪移這不知名肉條，再用叉子戳進肉塊，戳刺的地方旋即滲出黃色多汁的液體。

「天知道這是什麼。」

他想像出某種大型爬蟲類滑下河岸落入原住民捕網的陷阱，然後被拉上來，遭受尖端塗毒的木矛刺戮。小人繞著屍體喧鬧歡慶，發出像鳥兒般的啾鳴，現在這具屍體變成如小馬般巨大的可怕昆蟲，外殼是帶有毒性的綠色。

「我甚至不確定這是不是哺乳類。」他說：「甚至只是某種器官，水蟒的肺、鱷魚的肺或狼蛛的心臟。」

「你先吃。」

貝拉德切了一小塊面前的弧形肉，半是期待見到瓣膜和血管，但是肉片卻是一整片密實的淡褐色。貝拉德把這一小塊肉放進嘴巴，味蕾旋即開始歡唱。

「我的天，太神奇了。」

「好吃嗎？」

「哦，遠超過『好吃』的程度。」

貝拉德從肉塊上切下更大一片，迅速咬了一口。沒錯，同樣的美味，但是更加奢華，幾乎有如花朵般精緻，同時帶著令人滿意的深刻風味，就像單桶波本威士忌加入顛覆性的法國黑巧克力。細緻、強烈而且香醇。他看著桑德琳用叉子戳起一小塊，放進嘴巴。她臉上完全不動聲色，眼睛卻瞇了起來，然後極其慢條斯理地開始咀嚼。經過了大約一秒鐘，桑德琳便合上眼睛，終究吞嚥下肚。

「哦，沒錯。」她說：「天哪，天哪，真好吃。我們在家裡為什麼吃不到這種東西？」

「這是什麼動物？可能是這地方才知道的東西，像保羅．蓋蒂[66]這樣的人可能會在神秘地點，一年吃它一次。」

「我才不管這是什麼，只是非常開心我們今天能吃到，它甚至有點甜，對吧？」

過了一會兒，桑德琳接著說：「真是太好吃了，就連這些樣子可怕的蔬菜都散發美妙的風味。如果每天都能吃這種東西，我很樂意住在小木屋、赤腳走路、在亞馬遜河裡面洗澡，在石頭上洗我的破衣服。」

「我完全明白妳的意思。」貝拉德說：「這就像毒品，或許它正是毒品。」

「原住民真的這麼吃的嗎？不管這是什麼動物，在上菜給我們之前，他們必定要先獵殺，難道他們不會留一半給自己嗎？」

「一定是一大誘惑。」貝拉德說：「或許他們也會舔我們的盤子。」

「貝拉德，如果你知道，現在告訴我實話，好嗎？」

他邊嚼邊抬頭迎向她的目光，臉上的幸福神采消散了。「好，問吧。」

「我們以前吃過這玩意兒嗎？」

貝拉德沒有回答，只是從肉塊上切了四分之一大小，然後開始咀嚼，視線始終盯著盤子。

「我知道我不該問。」

他一直嚼一直嚼，直到吞下肉塊，然後輕啜一口紅酒。「對。但這樣不是很奇怪嗎？我們怎麼知道不該做某些事？」

「就像是看見服務生、女僕，或是船長。」

「我想，尤其是船長。」

「我們別再說話了，暫時先專心吃。」

66. J. Paul Getty（一八九二～一九七六），美國石油大王，曾被稱為是最富有的美國人。

桑德琳和貝拉德回到各自的食物和紅酒，有好一陣子，除了滿足的輕呼外，沒再發出任何聲音。

等差不多快吃完時，桑德琳說：「船上有好多書！就像一間大型圖書室，你可曾想過去拿本書來看看？」

「妳呢？」

「我有種感覺……嗯，當然這是我現在提問的理由。就某方面來說，我是說以**真正的**角度來說，我們以前從沒來過這裡。來亞馬遜這裡？絕對沒有。我的老公除了一直在外頭偷腥，更是徹底的混帳，除非對我發脾氣，否則根本不在意我，但是，他很愛吃醋，占有慾也超強。對我來說，要跟你來到這裡，需要有大量的神秘組織。這趟行程的籌備計畫，可不會比諾曼第登陸少。但另一方面，我卻有種感覺，我以前至少看過這其中一本書。」

「我也有同樣的感覺。」

「跟我說說你的感覺，我想要再看一次那本書，看看還記得什麼。」

「我沒辦法，但是……嗯，我想我可能曾經看過妳拿了一本《小杜麗》，狄更斯的小說。」

「我念過普林斯頓和劍橋，我知道《小杜麗》是誰寫的。」她不快地說：「等等，我是不是有把這樣一本書丟下船？」

「可能有吧。」

「我為什麼那麼做？」

貝拉德聳聳肩。「看看會發生什麼事吧？」

「你記得那件事？」

「很難說我記得什麼，一切總是不一樣，但**現在**又不一樣了。只是，我好像記得有本書，從這圖書室拿來的書。H．G．威爾斯的《托諾邦蓋》[67]，我不太喜歡。」

「你有把它丟下船嗎？」

「可能有，對，我的確有。」他大笑。「我想我有丟。我的意思是，我想我現在正把它丟下船，如果這樣合理的話。」

「因為你當時不喜歡──現在不喜歡──那本書？」

貝拉德大笑，放下刀叉。盤裡只剩下一些蔬菜，和一塊已被切成兩半、如指關節大小的肉塊。「別吃了，把妳的盤子給我。」它幾乎就跟他的一樣空，只是桑德琳的盤子多了兩坨黃醬。

「當真嗎？」

「我想讓妳見識一下。」

她不情不願放下餐具，把盤子遞給他。貝拉德把自己盤裡東西刮進她的盤子，然後站起來，拿起一把餐刀以及原本屬於桑德琳的盤子。「跟我上甲板。」

桑德琳起身時，瞥見餐室前方她只匆匆意識到的部分動作。她首次察覺到那裡離橢圓形末端前方約兩、三呎處掛著一道暗褐色的窗簾，一隻看起來像是棕色或曬黑的腳，剛剛消失在窗簾後方。那隻腳比一般成人的腳小，可能還有一點骯髒。桑德琳還來不及弄懂剛才看到什麼，它就不見了。

67. H. G. Welles（一八六六～一九四六），英國作家，發表許多科幻小說，同時也以《托諾蓋邦》撰寫社會諷刺小說。

「看到了老鼠？」貝拉德問。

桑德琳無意認同，卻點點頭。

「今天早上我在甲板看到一隻，我一看到，牠就不見了。不過，別擔心，不管船員是什麼人，他們會處理牠們的。剛開船的時候，我以為船上總會有一些老鼠，等到我們準備就緒，牠們就不見了。」

「很好。」她說，心中卻想著：**如果服務員是這些極其矮小的印第安人，他們會不會痛恨我們，而弄老鼠給我們吃？**

她跟著他穿過兩扇舷窗中間的那道門，走進炙熱的陽光和襲人的熱浪，周遭瀰漫濃重的溼度，讓人更加不舒服。空氣中滲透的隱形水氣像是熱騰騰的毛巾覆住她的臉蛋，溼氣立刻籠罩了她全身。貝拉德倚著欄杆，看起來一派輕鬆涼爽。

「我忘記我們有冷氣了。」她說。

「我們沒有，但空氣不斷流動，就像魔法一般，即使無風的時候也一樣。過來這裡。」

她隨著他倚著欄杆。在五十公尺外，像是有人類面孔透過濃密叢林的掩護在窺看他們，那裡雜草茂密，綠色植物葉子深到近乎黑色。若隱若現的臉孔近似面具，缺乏情緒。

「還記得說過在亞馬遜河裡洗澡，在河裡洗衣服也會很快樂的事嗎？」

她點點頭。

「妳絕對不會想走進這條河裡的，甚至不會想把指尖伸進水裡。現在，妳看看會發生什麼事。我們的原住民朋友出來看這個光景，妳也應該看看。」

「印第安人早就知道你會來這裡示範？他們怎麼知道的？」

「別問我，問他們。我不知道他們怎麼知道。」

貝拉德身體越過欄杆，然後用餐刀把盤裡的少許食物刮落河中。甚至早在小碎肉、軟骨、蔬菜屑和肉汁落進水裡之前，緩緩移動的水面就激起六吋大小的漣漪。等食物碎屑真的落入水中，漣漪便擴大成三呎寬的混亂跳動，狂暴的小小魚尾、狂暴的小小閃亮綠色魚背，加上狂暴的小小綠色魚鰭，交織成狂亂的動作。整個暴動狀況大約持續三十秒，然後就消失在緩緩流動的褐色河水底下。

「就像跟我老公的家人共度耶誕晚餐。」桑德琳說。

「剛才當我們談到把《托諾邦蓋》和《小杜麗》丟入水中看看會發生什麼事——」

「魚吃掉書？」

「牠們會吃掉任何不是金屬的東西。」

「所以我們的小小朋友不是那麼常游泳，對吧？」

「牠們從未學會游泳，游泳等於死亡，是我們這樣的人才會做的事。我們回去船艙，好嗎？」

她嗖地轉身，用意有所指的拳頭狠狠打向他的胸膛。「我想要回到有那張桌子的房間，**我們的**桌子。而這一次，你想要多粗暴都可以。」

「我不總是這樣？」他問。

「哦。」桑德琳說：「我喜歡這個『總是』。」

「然而，卻總是不一樣。」

「我敢說，**我**才總是不一樣。」桑德琳說：「而你，你會維持頗為一樣的狀態。」

「妳知道，我不是一直都那麼乏味。」貝拉德說，然後持續在漫漫午後和撩人夜晚的整段時間中，證明此事。

隔天上午的早餐過後，桑德琳肌膚布滿瘀青，連連呼痛，但這樣的怒氣讓他歡欣期待地喘息，整個人興奮難耐。

一九七六

十一月底，天氣溼黏悶熱，空氣中有種植物的臭味。身高四呎的部落男子從雜草叢生的河岸，視線越過二十公尺滯怠河面，動也不動凝視著。他們拿著，似乎像是拿著沒有箭的弓，只是細節卻隱沒在後頭層層籠罩的綠意之中。

「看看那些小野蠻人。」桑德琳．洛伊說。她現年十九歲，已經在考慮要嫁給帥氣又有錢得離譜的安東尼奧．巴本。巴本是在一場一團糟的耶誕晚宴後跟她求婚，當時晚宴是在巴本家族康乃狄克州格林威治鎮的庸俗地產舉行。她知道跟安東尼奧結婚將證明是一個錯誤，因為求婚最大的吸引力只在莊嚴高尚的部分。「我們為他們上演了旅行馬戲團，這樣難道不會讓你有點厭惡他們嗎？」

「我完全不厭惡他們。」貝拉德說：「事實上，我對這些人有莫大的敬意。我認為他們十分神秘，非常莊嚴，非常**沉默**。他們了解上百萬我們所不知的事物，而我們所做的事是設法讓他們以另一種方式了解，以一種較深遠的方式了解。」

「你錯了，他們蠢到無法了解任何事。他們吃泥巴當晚餐，腦袋也是一團泥巴。」

「可是……」貝拉德說著，對她露出微笑。

河流部族彷彿知道受到侮辱，開始好似沒離開位置，而直接隱身進入橡膠般樹葉的陰暗網絡，而那是他們原本已置身好一陣子的框架。

「可是什麼？」

「他們知道我們打算做什麼，他們想要看著我們把這些書丟進河裡，所以就在我們外出走上甲板的當下，從灌木叢中現身。」

她惹人注目的黑色眉毛，互相湊近，形成一道皺紋。她搖搖她美麗的頭顱，張嘴打算反駁。

「桑德琳，總而言之，妳對於剛才發生的事有什麼想法？任何回應？任何思考？」

「我對於書本的遭遇有什麼想法？我對於河裡的魚有什麼想法？」

「當然。」貝拉德說：「不是**所有事情**都關於我們。」

他靠回欄杆，傳達出十足的從容不迫和自信。他四十四歲，身著日常的訂製黑西裝，和閃亮得如電影明星笑容的白襯衫，胸中有上千個野性秘密，在世界各地像在家一般自如，並且擁有將耗費他一生來吸收的一種諒解。對他來說，桑德琳經常像是他人生的中心，他完全知道她接下來要說什麼。

「我認為魚兒很驚人。」她說：「我是說真的，很驚人。這麼專注，這麼有力，這麼全然的**飢餓**。真是讓人嘆為觀止。看那樣的爭食翻騰！那些書撐不過五、六秒鐘，我的書比你的撐得久，但也沒多多少。」

「《小杜麗》的篇幅遠比《托諾邦蓋》長多了，有更多的裝線、更多的膠水。我想牠們尤其熱愛膠水。」

「或許牠們只是熱愛狄更斯。」

「或許牠們是速讀魚。」桑德琳說：「我們現在要做什麼？」

「做我們來這裡要做的事。」貝拉德說著，就走回去準備拉開餐廳門，卻在中途停下腳步。

「忘了東西嗎？」

「我剛剛有種非常奇怪的感覺，現在才了解到那是什麼。妳一直察覺到這件事，所以以為那必定稀鬆平常，但直到一秒鐘前，我都不覺得有過被人監視的感覺。不算真的。」

「但現在卻有。」

「沒錯。」他大步走向餐廳門，用力拉開。只是餐桌已收拾乾淨，室內空無一人。

桑德琳走過來，越過他的肩膀窺看。他讓她既開心又驚訝。「偉大的貝拉德展現了疑神疑鬼的一刻，我想，我一直看錯你了。你只是另一個想和我上床的無趣怪老人。」

「我承認我有許多毛病，但疑神疑鬼可不在其中。」他示意要她退出門口，而桑德琳順從了，這似乎讓兩人都大感意外。

「那無趣的怪老人嗎？我不是很真的確定自己是否想跟你留在這裡，首先呢，我知道這不相關，不過鳥兒一直吵醒我，如果說那真的是鳥兒的話。」

他饒富興致揚起頭。「不然還會是什麼？請告訴我，滿足一下無聊的怪老頭。」

「女僕、侍者、水手，還有廚師、插花的婦人。」

「妳認為他們屬於那個說鳥語的部族嗎？事實上，妳怎麼可能會聽說過他們？」

「我的人類學教授是發現這部族的第一批人，也就是皮拉那族。知道他們是怎麼自稱的嗎？高個子，真的不是很有觀察力，是吧？根據教授的說法，他們崇拜一個更加古老，但好幾世代前就已經消失的部族，有奇人異士、治療師、薩滿巫師、戰士，他們稱這部族為古族，但是古族自稱為**我們**，一定要用黑體字來寫。我的教授對這些部族真是談個不停──他非常自以為是，非常自負，一直盯著我。自負、醜陋和好色，真是我最愛的三重彩！」

想到人類學教授，讓桑德琳的心情惱怒不滿。顯然，她跟那位教授曾經陷入慣常的「愛慕—厭倦—討厭」師生戀情循環之中。

「三十秒前，妳有了一個非常可愛的小錯誤。這個部族叫做皮拉罕，不是皮拉那[68]，皮拉那可是妳愛上的魚兒。」

「哦！」她開心起來。「所以皮拉罕吃皮拉那？」

「比較可能是反過來，但是『眩光號』上的其他人員不可能是皮拉罕人，我們距離他們的領域有數百哩呀！」

「你**真是**無趣，我怎麼會讓自己被說動來這裡呀？」

「妳對我一見鍾情——在妳爸爸家的客廳，記得嗎？而儘管這對我來說極度不恰當，事實上是大錯特錯而且不道德，但是我看了一眼妳的愚蠢運動衫和愚蠢的髮辮，當場就愛上妳。妳好完美——讓我無法呼吸，就像是被閃電擊中。」

他吸了一大口氣。

「而那時的我，三十八歲，正值盛年，有能力為我們的客戶製造奇蹟，就像我為妳爸爸製造的莫大奇蹟，我是不想再提這件事的。而且，我還是個黃金單身漢，成果豐碩，但妳知道嗎？我卻孑然未婚。我沒有老婆，甚至沒有穩定交往的女友，只有一連串空洞無腦的年輕女人，從二十五歲到三十歲，一堆海瑟、艾許莉，不然就是摩根、愛蜜麗，讓她們沮喪的是，跟我在一起的時間愈久，她們就愈不迷戀我。『你總是這麼疏遠。』其中一人說：『你從來沒真正跟我在一起。』而她說得沒錯，我不可能真正跟她在一起。因為我想要跟妳在一

68. 這個部族原文是 Piraha，而桑德琳說成 Piranha，piranha 是亞馬遜河中的水虎魚，亦是俗稱的食人魚。

起，想要我們兩人在**這裡**。」

桑德琳深感喜悅。「你真是老色鬼。」

然而，貝拉德所喚起的回憶，卻讓這間漂亮的餐廳顯得拙劣陰沉。她真希望他沒有站著不動，沒道理他不能進去客廳，或換條路走進召喚恐怖和魅力的那個房間。她思忖，自己為什麼要等貝拉德決定去向，而且當他提到和她第一次見面，來自那天一波令人不舒服的精確迴響狠狠襲擊了她。

當時，就跟現在一樣，她像在地板上生了根：就在家裡的客廳，而窗外是熟悉的公園大道忙碌車流，直到那個時刻，她察覺到自己聽見了，在那之前，桑德琳是麻木的。她臉蛋的每一寸肌膚都變得燒紅，甚至早在開始了解親密的意思之前，她就覺得和貝拉德很親密。離開客廳之前，她等著他走到她和爸爸之間，然後推高寬鬆運動衫的袖子，露出蒼白前臂上自我厭惡、自戀、欲望和絕望的銘刻。

「妳也非常怪異，妳當時才剛過了十五歲生日，卻在那裡，被這個穿西裝的老傢伙弄得瞠目結舌，妳甚至還給我看了妳的手臂！」

「我看得出來什麼讓你流口水。」她牽動一邊嘴角淺笑。「那麼，當時你到底為什麼會在那裡？」

「我和妳爸爸在私下慶祝。」

「慶祝什麼？」

每一次她問這個問題，他都給她不同的答案。「我讓他以前的恐怖圖書館罰金消失了。**嗖！**深夜再也不用焦慮。」之前，貝拉德曾告訴她，他讓她爸爸免除陪審團職責，註銷了他的停車罰單，追溯他的基礎化學分數等第，從甲改為優。

「是哦，真讓人鬆了一口氣，我爸爸這輩子可從來沒進過圖書館。」

「妳就了解為什麼這罰金會這麼高。」他眨眨眼。「我剛有了個主意。」貝拉德希望這樣可行，可以讓她別再想要弄懂他提供了什麼服務給她爸爸。「妳要不要去偷看一下廚房？來偷摘禁果之類，妳不好奇嗎？」

「你是建議我們走下那道樓梯嗎？**不能**這麼做不是我們最神聖的規定之一？」

「我相信給我們這些規定，就是要確保我們會打破它們的。」

桑德琳考慮了這個提議片刻，就點點頭。

這才是我的女孩，他心想。

「貝拉德，你或許是徹底的色鬼，卻非常聰明。」突然一個不協調的可能性迸現。

「要是我們瞥見我們那些極為謹慎的服務生呢？」

「那麼我們就會一勞永逸地知道他們是不是像食米鳥那樣啾鳴的矮人族，還是帥氣的南美遊艇懶鬼。不過，不會發生這種事的。他們可能——事實上是絕對——在看著我們，只是不管我們有多厲害去試著智取他們，還是永遠看不到他們。」

「你認為他們在監視我們？」

「我確定這是他們的主要工作之一。」

「就連我們在床上時？就連我們……你知道的。」

「尤其是那個時候。」貝拉德說。

「貝拉德，我們對這件事是怎麼想？是喜歡？還是會讓我們覺得噁心？你先說。」

「都不是。我們別無選擇，所以可能最好忘了它。我想，可以觀看我們是充當報酬的一種方式——錢對這些部族沒什麼用。而且因為他們一直都在，到最後當我們需要的時候，他們可以介入來幫助我們。」

「所以，這就像愛情。」桑德琳說。

「堅韌的愛情，就說到這裡，我們過去試試樓梯吧。」

「等等。我們在外面甲板的時候，你告訴我說，覺得被人監視，而那是你第一次有那種感覺。」

「對，那不一樣——我沒有**感覺到**原住民在監視我，我只是認定他們有，這是他們可以不被我們看見的唯一解釋。」

當他們穿過餐廳，來到內側的門時，桑德琳第一次注意到餐廳的橢圓形前方掛著如深色駱駝毛皮顏色的簾幔，在這之前，她都把它當成一面牆，只是形狀太奇怪又太小，沒辦法擺放書架。她覺得，簾幔像是稍稍動了一下，布料泛起小小漣漪，像是剛剛有人在上頭呼吸。

現在這裡有他們其中一分子，她心想，**我敢說他們有專屬的門和樓梯**。

剎那間，她想像出一幅讓她悸動不安的景象：遊艇被狹窄通道和跑道切割成蜂巢狀，一頭纏結黑髮和紅棕膚色小矮人，在那裡忙進忙出，神色木然，像戴著沉重面具。小小手指不時停下來，從牆壁的裂縫窺看。這讓她覺得有點受到侵犯，但同時又對沉默隱身的侍者有幸觀賞的身體極度自豪。想到這些神秘的小矮人觀看貝拉德對這具胴體，以及她對他的身體所做的事，就有一股深切的顫慄感往上襲向她的全身。

「桑德琳，別發呆了，過來這裡。」貝拉德拉開通往灰色樓梯平台和金屬樓梯的門。

「你先請。」她說，貝拉德便穿過門口，手中仍替她拉著門。等她一通過艙門，他就繞過她身邊，伸手抓住金屬欄杆，開始下樓。

「你怎麼如此確定廚房是在樓下？」

「廚房總是在樓下。」

「而你又為什麼想去那裡？」

「一、因為他們命令我們不能去；二、因為我很好奇廚房裡的狀況；還有三、我想要看一下酒窖，他們怎麼能一直提供我們這麼棒的美酒？還記得我們午餐喝的酒嗎？」

「某種愚蠢的紅酒，不過喝起來挺不錯的。」

「那支愚蠢的紅酒產自一九五五年的彼德綠酒莊，比妳還大上兩歲。」

貝拉德領著她往下再次走了十多個台階，來到一個樓梯平台，看到一道更長的樓梯往下通往另一個樓梯平台。

「這個廚房有多下面？」

「好問題。」

「畢竟，這艘船總有個底。」

「是，它有船殼。」

「我們現在不是該已經到了？我是說船底？」

「妳是這麼想，好，或許這裡就是。」

最後的階梯結束在一處灰色樓梯平台，前方是一道通往像是一個空曠大房間的狹窄通道。貝拉德望向那個大空間，感受到一種劇烈的不情願，身心兩方面都拒絕走去那裡看個究竟：一個真正的禁忌阻止了此事。那個房間不是給他的，這不關他的事，就是這樣。他不寒而慄，從走道轉身，終於見到在他面前的東西。看似一面灰色高牆的地方，中間切割開來，在大約胸部高度的地方，裝上了兩片黃銅鑲板。這道牆是一扇門。

「你想做什麼？」桑德琳問。

貝拉德一隻手放在鑲板上，用力一推，門應勢打開，呈現出一片白色瓷磚地板，以及放滿鑄鐵鍋和其他烹飪用具的各個金屬架。光線模糊昏暗。邊牆有三個不同尺寸的水槽，在各自的水龍頭底下往下突出。他看到中央有一道閃亮的長形金屬流理台，更遠處有一個黃色丙烷槽連結了六個爐子、兩個烤箱和一個大烤架。他聽見廚房深處傳來微弱的喵嗚聲，以及細微的**抓搔**聲音。

「聽著，有沒有可能……」桑德琳低語。

貝拉德以正常聲音說：「不，不管他們是誰，但現在都不在這裡。反正，我不認為他們會在。」

「所以這表示我們應該進去裡面嗎？」

「我怎麼知道？」他回頭看著她。「或許我們什麼都不**應該**做，無論如何，決定就好。但是，反正我們都來到這裡了，我說我們還是進去，好嗎？如果感覺不對勁，聞起來不對勁，不管是什麼，我們就快離開吧。」

「你先請。」她說。

貝拉德沒把門拉得更開，就直接溜了進去。他還沒完全走進去，就往後伸手拉住桑德琳的手腕。

「快跟上來。」

「你用不著拉我，我就在你後面，你這惡霸。」

「我才不是惡霸，我只是不想自己一人進來這裡。」

「所有惡霸也都是懦夫。」

她湊上前跟在他身後，迅速左右打量了一番。「我不認為遊艇上能有像這樣的廚房。」

「是沒辦法。」他說：「看看那些瓦斯爐具，必定好幾百公斤重呀！」
她從他的手中抽回手腕。「只是，這裡很難看清楚，為什麼燈光他媽的這麼怪異呢？」
他們慢慢離開門口，桑德琳貼得好靠近，貝拉德的脖子都感覺到了她的呼吸。
「看到沒？這裡沒有燈具，也沒有吸頂燈。」
他抬頭看，見到高高的頭頂上只有一片暗淡的灰白天花板，天花板往兩旁延伸得老遠。不可能，「廚房」似乎比「眩光號」本身還寬敞。
「我不喜歡這裡。」他說。
「我也是。」
「我們真的不應該在這裡。」他說，想到走道盡頭另一個廣闊的房間，然後對自己說：**那就是他們稱為「引擎室」的地方，我們絕對不能，甚至連看都不能再看那方向一眼，不能，不能，絕對不能，「引擎」對我們會太難以負荷了。**
喵嗚聲和抓搔聲一度安靜下來，現在又開始出現，而這些聲音給他一種像是恐慌的感覺，貝拉德彷彿看到有小貓咪困在一處廚房設備後頭。他往前走，身體往前探，望向長形流理台後頭和巨大爐具區旁，那裡並放兩個大約五呎高的可笑條紋櫃。
「妳有聽到貓咪的叫聲嗎？」他問。
「如果你認為那是貓咪……」桑德琳說，比剛進來時，離他身後稍遠。
櫃子其實是籠子，而它們的柵欄剛才被他當成條紋了。「哦。」貝拉德說，聽起來像是肚子剛被揍了一拳。
「該死，你的血滲出西裝外套了。」桑德琳低語：「我們得盡快離開這裡。」
貝拉德幾乎沒聽見她的話。無論如何，就算他在流血，也無關緊要，他們知道流血要怎麼處理。而另一方面，在這荒謬「廚房」大約六十呎外，是一個他從未見識過的現象。第一個籠子關了一隻形似蜜蜂、胡亂飛撲的昆蟲，身體大到幾乎塞不進去。這隻巨大昆蟲是喵嗚和抓搔聲的來源，當牠前後翻滾時，大顎刮著欄柵，發出痛苦的昆蟲哀鳴。在亂踢的蟲腳間的寬廣中央區域有好幾道髒汙的長長傷口，現在正滲出黃色體液。

貝拉德驚駭萬分，匆匆看向第二個籠子。剛開始他以為當中只有一團毯子或毛巾等之類的東西，結果發現所謂的毯子或毛巾卻是一個河岸部族小男孩，對方正透過柵欄凝視著他。男孩眼神絕望，死氣沉沉，半邊肩膀像是被削了一半，一大片凹陷鮮紅映出慘白的一條細長骨頭；半伸過欄柵的手臂，露出狼藉的深色殘肢。

男孩張開嘴巴，發出一聲輕柔到幾乎無法聽聞的高音單音。純正、精準、明確，顯然是充滿深切情緒的一個字眼，音調短暫迴盪在空中，經過更加短暫的半衰期，就消失了。

「那是什麼？」桑德琳說。

「我們快離開這裡。」

他推著她走出廚房門，搶過她身前，開始跑上樓梯。等他們來到樓梯頂端，衝進餐廳後，貝拉德跌坐在地板，然後往後仰臥，劇烈地用力喘息。他的胸膛不斷起伏，每一次吐氣都伴隨著呻吟。他的左半部有地方感覺抽痛，而且溼溼熱熱。桑德琳靠著牆壁，比較沒那麼驚厥地大口呼吸。經過大約三十秒鐘，她擠出一句話：「我相信剛才那是一隻鳥。」

「嗯，對。」他一隻手放在胸口，然後舉起來像在阻止，表示他等一下會再多說一些。經過幾回更加用力的深呼吸後，他說：「是巨嘴鳥，被關在一個大籠子裡。」

「你被一隻鸚鵡嚇成那樣？」

他在晶亮的地板上，緩緩地左右搖頭。「我不想要被他們發現我們到下面，突然間感覺像是很危險。抱歉。」

「你的血流了一地。」

「妳能不能幫我拿新的紗布墊來？」

桑德琳挺起身子離開牆壁，然後走向他。從他的角度看來，她簡直跟雕像一樣高大。她的眼神閃耀。「去你的，貝拉德。我不是你的僕人，你可以跟我來。反正，那就是我們要去的地方。」

他勉力坐起，在站起來前先剝掉西裝外套。外套帶著溼軟的聲音咚地落地。他用血跡斑斑的手指解開襯衫釦子，讓它也同樣落到地板。

「把這些東西留在這裡就好。」桑德琳說：「隱身船員會處理的。」

「我想妳說得沒錯。」貝拉德起身，設法不讓腳步踉蹌。緩緩滲出的鮮血仍繼續流下他的左半邊。

「我們得把你弄回那張桌子。」桑德琳說：「先暫時用這個壓住傷口，好嗎？」她遞來一條折起的白色餐巾，他把它緊緊覆在身側。「抱歉，我不像你那麼擅長縫合。」

「我不會有事的。」貝拉德說完，就開始略微蹣跚走向隔壁房間。

「哦，當然，你一直是這樣。但你可知道，我最喜歡剛才那趟的什麼嗎？」

他一時間不知道她想說什麼，只是靜靜等候。

「我們那麼喜愛的神奇美食居然是巨嘴鳥！誰猜得到呀？原本還以為巨嘴鳥吃起來可能有點像雞肉，只是更難吃。」

「人生充滿驚奇。」

到了臥室，貝拉德踢掉鞋子，拉下長褲，再踏出褲子。

「你可以留著襪子。」桑德琳說：「但是脫下內褲，好嗎？」

「我需要妳幫忙。」

桑德琳抓住他四角內褲的鬆緊帶往下拉，但內褲卻卡在他的老二上。「貝拉德興奮嘍，嚇到小弟弟。」她解開他的內褲，任由它落地，再往下拍著他的挺立，目睹它又彈起。

「好的，巴基斯很樂意[69]。」

「我們進去工作室。」他說。

「好，好，mon capitaine（是的，船長）。」桑德琳的手握住他的堅挺，然後說：「要不要上甲板，讓那些土著看看你宏偉的男性？我們要不要加上一個非常大的因素，增加河岸部族的陽具羨慕指數？」

「我們進去裡面就好，好嗎？」

她拉著他走進工作室後，才放開他的勃起。

工作檯旁邊已經推來一個有輪子的鋁製托盤架，有時候，不會有這樣的器具送來，他們只好用雙手和任何送來的工具來進行工作。今天，在放了各式各樣和各種尺寸的刀子、菜刀、扳手和鎚子的托盤旁邊，有一包外科縫線和一根不鏽鋼縫針，縫針摸起來仍有剛蒸氣滅菌過的熱度。

貝拉德坐上工作檯，然後挪動身子直到腳跟脫離邊緣，就往後躺。桑德琳把縫針穿好線，彎腰湊向傷口，開始為她的病人縫合。

一九八二

「哦，你在這裡。」桑德琳說。她走進兩人套房的起居室，看到貝拉德躺在其中一張沙發上看著一本她看不太到書名的書。貝拉德兩隻手都纏著厚厚的繃帶，翻頁變得相當不容易。「我一直在到處找你。」

他抬頭望，皺起眉頭。「到處？妳是說妳有下樓？」

「不，當然沒有。無論如何，我才不會自己一人去做那種事。」

「另外，只是確認一下……妳也沒有上樓，對吧？」

桑德琳搖搖頭走向他。「沒有，我也永遠不會做這種事。但我想跟你說一件事，我認為你可能已決定要去樓上察看。你打算獨自行動，想說是保護我，而這是我從不想被保護的方式。」

「當然。」貝拉德說著，用層層繃帶中透出的食指合上書。「如果我敢試著保護妳，尤其偷偷摸摸這樣做，妳一定會恨我。早在妳十五歲時，我就了解這一點了。」

「在我十五歲時，你的確有保護我。」

他對她微笑。「我當時可是發揮了非比尋常的克制力啊！」

他那令人頭疼的客戶——桑德琳的老爸，在某一個夏日告訴他，說自己必須去墨西哥市一星期處理生意，問說有沒有任何可接受的活動，讓他女兒在那段時間有事做？她是青少年，算是獨立，也喜歡探險。讓她住我那裡吧？貝拉德這麼說。客房有自己的衛浴和電視，

69. Barkis is willin'，出自狄更斯《塊肉餘生記》，書中角色巴基斯的慣用語，現在常被用來作為強調可以參與。

晚上我會帶她去看電影，白天我不用工作時，就帶她去大都會藝術博物館或現代美術館。當我工作**要做**，那她可以像她現在這樣，自己在城裡闖蕩。你真是不同凡響的男人，客戶如是說，而且容我告訴你一件事，好讓你信心更堅定，大約一個月前的一個早上，我女兒對我說，她喜歡你，這真是讓我大感驚奇。你不知這有多該死和天殺的不尋常，光是她跟我說話這件事就令人震驚，況且她還確實宣稱喜歡我的朋友，更是教人目瞪口呆。所以，好，拜託你，也謝謝你，帶桑德琳回家跟你住，請你這樣做，請來回接送她。

日子到來時，他載著順從的桑德琳到他在哈里遜的住所，他在那裡跟她說明，儘管至少要等到她十八歲，他才願意跟她發生關係，但他們還是有許多方法可以表達自己。而且，儘管還要很多年，他們才可以袒裎相見，只是現在來說，兩人還是可以各自在對方面前裸露自己。十五歲的桑德琳原本指望利用她的暴躁、侮辱、欺騙和推託之詞，避免被這個其實非常有趣的老傢伙侵犯，於是帶著熱切的興趣回應了這些條件。貝拉德宣布另一個禁令，認真程度不相上下，只是更加私人。

「我不能再割自己了嗎？」她問：「去你的，貝拉德，我給你看我的手臂時，你明明愛死它的。是我爸叫你這麼做的嗎？」她開始抓狂地找尋她的行李，但行李早已被貝拉德的貼身男僕送到客房了。

「完全不是，如果妳爸知道我打算對妳做什麼，以及換成妳時，妳所要對我做的事，他一定會幹掉我。」

「那要是我不能割自己，取而代之的會是什麼事？」

「由**我**來割妳。」貝拉德說：「而且我做得會比妳做過的好上千倍，我割妳的方法會巧妙到任何人都看不出來，除非他們在妳正上方。」

「你以為我會滿足於甚至連別人都看不到的什麼懦弱無用小傷口嗎？再一次去你的。」「這些別人看不到的割傷會疼痛無比，然後我會帶走這樣的痛楚，妳就可以再重新經歷一次。」

桑德琳發現一道像是從胸口正下方深處湧現的感覺，瞬間攫獲了她。至少在當下，這股無以名之的情緒浪潮淹沒了她無止境的怨恨和挫折，及其導致的暴躁脾氣。

「桑德琳，而且在這過程之中，我將會變得非常熟悉、深切熟悉妳的身體，所以等到我們終於可以和對方享受性愛，我將會知道如何給妳最美妙的歡愉。我將會熟悉妳的每一寸，我的腦海裡將擁有妳整個美麗動人的地圖。而妳之於我也是一樣。」

桑德琳非常震驚自己當場就同意這個安排，甚至同意在十八歲前都要戒除性事。拒絕也是一種她可以學著去品嘗的痛苦。就在那時，貝拉德已帶她上樓到她的賓客套房，接著就穿過走廊，來到他稱之為「工作室」的地方。

「哦，我的天。」她領會眼前一切後說：「我真不敢相信，這是真實的，而你，也是真實的。」

「在未來三年中，每當妳開始憎恨周遭的一切，感覺想要再次自殘時，記得我就在這裡，記得有這個房間存在。之後將有許多白天和夜晚，我們會在這裡度過。」

這種方式下，使桑德琳忍受了道爾頓中學煉獄般的剩餘日子。等到她和貝拉德終於做愛，當她在釋放的狂喜中放聲尖叫時，歡愉和痛苦在這房間的存在幾乎清晰可見。

「你這下流、下流再下流老頭呀！」她大笑。

四年後，貝拉德無意中聽到一些中國銀行家，即他曾提供幾次服務的公司客戶，輕聲用中文談論一艘停泊在亞馬遜盆地的遊艇；這正是他所需要的。

「等我們到瑪瑙斯市，我想下船幾小時。」桑德琳說：「我有點想要再次回到世界，至少回去一下子。我們這個私人的小泡泡已和一切徹底隔絕了。」

「這正是為什麼——」

「這正是為什麼它管用，正是為什麼我們喜歡它的理由，我了解；但是有一半時光，我也無法忍受它。我不像你那樣過生活，總是飛往有趣的地方行使奇蹟……」

「你可以試試在蘇黎世的雨天午後，去握著焦慮至極的銀行家的手。」

「這不是特別重要，但你不介意，是吧？」

「當然不，反正我也需要一些復原時間，這有一點嚴重。」他舉起纏著厚厚繃帶的手。「我可沒有在抱怨。」

「你最好沒有！」

「我只有當妳在外頭待得太晚，或花掉太多妳爸的錢時，才會抱怨！」

「我在瑪瑙斯能買什麼呢？而且我一定會在晚餐前回來。你注意到了嗎？這艘詭異船上的食物一天比一天好吃啊！」

「沒錯，我知道，不過我似乎暫時沒了食慾。」貝拉德說，心中快速閃現一個金屬籠子，裡面關了極力想要逃跑的駭人東西。它挑起了一個奇妙的熟悉音調，半是記得，但腦海裡的印象讓貝拉德非常不舒服，他拒絕繼續看它。

「他們就是會知道我想在瑪瑙斯上岸嗎？」

「可能，但妳可以寫字條給他們，把字條留在床上或餐廳桌上。」

「我的手袋裡有筆，但到哪裡去找紙呢？」

「我說呢，隨便找找抽屜，可能會找到妳所需要的任何紙張。」

桑德琳走到他旁邊的小桌子，拉開抽屜，發現一張上緣標示「甜蜜歡愉號」的米白色厚信紙。信紙上還斜擺了一支義大利Omas鋼珠筆，這支筆可比她從兩人下榻的里約熱內盧旅館拿走的百樂筆好太多了。桑德琳用她近乎斜體的正式字體寫下：**請在瑪瑙斯靠岸，我想上岸兩到三個小時。**

「我應該簽名嗎？」

貝拉德聳聳肩。「這裡只有我們兩人，就簽縮寫吧。」

她畫了一個優雅繞圈的S，然後走進餐廳，把字條端正放在桌子正中央。等回到起居室，她問：「現在我就等待嗎？是這麼運作的嗎？只因為我找到一張紙和一支筆，我就應該要信任這個瘋狂體系？」

「桑德琳，我知道的跟妳一樣多。但我會說，對，就等一陣子；對，就是這麼運作的；對，妳不妨信任它。沒理由要刻薄暴躁。」

「我得保持熟練。」她說。此時遊艇像狠狠撞上了什麼，驟然停止，她的身體跟著斜向一邊。

「懂我的意思了吧？」

當他把書放到膝上，桑德琳見到書名是《托諾邦蓋》。她感覺突如而至的猛烈怒火，居然不是像《女人的房間》這樣可以教導他所需要的書，況且他不是已經看過《托諾邦蓋》了？

「看外面，看能不能逮到他們停泊船隻，並且擺放通道的模樣。」

「你認為我們已經到了瑪瑙斯？」

「我確定到了。」

「太荒謬了，我們是擦撞了駁船之類的吧。」

「不過，船已經完全停下來了。」

桑德琳輕快地大步走向通往甲板的門，用力推開它，她倒抽了一口氣，接著走到外頭。遊艇已經停泊在一處長長的黃色碼頭，那裡還有兩艘比他們的船身小的遊艇，隨著凌亂的褐色浪潮擺動。目光所及，沒有任何船員。碼頭通往一處寬闊的水泥碼頭岸肩，那裡有歐洲後裔和一些原住民，他們推著獨輪手推車、翻閱紙夾板、抽著雪茄，還對其他人指著遠方事物。看起來好假、好做作，彷彿一齣關於紐奧爾良的拙劣歌舞劇第一幕。一條大道在一排倉庫前方展開，第一棟倉庫外頭漆著亞馬遜州瑪瑙斯市的標語。配置繩索扶手的登岸通道已經架設好。

「是，好吧。」她說：「我們確實真的像是已停靠在瑪瑙斯。」

「別離開太久。」

「我高興留多久就留多久。」她說。

倉庫正面的大道似乎直接進入桑德琳已經可以望見的市中心，那裡聚集的高聳辦公大樓和公寓，有如從周遭叢林拔地而起的光禿高山。摩天樓是藍灰色調，周圍較低矮的建築是棕紅黃的漸層，讓桑德琳聯想到了塞尚[70]，而透露出牆壁和屋頂的點點色彩，甚至讓她聯想到秀拉[71]。她認為自己可以在四十五分鐘內走到市中心，這樣她大約還有兩小時來稍事探索，並且享用午餐。

差不多一小時過後，桑德琳費力走在烈日驕陽下，行經破敗的建築物、破裂的窗戶和傾斜的人行道。涔涔汗水滑下她的額頭和臉頰，衣服黏貼身上。空氣中像有一半是水，她的肺部竭力吸取氧氣。從她開始步行到現在，辦公大樓似乎完全沒有拉近，如果有看到計程車，她就會招車搭回港口，只是寬廣的大道上只駛過一些汽車和卡車。駕駛這些車子的男人膚色深黝，模樣若隱若現，但大都湊向方向盤盯著她不放，彷彿瑪瑙斯很少見到女人。她真希望有想到先包住頭髮，也很遺憾忘了把太陽眼鏡帶出來。

然後，她開始意識到有幾個男人在跟蹤她，她看不出有多少人，但絕對不止兩人。他們低聲交談，不時哄堂大笑，內容肯定是拿她做文章。儘管雙腳開始發疼，她卻逐漸加快腳步。在她身後，那些男人跟她保持一致的步調，距離沒有縮短，也沒有落後。再經過兩個街區後，桑德琳屈服在驚恐之下，回頭察看。四個黑帽男人占據了人行道的寬度，他們像是穿衣服睡覺，身上衣物縐巴巴。其中一人用她聽不懂的語言，大聲叫她；另一人嗤嗤笑著。走在人行道邊緣的男人跳上路面，小跑步穿過空蕩蕩街道，然後在另一頭的人行道加快速度，直到稍稍領先她。

她感到極度的孤單和危險，加上因為覺得置身險境，她內心跟著燃起熊熊怒火：氣憤自己居然蠢到落入這樣的危局，氣憤身後的人居然驚嚇她、結伴包圍她。她不知道自己該怎麼做，但就是不想讓這些變態更加靠近。她的身體扭向右邊，接著是左邊，脫下了兩隻鞋子塞進包包。他們目不轉睛看著她，這些河岸人渣；就連對街的男人也停下腳步，從帽簷底下盯著她。

桑德琳實際試探了真實的地面，她在鋪磚上走了幾步，發現它們起碼像是不會割傷她的腳，於是就打起精神，有如衝出柵欄的賽馬，拔腿全力衝刺。她的跟蹤者頓時嚇了一跳，不知所措，不一會兒也開始拔足狂奔。對街的男人從人行道邊緣跳下，準備衝向她。他的鞋子

70. Paul Cezanne（一八三九～一九〇六），法國印象派畫家，代表作有〈聖維克多山〉和〈玩紙牌的人〉等。

71. Georges-Pierre Seurat（一八五九～一八九一），法國點描派代表畫家，代表作有〈大碗島的週日午後〉和〈阿尼埃爾浴場〉等。

在砂礫化的柏油上發出咔咔的聲音。隨著咯咯聲愈來愈大，桑德琳也開始聽見他大口呼吸的聲音。在他追上來前，她來到一個十字路口，便驟然改變方向，包包在她的臀邊跳動，雙腳仍不斷邁開大步跑過一米又一米的石礫地面。

她在無意中跑進了貧民區，街道兩旁的建築物盡是半傾倒的棚屋和鐵皮屋，只用木板、金屬板和瀝青紙胡亂拼湊而成。她瞥見從油膩窗戶和塌陷裂開的大門，窺看外頭的面孔。眼前的棚屋有些是商店，窗台上擺放軟性飲料的罐子和啤酒瓶。人們從瀝青紙和鐵皮小屋中湧現，走進已擠滿廢棄車輛、空推車和一箱箱待售水果的街道。這裡處處都是垃圾。剛才看著桑德琳的各個女人紛紛快速走過，毫不在意她的困境。

然而，貧民區的混亂狀況是件好事，桑德琳心想。而愈是深入，就有愈多狹窄巷道從她轉進來的街道延伸出去。這是一個匆忙擁擠的迷宮，巴西的favela（貧民窟），是那種不幸出生在這裡就永遠無法逃脫的地方。儘管在這個鼠窩外頭，領頭追趕她的男人已逼近到近乎危險的距離，但是在集結的人群、車子和推車等障礙和眾多的垃圾堆之間，他的速度已經慢下來。桑德琳發現自己算是相對輕鬆地閃躲這一切障礙。接下來，當她繞過街角，腳步因為踩到腐爛菜葉而打滑時，卻看到對她恍如奇蹟的景象：披著破爛黑布的一位駝背老婦在敞開的大門內，招手要她進去。

桑德琳彎曲雙腳使出她的年輕力道，從地上躍起，直奔那道敞開的房門。老媼及時閃開，差一點被她撞倒。老婦人咯咯笑著，不知道是在笑桑德琳的運動能力，還是因為自己剛拯救了桑德琳逃離流氓的追趕。桑德琳進門，為避免直接撞向牆壁，腳步顯得踉蹌；老婦人一個箭步上前，砰然關上大門。桑德琳跪倒在地，室內頓時變得非常陰暗，一道斜射的光線劃破昏暗，照亮地板上一處鋪著地毯的方形空間。地毯已舊到看不出顏色，在光線底下，它顯得極其微不足道，卻又異常美麗。

老婦人拖著腳走進那道光線底下，說出一個聽起來不像西班牙語也不像葡萄牙語的難懂字眼。她拉長的蒼白臉龐上，蝕刻了上千條像是刀傷、疤痕和縫線的不規則皺紋，她有明顯的鷹鉤鼻，眼睛閃亮得像是清澈湍流底的黑色石頭。然後，她豎起食指，貼向凹陷的嘴唇，另一隻手指向大門。桑德琳仔細聆聽，不一會兒，雜沓的腳步聲咚咚經過老嫗的小房子。領頭的是那個**咔咔**聲，腳步聲噠噠走向窄巷，消失在尋常的嘈雜聲中。

老婦人駝著背，身子幾乎和地面平行，無聲模仿著歇斯底里的笑聲。桑德琳不斷說著**謝謝妳、謝謝妳**，心想即使言語不通，還是可以清楚表達心意。這位素昧平生的救星慢慢走近，身體仍模仿著笑聲，布滿斑點的長長指頭交握著。這是桑德琳所見過最難看的一雙手，手指頭像是罹患關節炎嶙峋凸起，指甲骯髒參差不齊。她希望老婦人不會撫攏她的頭髮或輕拍她的臉，因為不管感覺有多噁心，她都必須任由老婦這麼做。但老嫗只是喃喃發出像是**穆納、穆納、納姆**聲音，然後直接經過她身邊。

在外面街道，咔咔咔的腳步聲再次傳來，有人開始狠狠敲打鄰近的房門。

老婦人在模糊不清的屋內深處，轉向桑德琳，用她多骨嶙峋的手，急切招呼桑德琳上前。桑德琳走向她，不知道發生什麼事了。

老嫗發出急切沙啞的低語：**穆納！納姆！**

她像是對著困惑的桑德琳鞠躬，而桑德琳內心再次燃起危機感。老婦身後一片更加漆黑的鑲板滑開，桑德琳終於了解到她的救命恩人把腰彎得更低，只是為了轉動門把。

納姆！納姆！

桑德琳順從指令，「納姆」經過招喚她的女主人。而幾乎同時，她的腳離開了堅實的地面，直接踩空，險些翻滾跌在她終於了解到是階梯的地方。幸好平衡感讓她免於摔倒，她不禁慶幸仍擁有關鍵的腳趾。在她身後，門砰然關上，沒多久，她聽見咔嗒上鎖的聲音。

回到遊艇，貝拉德把書籤夾進《托諾邦蓋》，然後首度，至少是他認定的首度，注視身邊那兩個貼牆立著的紅漆櫃子。先前，他雖然意識到櫃子的存在，卻從未真正加以檢視。它們大約四呎高、三呎寬，像是來自中國，可能也價格不菲。櫃子前方是帶插銷的黃銅鎖，所以很容易開啟。

想到拉開插銷，打開櫃子，讓貝拉德同時產生了好奇心及一種奇特的恐懼。一時間，他眼前出現遊艇最深處的一個大型禁忌房間，大蜘蛛爬過逐漸腐爛的屍體堆。（自從青春期，跟這一模一樣的景象就一直浮現貝拉德心中，只是細節有極大的變異。）他搖搖頭，想甩開這個景象，但揮之不去，他只好猛擊放在沙發厚墊扶手、纏著繃帶的左手。強烈的痛苦浪潮襲來，他不由得倒抽了一口氣，而有著蜘蛛和屍體的禁忌房間，便嗖地拉回到產生意象的地方。

這種畏懼是他應該遵從的，還是應該漠視的？因為漠視總是不智，而且有種可恥的感覺，或者，如果不漠視，那就認可，只是無論如何還是要有所堅持呢？貝拉德把疼痛的左手捧在胸口，眼睛盯著那兩個閃亮的櫃子不放，然後起身，任由小說滑下膝蓋。如果被要求清查起居室的物件，他必定會忘記列上它們。料想這意味著他應該不理會預感，並且查看這些直立的中國小箱子。**他們**想要他打開櫃子，如果**他**想要的話。

貝拉德仍把像是受到電擊的左手握在胸前，然後湊向前，舉起露出的右手食指，輕觸左邊的箱子。沒有熱度，也沒有動靜。它沒有嗡嗡作響，也沒有顫動，只是非常精美。這玩意至少上了六、七層漆，他感覺自己好像望向了深深的紅漆河流。

貝拉德蹲下來，用食指推動黃銅插銷，把它推離華麗的小鎖。插銷垂掛在他先前沒注意到的一條精緻繩索。櫃門沒有如他希望的那樣自動敞開，他必須再一次作出選擇，因為現在還不算太遲，可以把黃銅插銷插回去。他可以選擇不要查看，可以讓「甜蜜歡愉號」保有它的秘密。但是，一如既往，貝拉德認可他感受到的畏懼，便直接坐到地上，伸手用指甲讓櫃門彈開。櫃子的三層架子上擺放像是一疊疊整齊收好的照片。拍立得照片，他心想。他從櫃子取出第一疊照片，低頭看著最上面那一張。貝拉德看到的畫面對他產生了兩種矛盾的影響，一個是他頭暈目眩到快要昏倒，另一個是他幾乎射精在長褲上。

桑德琳小心翼翼不要跌倒，在黑暗中走回樓梯上方，用指尖找到門板，用力拍擊。門片在門框中嘎嘎作響，卻打不開。「女士，開門！」她大喊：「開什麼**玩笑**？快開門！」桑德琳用拳頭敲擊不為所動的木板，心想那名老婦人雖然無疑不會英語，但絕對不會誤解自己現在說的話。等她的拳頭開始疼痛，喉嚨沙啞，剛才遭遇的怪異之處也呈現在她面前：那就像是……像是童話故事！她被哄騙、被設計、慌亂失措；她被困住了。世界已包圍她，有如鋼製陷阱夾住熊腳。

「求求妳！」她呼喊，但知道沒有用，不可能靠著哀求就被放出去。在這裡，黃金屎浴並不適用。「請放我出去！」她用拳頭再捶了幾下，再大聲哀求了好幾次，哀求放人、讓她**出去**，**釋放她**。她覺得像是聽見她那位年老捕捉者自顧自咯咯笑了起來。

她突然想到這有兩種可能性：追趕她的人刻意把她逼來這裡，而老婦人是他們的同夥；不然就是他們沒有，而她也不是。目前這兩個選項中最糟的是第二種，就是為了逃離強暴犯，卻逃進精神變態的地牢。或許那老婦人想要餓死她，或許想要先削弱她，以方便殺掉她。也或許老婦人只是把她關起來，當成自己怪物幼獸的點心，好比方她有個體型巨大的瘋兒子，瘋兒子有著銅鈴般大眼和可怕牙齒，特別愛吃迷途女人。

不只因為想像他們可能持有真正的傢伙，她也竭盡所有可能，所以桑德琳小心翼翼轉身，伸出一隻手按向身邊的土牆，然後開始慢慢走下黑暗中的階梯。她知道，它可能通往有大批蜘蛛出沒的地牢，或是一個臭氣熏天的洞穴，在那裡，被遺棄的醜陋東西像暴徒般在無邊無際的黑暗等候，準備出手傷害任何闖進它們領域的人。她在牆壁和牆壁間摸索前進，找尋可以逃脫的另一道門或高窗，但另一方面，她卻知道在破爛貧民窟裡的土牢絕對不會有另外的出口。

走下五個台階後，桑德琳突然想到她可能不是第一個被鎖進這可怕地牢的女人，她可能會撞到一、兩具胸骨或一些股骨，而不是壞掉的椅子或磨損的工具；她的腳可能會踩到下頷骨，甚至可能踩到別人的額頭！桑德琳的身體瞬間打了哆嗦，腦筋一片空白，有好一陣子，她已瀕臨崩潰狀態：她想像自己蜷縮成胎兒一樣，開始發抖、流淚、嗚咽。剎那間，這可怕的景象似乎誘人難忍。

然後她想著：**他媽的，為什麼不是貝拉德在這裡？**

貝拉德是非常機警的傢伙，充滿小驚喜，永遠沒辦法真的預料他想要做什麼，而且他很擅長解決問題，這也是貝拉德賴以維生的能力，他飛往世界各地替別人擦屁股。桑德琳能夠認識他的唯一理由是貝拉德現身在紐澤西的一家汽車旅館，當時她親愛的老爸勞利茨恩·洛伊在一個被勒死的妓女屍體旁邊顫抖，然後貝拉德讓那妓女消失了、染血的床單消失了，而就她所知，那間汽車旅館也消失了。兩小時後，勞利茨恩身著完美無瑕的亞曼尼西裝和Brioni領帶，雖然顫抖卻不失冷靜地回到工作崗位。（桑德琳多年前就已經知道爸爸的卑鄙小過失了。）而且，這個才能意味著貝拉德出現在這老巫婆地牢，將特別有價值，儘管或許貌似從未拿過比公事包更重的東西，但他事實上卻驚人的強壯、敏捷和聰明。如果你正經歷和惡龍纏鬥的困境，那貝拉德就是你所需要的人。

桑德琳一邊默想她長期愛人的全能優秀，愈想就愈希望他在場，而雙腳仍繼續穩定走下階梯。想到惡龍那部分時，她意識到自己走這些土梯的時間比原先料想的還久。桑德琳認為她現在其實已在原以為會進入的地牢底下那層了。童話故事的感覺再度襲來，就是在一個沒有理性規則和秩序的世界被俘虜，受制於白天世界所不知或排斥的深刻模式。而靈光一閃，她突然想到這樣的童話世界和她的童年有許多相同之處。

為了恢復冷靜自制，也或許最重要的是要擺脫因為想起童年而引起的陰鬱無助感，桑德琳開始數著階梯下樓。隨著階梯深入地底，她的腳步踩著乾燥堅實的台階，又多走了二十階，然後是四十階，接著是五十階。到了一百零一階時，她覺得頭暈疲憊，於是坐在黑暗之中，覺得就快哭出來。這道長長的階梯本身就是個墳墓，什麼地方也到不了。希望、快樂和欲望都逃離了，甚至無聊和任性也逃離了，肉慾和怒氣也不復存在。她感覺疲倦和空虛。桑德琳一邊肩膀倚著土牆，顫抖了一下，在逃入不省人事狀態的前一刻，察覺到自己哭了。

而同時間，她立即進入一個持續的夢境，彷彿自己漫步進入故事當中，更精確來說，是一個非常接近結局的時間點。許多，或許幾乎一切有趣的事都已經發生了。桑德琳躺在籠子底部的一團髒汙毯子上，而黃金屎浴像是已充分解放，任由身體被切出整片血肉，因為她右肩大部分的血肉都已經被切走了。傷口傳來不陣陣的遲鈍痛感，顯示那些神奇藥物的功效，也就是貝拉德麻藥般的止痛劑。狹窄的欄柵是那麼緊湊密集，她只能從欄縫伸出一隻手、一隻手腕和一隻手臂。但就她的例子來說，是一隻手臂、一隻手腕和一隻斷手。在桑德琳伸過欄柵的那隻手臂上，手部已經不見了，有人用燒灼法癒合了斷腕。

喪手之謎直接導向一號籠子，那裡有一隻巨大的蟲形生物歪斜塞在裡面，輕聲喵嗚。牠幾乎占滿了整個籠子，同時努力以僅存的大顎從欄柵間看出去。牠已經在欄柵上弄斷左邊的大顎，但是牠並未放棄，牠是蟲子，而蟲子是不會放棄的。桑德琳幾乎可以確定，兩邊大顎都還在的時候，也就是被捕獲前，這隻巨大的**玩意兒**曾用大顎來鋸掉她的手，並且馬上吞下去。巨大的蟲子是河流部族的災禍，然而，說著鳥語的古族、真人、雲護者、樹靈、古老的聖者，自稱為我們，塑造了河流和森林，讓牠們誕生。巨大蟲子的肉味道異常鮮美，因為背負著吃人或吃人肉的罪孽，這個舉動使得牠們更是美味無比，就像嗎哪[72]，就像天堂為人類準備的食物。**我們**把桑德琳的部位餵給捕獲的蟲子，這樣牠就可以為樓上的貝拉德和桑德琳提供美味無比的餐點。

桑德琳害怕恐懼地哭醒，落下她看不見的淚水。

夠了。沒錯，發抖夠了；該是決定下一步該怎麼辦的時候了。折回去，再把門敲破；還是一直往下走，看看會發生什麼事？桑德琳討厭放棄和往回走的想法，於是挺起身子，繼續往下踏出第一百零二階。

在第三百階時，她又經歷另一陣啜泣顫抖，但很快就克制住，繼續往下走。到了第四百階，她隱約聽見嘉年華的音樂，看見星火光影有如發光飛蛾掠過黑暗。大約在第五百階時，她發現腦海裡的階梯數字已經混淆了，就不再計數。她見到一個不像墳墓的墳墓，只有黑暗，她見到她在克萊爾學院的前導師，那是一個冷淡疏遠的教授，名叫昆汀·傑斯特，他說過這樣子的話：「洛伊小姐，如果我有一生跟妳耗，我們兩人都會比現在懂更多。」但是她閉上眼睛，搖搖頭，甩開他。

走了許多階之後，桑德琳的大腿肌肉傳來極端的疼痛，手臂感覺異常沉重。頭部也一樣，不斷往前垂，靠在她的胸口。胃開始抗議，她告訴自己：**真希望我現在就有一大片巨蟲鮮肉快炒**，然後為自己在這麼短的時間就變得如此瘋狂而咯咯笑了起來。巨蟲！老勞洛，就是她親愛的老爸，儘管時常尊敬他人的理智，卻不期待自己也是如此，而即使這樣子的老爸，也絕不會容許以巨大昆蟲當餐點。而此時，又出現她心智狀況惡化的另一個證據，雖然她往地下愈來愈深入，桑德琳還是半是說服自己，眼前的黑暗似乎詭異地沒前一刻那麼暗。這個瘋狂的錯覺緊附著她一步步的腳步，而且愈來愈嚴重。她對自己說，我會舉起我的手，如果看得見手，我就會知道真實的世界再見了，美女可以打包去瘋人院了。她停下腳步，閉上眼睛，然後把手舉向她面前。她緩緩地張開眼睛，然後注視……她的手！

這個以精神障礙作為辯護的問題在於一個不可改變的事實，就是眼前真的是她的手，不是來自哥德文學的瘋狂景象，而是她完整的、真正的、現世的手，她的手現在因為長時期接觸牆壁，顯得滿是髒汙，沾滿結塊泥巴。桑德琳轉頭，發現她也可以看清楚牆壁，緊實的土壤不時出現斷裂的樹根，有時還會往她的方向撒出小小的塵沙微粒。桑德琳屏息，往下看向像是光源處。然後她倒抽了一口氣，因為在昏暗的下方深處，她像是可以看見樓梯底部。一小塊長方形在那裡發出熊熊的亮光，從那裡浮現明亮的半透明，使得她得以看見。

她震驚到忘了哭泣，也因為整個放下心來而不想堅持這不可能。桑德琳緩緩走下通往長方形光亮處的剩餘階梯。它散發出的溫暖，灼熱了空氣、階梯、牆壁和桑德琳自己，直到此時，她才意識到在這段行程中，因為泥土滲出的寒意，她大半陷入半麻痺狀態。隨著愈加接

72. Manna，即《聖經》記載中，以色列人出埃及時，耶和華所賜的神奇食物。

近光亮處，她也終於可以看清楚底下的細節。她覺得像是看到一道混凝土、一部分的木桶，放置地面梯子的底端：光線在這些令人困惑的物品周遭顯得極為強烈，像是把物品縮攏、縮小、挖空，甚至也刺痛地鑽進她的眼睛。在她的世界下方存在另一個世界，它的光線炫目到無法逼視。

等桑德琳來到離熾亮的地底世界不到十公尺處，她和它的物理關係就不可思議地改變了。她看起來不再像是往下走，而像是走過機身傾斜卻平穩到幾乎難以察覺的飛機。兩旁的土牆後退，消融成為幽靈般的灰色霧氣，毫無實體，最後只餘下沾黏在桑德琳的白衣、雙手、臉蛋和頭髮上的塵土汙垢。她感受到熱氣，來自燃燒太陽的真實熱氣，還有人聲，在機器運作的雜音中叮噹作響和撞擊的聲音。她用手遮著眼睛，走向這一切。

桑德琳穿過眼前簡陋的開口後，感受到炙熱的太陽照耀，身上的溼氣立刻浸透了她骯髒的洋裝，汗水把她頭髮上的灰塵化為了泥水滴落。她知道這個地方；這個耀眼的地底世界就是她剛才離開的世界。從遮掩眼睛的手底下，桑德琳看到寬闊的混凝土碼頭岸肩，有剛才那段悲慘時間前所看到的設備，也有未見到的設備，大家協助旁人的姿態，充滿虛假做作的感覺，還有微弱的陳腐旋律開始逐漸擴大。那道長長的黃色碼頭上，有三艘遊艇隨著緩慢的褐色波潮擺動，而其中一艘就是「甜蜜歡愉號」。

在不是微風的溫暖微風中，一張骯髒的紙張翻轉越過混凝土，飄向桑德琳，最後貼在她的腳上。她彎腰剝開，任它飛走，然後一陣強烈的難聞氣味吹來，這是絕對不會錯認的亞馬遜河排泄氣味。紙張仍固執依附著她的腳，直到桑德琳再次伸出骯髒的手指扯開，此時她發現纏住她的不是紙，而是一張拍立得，現在因為接觸她的腳而沾上汙泥。她把它拿到面前，泥土痕跡模糊了部分影像。她撥開大部分的泥沙，但還是看不出照片的內容是什麼，只覺得拍攝的是像豬的動物。
驚慌中，她瞄向一旁，發現懶洋洋倚著繫船柱，模仿河岸遊手好閒的人群中，有兩人身著破舊衣服和磨損的帽子，那就是在貧民窟追逐她的人。她又氣又懼挺起身子，證實她早已明白這回事，她看向另一邊，見到他們的同伴。其中一人向她招手。桑德琳的驚懼之情稍減之後，觀察到這些傢伙基本上有些改變。可能是因為他們不是真的那麼遊手好閒，不過這些人比在瑪瑙斯的街巷中，顯得較為放鬆，較沒有侵略性。
只是，他們的目光還是盯著她，對她接下來的行為很感興趣。然後她終於懂了，他們感覺不一樣，是因為現在她來到他們一直想要她來的地方。他們不認為她會再度嘗試逃離，不過還是要確保這一點。桑德琳整個漫長的冒險行程，從她發覺自己被跟蹤到現在，都是設計來把她趕回這個碼頭和遊艇。那四個戴帽的男人，現在開始對她點頭微笑，他們把她追趕到那女巫處，因為他們全是一夥的！桑德琳垂下手臂，往後退了一步，驚訝地從這一頭看到另一頭，掃視他們全體。這一直是詭計；就像趕牛一樣，她被耍了。又是虛假，更多做戲的樣子。
點頭微笑的其中一人把手掌舉到眼前，而他身邊的男人湊向前，像在掩住噴嚏一樣，對著拳頭大笑。第一個男人對她露齒一笑，再度做出那無意義的模仿行動，他舉起左手，看向手掌。他的笑容咧得更大，然後指著桑德琳大喊：「**穆納！**」
他身邊的男人咧嘴大笑，**穆納**！真是風趣，接著吹出一組像是鳥鳴的奇怪四音旋律。
桑德琳試探性地舉起左手，看著它，發現自己仍拿著那一小張豬的骯髒拍立得照片。她左邊那兩個白痴狂熱地揮動他們的手，她跟著照做，所以**穆納**！老兄，你也是。她更加仔細看著拍立得，發覺它拍的其實不是豬。相片裡的生物有頭和軀幹，但就不太有別的東西。眼睛、鼻子、耳朵全都不見了，軀幹上裝飾著一堆疤痕，既像標點符號、又像蛇，也像是未知語言的文字。

我知道「穆納」和「納姆」是什麼意思了，桑德琳心想。剎那間，她感受到一陣極度性感的驚人暖意，才完全了解到，之前提供給她的是什麼：她認識照片裡的男人。她的耳朵充斥海洋的怒吼，以及受暴風雨襲擊的樹葉所發出的呼嘯，她的頭開始暈眩晃動。她鬆開了手指，拍立得照片乘著風力機的人造微風飄移，它打轉了幾回，最後高高飄揚在碼頭上方，閃動中離開她的視線，最後在「甜蜜歡愉號」上的亮麗青藍失去了蹤影。

桑德琳發現自己走在長長的黃色碼頭上。

堅韌的愛情，貝拉德曾經這麼說過。是要被給予和被接納，到最後，由她可能曾經瞥見卻未真正見證的事物來徹底償還，那是一股殘忍、崇高、緩緩移動的力量，有時讓簾幔窸窣作響，有時游移在目前頭髮和身體滿是汙泥的這女人身上，在她的兩腿之間碰觸她。桑德琳，可憐的瀆神迷失者，極為驚人地哄騙了命運已定的桑德琳。

一九九七

他們從廚房而來，從餐廳暗褐色的小窗簾，從美觀起居室的書架後頭，從床舖和血跡斑斑的金屬檯面底下，穿過木頭、織布和歲月的重量，**我們**來了，古族和真人、雲護者，**我們**朝向**我們**只藉由給予無可爭議的服務，所了解到的神秘中心緩緩行進。客戶和贊助人的殘餘部分躺在金屬工作檯上，仍有呼吸但缺乏深度和力道。總是會以這樣的方式結束，總是這樣，別無他途。**我們**說著高亢悅耳的鳥語，在開天闢地時傳授給皮拉罕人，**我們**集合在這毀壞的身體所在，**我們**崇拜他們對彼此的奉獻，以及在他們身上所擴展及即將擴展的偉大事業，**我們**在分離可以分開及必須分開的東西時，以肅穆的溫柔對待他們。最為清澈純淨的音符從我們的嘴中揚起，付印在空中。**我們**了解它們的意義，只是它們早已跨越文字的領域，重新取得音樂的透明度。**我們**喜愛並且接受音樂的重量和失重狀態。等分離的過程完成後，經由古老的神聖內在管道，**我們**搬運仍舊存活的親愛男女從彼此身體取得的部分，往下往下往下來到廚房，也運送了其內部始終燃燒的掠食慾望。

然後，然後啊。以無上的溫柔，在古老世界的中心，吟唱不成曲調的深沉音樂，**我們**採集了貝拉德和桑德琳的殘餘部分，無手無腳的驅幹，沒有五官的臉龐，而他們的氣息如游絲般依附在他們的嘴巴；然後，用我們的手臂、用籃子、用一度潔淨的床單，帶著他們走過甲板，容許他們從我們的照護中滾落，如同他們一直渴望的，然後進入兇猛閃現的河流小小統治者之中。**我們**看著河水欣喜若狂地翻騰，跟著陪同吟唱到最後。

梅莉娜

珍・傑克曼

她嚇壞我了。

在她找到我們之前，我們一直沒發現她是打從哪裡來的。爆炸過後，我們有三人倉皇爬出，遠離道路，翻過坡脊。另一頭有個岩石的突出區域，我腦袋還有他們給我們看的地圖，我們在真正敵軍密布的範圍當中被狠狠一轟，恍如甜甜圈裡面的果醬內餡。

「該死，老兄，我們就待在這裡。」雷羅伊噓他。

「又不是你指揮的。」舒茲說。

「我們留在山脊。」我說。

那場爆炸炸掉了前導卡車，如果我們沒有落後，可能已經一起完蛋。路上除了火焰燃燒外，沒有其他動靜。然後，黑煙和惡臭出現，奇怪的是，我立刻就知道那是什麼了。就像老媽廚房裡，她替我們做太妃糖時，在滾燙的平底鍋裡攪拌的東西。

「有人來了！」雷羅伊大喊，然後又加上一句：「老天，或許要說女人！」

一個頭盔輪廓出現在山脊上方，接著是一個高舉雙手的小小身影，她穿著正規的沙漠靴子慢慢走來，在沙子和頁岩上不時打滑。人們認為伊拉克沙漠的沙子如海灘般平滑，但還是有地方盡是會滑進腳底的小石子。現在，每當我想起莉娜少校——儘管我努力不要想起——我只記得空氣中滿是黑色悶燒的玩意兒，以及糖煮焦的味道。

我們沒想過還有其他人生還，但她的確從道路的方向過來。她非常小心謹慎，躺在地上等待，任由舒茲搜身，拿走她的步槍。

「沒事！」他大喊。

她有狗牌，就是識別證，但最讓她像美國女兵的是她的聲音。只是，就像我剛才說的，我們一直沒發現她到底是從哪裡來的。她有裝備袋，舒茲伸手探查。

「裡面沒有武器。」他說。

黎明剛過，而我們困在沙漠當中。返回公路——免談！當我們坐在岩脊底下，一輛破舊貨車沿著公路駛來；上面載滿了頭巾仔，他們的步槍全以奇怪的角度伸出。他們沒有看到我們。我們四個人全副武裝，應該可以拿下他們，但我們的卡車卻是被某個更大、更有力的東西轟掉了——可能是火箭筒——而不管是誰發射的，可能都還在附近。

這群人手持步槍輕推，走過悶燒的殘骸，看起來金屬部分還是炙熱到難以碰觸——他們當中有人把手放在車門上，彷彿被燙到一般，立刻就縮回來了。他們沒有逗留。

我們仔細審視了自身，這裡有雷羅伊和舒茲兩名二等兵，還有我一個中士，以及那個女人，莉娜少校。我想她應該有姓氏，但我就是記不得。雖然我盡量不去想，但每當我想到她，軍銜和名字卻像成了一個名字——梅莉娜[73]。聽起來就像是會為女孩子取的時髦名字。總之，我們就是這麼稱呼她。「是的，梅莉娜！沒問題，梅莉娜！露出妳的奶子給我們看，梅莉娜！」

不，不是那樣，我們從來不敢。

「中士，現在由我指揮。」她以一種像是緩緩刮過鋼板的聲音說道。她閃動白牙（這是另一個理由讓我們確信她是美國人的原因），但不帶真正的笑容。

她有一對棕眼，很大，卻不美麗。

「是的，長官。」我說。

「我們來評估狀況。」

73. Majorlena，原本莉娜少校的說法是 Major Lena，主角把它合而為一，這裡採音譯。

我們評估了。

困在被恐怖分子包圍的該死沙漠中，這就是我們的狀況。

而且沒有食物和水。

直升機有如嗡嗡作響的巨大蒼蠅，在道路殘骸上方盤旋，所以我說：「長官，我們可以攤開襯衫，或拿東西朝他們揮舞。」

「對，他們一定會看見我們。」雷羅伊說：「他們飛得很低。」

他跑上岩石坡脊，拉下上衣，揮動它。然後，一陣機關槍掃射，只是準度極差。雷羅伊跑回來，我們全擠在突出物下方。

「雷羅伊二等兵，聽我的指揮。」梅莉娜說：「沒我的命令，不准行動。我們必須坐在這個坡脊底下，等待夜晚來臨。然後再往下走，或許可以找到飲水和彈藥。」我看到她說話時，眼睛盯著雷羅伊的赤裸胸膛。他長相俊俏，是個身材頎長的黑人。

我忘記了性這檔事。到了正午時刻，我感覺眼睛成了煎鍋裡的雞蛋，感覺自己像是從未到過這個國家。儘管我已經在伊拉克待了兩個月，卻從未真正融入，如果你懂我的意思的話。不是像這樣，沒有冰涼的飲料，沒法沖澡。我發現當天氣變得這麼熱，如果沒有補充水分以分泌汗水，就不會正常流汗。皮膚散發的任何小汗滴都會立即乾掉。經過一陣子之後，就會變得有點舒服起來，只除了整個腦袋感覺像在一個大熔爐。舒茲就跟許多賓州男孩子一樣，剃了個大光頭，完全暴露在高熱下。

坡脊突出的區域讓我們得到一些遮蔭，我卻口乾舌燥到像吃了滿嘴沙子。夜晚來到，我知道我們必須找到水，不然就會死在這裡。

梅莉娜已經評估過公路現況。

「中士，你隨我回去公路。」她說：「第三輛卡車被炸毀的情況不是太嚴重，那裡可能還有水，甚至是無線電。」

「長官，就是妳搭乘的那一輛嗎？」前兩輛卡車不可能有人生還，那裡只剩下金屬外殼和駕駛座上的焦黑團塊。

「啊？是的，中士。」她說：「沒錯，我一直跟著這支軍隊行進。」

卡車兩側淋上了融化的糖，還有各式各樣的蒼蠅和昆蟲，我猜想應該都是受甜味吸引而來。在沙漠中央，通常不會看到那麼肥大的玩意兒，大多只是迎面被風吹來、讓人發嗆的成群硬實小蒼蠅。我跟梅莉娜接近第三輛卡車時，得不斷揮開那些多汁肥美的蒼蠅，我尤其不喜歡張開嘴巴，被牠們趁機飛入的情景。

「檢查一下水箱，再看看能不能找到容器。」她說。

她爬進駕駛座。儘管駕駛員的頭髮和臉龐焦黑了，但他沒被燒成焦炭，看得出這裡的火勢不大。

我準備旋開蓋子，就繞過卡車側面往上看。結果看到她坐在駕駛員旁，頭部俯向他。發現我在看著她時，她的手臂猛然一抽，旋即跳下駕駛座，把手中的東西亮給我看。

「我拿了他的軍牌，讓他的家人可以真的解脫。」

可憐混蛋是該解脫，但我還是不知道她剛才在做什麼。

我設法把散熱水箱的水倒進幾個大罐子裡，這些罐子是我們在卡車裡面找到的美軍財產，裡面原本裝滿咖啡，咖啡被我們倒進沙裡後，就變成映著黃昏的深色煙霧消散了。

走回坡脊的途中，槍聲傳來。

舒茲拉著雷羅伊撤退。

「這蠢蛋居然想要突破，但對方有夜視鏡。」

梅莉娜伸手捂住雷羅伊的嘴巴，阻止他尖叫。尖叫聲慢慢平線成為嗚咽，他最後在黎明前死去。我們在沙中替他挖了個地方，再用雙手捧沙覆在他身上，舒茲接著做了祝禱。

飢餓感覺好像真實的疼痛，而我們只剩少許喝起來像金屬和咖啡的飲水。

「我們得想辦法離開這裡。」舒茲彷彿努力壓扁肚子一般，緊抓著肚子說道。

「我們留在車子附近。」梅莉娜說。她來回走著，眼眶完全不見凹陷，完全不像在沒食物沒飲水的狀況下，在曠野度過一晚的模樣。

「是。」我說：「我知道這是官方做法，但凡事總有例外。」

「或許那裡會有一些融掉的糖，我們可以取下來。」梅莉娜的口吻像是她做了讓步。

「天黑後，我再去卡車那裡。」我說。光想到嘴裡充滿真正的甜味，我就快忍不住了。

他們讓我獨自前去，我想我應該有資格獲得額外的糖。

駕駛員的身體飄出惡臭。月亮和星辰明亮得有如燈光，所以我很擔心會被狙擊手看到。不過，完全沒有動靜。我走到卡車後面，那裡垂下許多如光滑冰柱的糖。我折下一根，吸吮了一下。我敢說這絕對就跟市集的糖果一樣甜，我感覺糖分流過全身，它的能量注入我的血液。

我手忙腳亂爬回坡脊，腳下有些頁岩跟著滑落。回到原地，發現梅莉娜已在等我。

我給了她一塊糖。

「舒茲呢？」

「在下面休息。」

但舒茲躺在雷羅伊的屍身旁邊，我搖他，他也沒醒。我輕聲叫喚梅莉娜下來。

「怎麼回事？」

她把舒茲翻過來面向她，發現他的臉龐冰冷，在月光下死氣沉沉，眼睛直視著星辰。

「老天！什麼鬼呀？我離開時，他明明還好好的。」我看過去，發現雷羅伊的屍體到腰際的部分都暴露出來，我見到那片光滑皮膚上的狀況。

「妳想這是舒茲做的嗎？」我說。

「一定是，除非有野狗或其他東西過來。你不在的這段時間，我一直在警戒，但沒聽到任何聲音。」

「或許舒茲有點瘋了，不知道自己在做什麼。」

「對，中暑或熱衰竭之類的。」她坐回原處。「獲得救援之後，我得上報此事。」

這是我度過最寒冷的夜晚，天空沒有雲層遮蔽。我完全睡不著，只是背靠著岩石坐著。梅莉娜在稍遠的地方，像是彎腰弓背。我一度閉上眼睛，過了一會兒又睜開，感覺她似乎稍稍挪往我的方向。

「我今晚不睡了。」我說。

我現在仍不知道，當時我是在警告她，還是在請求她？

但是，我的確睡著了。醒來時，我發現有東西在雷羅伊的屍體上移動，那是一大團東西，就像從他的脖子垂下一片長鬍子。我凝視了好一陣子，努力弄清楚那是什麼，我翻身想要看得更仔細，見到有東西不斷翼動爬行在雷羅伊的整個胸口。

我看不到他的臉，那個部位似乎起伏移動，結果是一大群肥大的綠頭蒼蠅爬滿他的臉，並且往下來到他的身體。牠們閃爍著光澤，黏黏的軀體挪移推擠，有些小飛一段距離，又馬上降落。在雷羅伊的胸部傷勢上，一堆蒼蠅擠在血淋淋的傷口裡扭動鼓翼，活像按摩浴缸裡的妓女。

就在幾步遠的地方，梅莉娜躺在那裡，彷彿她和雷羅伊待在同一張床上。接著，蒼蠅從雷羅伊身體飛起，黑壓壓一片朝她的方向或飛、或爬行，或跳躍。

我往她走了一步，以為她睡著了，正想去警告她，此時卻發現她醒著。比醒著更糟糕的是，她的嘴巴張著。她嘴中喃喃有詞，而身體爬滿了蒼蠅。我走近她，聽見她的呢喃。

「來吧，我的小東西，媽咪好渴，媽咪好餓。你們知道她想要什麼，她現在好需要你們。」

接著，蒼蠅開始鼓翼爬過她的嘴唇，進入她張開的溼潤黑色大口，然後她咀嚼吞下。

公路上那些卡車上的焦屍遠比這個好多了，我在那裡坐了一整晚。

隔天，公路來了一支巡邏隊，救了我。我告訴他們坡脊上還有三具屍體，但是他們只找到兩具。

我猜想，她還是在跟著軍隊行動。

我們的日子

亞當・L・G・奈韋爾

滴答聲在一樓顯得大聲許多，滴答聲開始後不久，我就聽見路易絲在樓上移動。她踉蹌行經已一個星期沒拉開窗簾的陰暗地帶，地板跟著嘎嘎作響。她必定已經來過我們的房間，再蹣跚進入走廊，用纖細的小手扶著牆壁走過。我已經六天沒見到她，但還是很容易就可以想像出她的容貌和心情：結實有力的脖子、熾烈的灰眸、已經下垂的嘴型，以及因為感受到復歸那一刻便跟著甦醒的委屈，雙唇顫抖不已。但是，我也好奇她的眼睛和指甲有沒有化上妝容。她還有美麗的睫毛。我走到樓梯底下，抬頭望。

即使梯井牆壁沒有燈光，還是因為她在樓上的古怪姿勢，映出了一道尖長的影子。儘管我看不到路易絲，卻察覺到空氣和她的部分影子激烈擾動，於是知道她的雙手已經開始拍打臉頰，然後又振臂往她蓬亂灰髮上方猛揮。如同預期，她充滿怒火地醒來了。

她開始嘀嘀咕咕，但聲音太小，我聽不清楚她說的全部內容，但是聲音尖銳，像是咬牙切齒，近乎憤憤不平，所以我只能假設她醒來時想到我。「我告訴過你了……多少次了！……你都不聽……看在老天的份上……你到底有什麼問題？……你為什麼一定要這麼難搞？……老是這樣……早跟你說了……一次又一次……」

我原本期望她會有比較好的心情。我整整打掃了房子兩天，為了趕上她接下來的甦醒，我雖然做得很徹底，卻顯得匆忙。我甚至刷洗了牆壁和天花板，移開所有家具以便掃地、除塵和吸地。除了便宜白吐司、雞蛋、原味餅乾和永遠派不上用場的烘焙材料，我沒有帶任何食物進屋。我用熱水消毒燙過這房子的塵埃，清除了房子的娛樂，只留下她喜歡的電視，以及廚房裡那台從一九八三年就定格在廣播二台的小小陶製收音機。最後，我漂白了租屋裡所有明顯的歡樂符碼，還有她不感興趣的事物，以及只要時間一過去，我就會忘懷的殘餘自己。

昨天，書架上最後幾本讓我感興趣，任何色彩和想像力足以讓我打發這浩瀚時間，讓我的胸口和五臟六腑灼熱到彷彿緊靠電暖器的書，終於都被我拿去捐給濱海地區的慈善商店。只留下老舊針織圖案、園藝書籍、老古董的烹飪大全、宗教手冊、舊社會主義者的抨擊文章、徹底過時的帝國歷史版本，以及難以消化等種類的書籍。它們露出褪色的書背，在密不透風的房間散發出沉重的書頁氣味，呈現痲瘋病般的斑點，這些是讓人不禁偏頭痛的提醒物，提醒什麼？她的時間？儘管路易絲從不注意它們，但我很確定這些書跟我從來就沒有關係。

我離開樓梯處，走到客廳的窗戶，一星期來首次拉開窗簾。我對花兒不感興趣，所以望向綠色玻璃花瓶裡的人造鳶尾花，以便從方形小花園轉移目光。滴答聲開始後，其他東西也都甦醒了，但我不想看到。僅僅往後看一眼就已經夠了，這樣就足以我察覺到一條爛得差不多的棕蛇，它在曬衣繩底下的草地上翻滾露出灰白的腹部。而兩隻眼神兇猛的木製鳥兒，啄食這條蛇。在我身邊的餐櫃裡，我們從慈善商店買來的小小黑戰士裝飾品，開始用它們的木製雙手擊打皮鼓。庭院裡的狗窩中，已好多年不見狗兒的身影，我卻瞥見一名年輕女子的蒼白背影。我知道那女孩有一張戴眼鏡的臉，那張臉適合出現在報紙上，再搭配花稍標頭和陰沉潮溼田野傍著道路的照片。我上星期從公車窗戶見過這個年輕女孩，我急急轉開視線，裝作在看酒吧前方懸掛的塑膠旗幟。只是太遲了，因為當時坐在我旁邊的路易絲，已經注意到我輕佻的目光。她生氣地扯開條狀薄荷糖的鋁箔包裝，我知道路邊的那個女孩有大麻煩了。

「我看到你。」路易絲只這麼說，甚至沒有轉頭。

我想說：「看到什麼？」但這對我沒有好處，而且我也說不出話來，因為冰冷沉重的懊悔像是整顆被吞下的馬鈴薯塞住我的喉嚨。現在，我看得出那女孩被自己的象牙色褲襪勒死，然後被塞進我們花園的狗窩裡。這件事必定是造成路易絲苦悶，並且離開我身邊去躺了一星期的原因。

但是，路易絲現在就在她面前走下樓，同時發出像大貓咳出毛球的聲音，因為她急切想對我發洩上次她在時就一直揮之不去的不滿。

滴答聲充斥了整個客廳，溜進我的耳朵，讓我想起一九七〇年代就讀的那家幼兒園的亞麻地板氣味。在記憶中，我過馬路時，皮革書包拍擊我的身側，而一名導護阿姨對著我微笑。我見到已經數十年不曾想起的四名孩子面孔，剎那間，我記起他們所有人的名字，又旋即忘懷。

窗戶玻璃映出路易絲走進客廳的高瘦身影，頭髮凌亂的頭部左右搖晃。見到我時，她停下腳步，然後說：「你。」語氣因為絕望而筋疲力竭，還有厭惡的喘息。接著，她急速衝向我，在我身後爆發。

我瑟縮了。

在碼頭的咖啡館裡，我把一塊小蛋糕切成兩半，難以滿足孩子的小小一片。我小心翼翼把半塊蛋糕放在路易絲面前的小盤子，她的一邊眼皮動了一下，像是表達謝意，但比較多是不愉快，一副我在試著討好她，要她心懷感激。我看得出她的眼神仍表達出冷漠、怒氣和一種病態的憎惡。我緊張又不自在，繼續胡亂擺弄茶具。

我們是唯一的客人。窗外的海洋一片灰濛濛，風兒拍打閒置碰碰車上的旗幟和塑膠覆套。我們的馬克杯裡，裝著淡而無味的茶。我確定我一點都不愛我的茶。

在她螃蟹顏色的塑料手提袋裡，滴答聲近乎靜止，不再那麼持續不斷，但是碼頭下方遠處水面的一大片黑色形狀卻讓我分了心，那應該雲投下的影子，看起來好像在水裡流動，最後消失在碼頭底下。我一度可以聞到咖啡館下方潮溼木頭的海水氣味，聽見大浪潑濺在直柱上的聲音。然後，一段快速暈眩的場景流入心頭，我想起那張有如變色龍的紅綠地毯，地毯上有一棵耶誕樹，還有茶几上的蕾絲桌巾，茶几的尖尖桌腳活像古老美國汽車上的尾翼，以及裝著堅果葡萄乾一個木碗，一杯雪莉酒，而臨時保姆裹在黑色閃亮褲襪裡的修長小腿在瓦斯壁爐光線的映照下，呈現溼潤的光澤感。那是我忍不住想要窺看的長腿，而當時，我必定是四歲左右。我試著把臨時保姆的小腿當成火柴盒小汽車行走的橋梁，這樣才能讓臉貼近。保姆白皙的肌膚隔著褲襪透出雀斑。靠近她的雙腿，會聞到女性內衣抽屜的味道，見到變成光滑的第二層肌膚的褲襪材質只是許多小小的纖維方格，然後，我再次挪開臉。一樁又一樁的事，這麼多看待一切的不同角度。一層又一層的肌膚，讓我扭動噴發。

在碼頭的咖啡館裡，路易絲隔著桌子微笑，流露愉快的目光。「你永遠學不乖。」她說，然後我知道她想要狠狠揍我。門縫底下鑽進從碼頭外強風吹來的寒意，我打了哆嗦，見到我的衰老雙手在美耐板桌面上顯得極為青筋密布，顏色發青。

她滑動頭上的薄紗圍巾，暗示想要離開了。起身時，她的眼鏡反映出日光燈管的光線，彷彿寒冰上閃動的火光。

咖啡館外頭空蕩蕩，碼頭上、濱海步道後頭的草地也不見人影，所以她握緊拳頭，朝我臉上全力一擊，任由我頭暈目眩倚著一家打烊的冰淇淋特許店，鮮血流進我的嘴巴。

我生著悶氣，跟在後頭走了十分鐘，然後又迎頭趕上，走在她身邊。我們兩人就這樣費力走過鎮上幾乎空無一人的灰色街道，瀏覽商店櫥窗。我們買了一些耶誕卡和一磅的馬鈴薯，稍後我們會把馬鈴薯煮得鬆軟，搭配沒味道的魚和罐頭胡蘿蔔食用。我們去了一家一英鎊商店，買了一小盒蘇格蘭酥餅。她在一家慈善商店，試都沒試就買了一條鉛筆裙和兩件綢緞罩衫。「我不知道自己什麼時候還能夠再穿上漂亮的衣服。」

經過海灣電器行時，我在兩個大型電視螢幕上，見到一張女孩的臉。地方新聞也在報導一星期前的上午，一個戴著黑框眼鏡的漂亮女孩在上班途中失蹤的消息。狗窩裡的那個女孩。

「就是你喜歡的那位嗎？」路易絲在我身邊屏息低語：「就是你著迷的那位嗎？」

她加快腳步，低著頭走在我前方，就這樣一路走回車上，而開車回家的途中，她也不發一語。回到我們的地方，她坐下來觀看我打從七〇年代就沒見過的電視猜謎秀，節目表上不可能有這個節目，獨立電視台甚至可能從來沒有錄製過，但這是她想要的，所以就出現了，然後她就收看了。

我看得出來，她無法忍受看到我，也不想我見到她收看猜謎節目，所以我脫下衣物，走去躺在餐桌底下的籃子裡。我努力回憶我們有沒有養過狗，還是在橡膠骨頭留下痕跡的是我的牙齒。

我蜷縮躺了一小時之後，路易絲開始在客廳放聲尖叫。我想她是在打電話，撥打一個她想起來的多年前、甚至是數十年前的號碼，只是它現在早已不復存在。「普萊斯先生在嗎？說我打錯了，你是什麼意思？馬上叫他來聽電話！」天知道線路的另一端是怎麼回應，而我只是緊閉著眼睛，努力靜止不動，直到她掛上電話，開始啜泣。

廚房裡，伴隨著檸檬消毒水、狗兒毛毯和爐具瓦斯的隱約氣味，滴答聲哄著我入睡了。

路易絲在拼一千片的拼圖；圖案是池塘邊磨坊的畫作。拼片散落在牌桌上，她的雙腳在桌下交疊。我全身赤裸坐在她跟前，不發出任何聲響。她的腳趾離我的膝蓋不到幾吋，我不敢再挪近。她穿著黑色胸罩、尼龍連身襯裙和極為精緻的褲襪，還把腳趾甲塗成紅色。她雙腿輕擺，同時按摩腳趾。現在，她的頭髮還冒出髮捲，銀髮在彩色小燈上閃動。她上了粉紅色的眼影，在冰冷的鐵灰色眸子周圍顯得燦爛迷人，化妝讓她看起來比較年輕。她纖細的手腕上套著一只細金環，連接在那金屬錶帶上的手錶，靜靜地滴答走著。錶面極小，我看不清楚現在的時刻。我猜想，已經過了午夜。

直到拼好拼圖後，她才用平靜硬冷的語調，跟我說了一句話：「你敢碰的話，我就立刻拿走它。」

我任由無力的雙手落回地板，整個身子因為這樣的久坐不動而疼痛不已。

在接下來完成拼圖的期間，她大多保持平靜和漠不關心的態度，所以我沒有太多回憶。我只記得她激動時的事物，當她冷靜下來我就忘記了，而當她盛怒時，我就整個被淹沒了。

路易絲拿起長形玻璃杯，開始喝著雪莉酒，並且分享我們求愛期一些不討喜的往事和觀察。像是：「我不知道我當初在想什麼？而現在，我被困住。哈！看看我現在，哈！根本沒什麼排場。承諾，承諾。如果跟那個美國傢伙在一起，就是和你要好的那人，我會過得好多了……」她愈說愈激昂，跟著在客廳裡來回踱步，而長長的薄絲綢也隨著她的大腿沙沙低語。我聞得到她的唇膏、香水和髮膠，這些通常都會讓我覺得興奮，尤其是當她的心情變得惡劣易怒的時候。在我感覺到她全身燃起尖酸刻薄的怨恨時，我開始想起……我認為……多年前寄到我住的小房間的一個包裹。對，我認為我之前曾經回想起這件事，而且是好多次。

那個加了襯墊的信封袋原本是寄給一個醫師，但有人在信封上寫了「查無此人」，然後寫上我的住址作為正確的郵寄住址。只是，它不是寄給我，或是任何特定人士，只是寄給「你」、然後是「一個男人」和「他」，這些全寫在我的郵寄住址的上方同一排。沒有寄件人的資料，所以我打開包裹。裡面放了一只舊手錶，這只女用腕錶搭配了磨損的細細手環式錶帶，並且散發出強烈的香水味，我拿起手錶時，旋即產生了纖細白皙手腕的印象。在棉絮裡面，有一張大量生產的廣告單，宣傳由一個叫做「機芯」的團體所籌辦的「文學漫步」。

我去了這個漫步活動，認為自己只是要把手錶還給寄件人。那是在一個潮溼星期天所舉辦的一個有特定主題的行程：大概是關於一座小教室裡的三張令人毛骨悚然的畫作。這個三聯畫以一張醜陋的古董木櫃作為主題。這個木櫃和後來發瘋的本土詩人有著某種關聯。在這個沉悶的行程後，還有酒會，我確定那是在社區中心舉行。我在漫步團體中，到處詢問，想要找出手錶的主人。我問的每一個人都說：「問問路易絲，看起來像是她的手錶之一。」不然就是：「去找路易絲，很有路易絲風格。」甚至是：「路易絲，她正在找，她就來了。」

我終於找到並接近了這個路易絲，還跟她說了話，恭維了她的漂亮眼影。她一臉疲憊，但點點頭，以緊繃的笑容表示感謝，只是笑意始終沒有進入眼睛。她說：「你來自那棟落魄窮鬼住的建築物嗎？我剛還希望你跟裡頭那些和我約會的傢伙不一樣。」然後她從我手中拿走手錶，無奈地嘆口氣說：「但是沒關係。」彷彿接受了我的邀請。「至少你歸還了手錶，只是情況恐怕不是你想的那樣。」我記得自己充滿困惑。

那天下午，我的視線一直離開不了她美麗的雙手，也不禁一直想像她全身只穿著漫步行程中的那雙緊身皮靴。因此，我很高興這只手錶和這個叫做路易絲的女人有關聯，我想我的目不轉睛讓她覺得自己很特別，但也有點不快，彷彿我是討厭鬼。我不知道她幾歲，但那一身灰色外套、頭巾和粗呢A字裙，她明顯想要顯得老成。

打從第一眼，她就讓我覺得很不自在，但同時也激起了我的好奇心，讓我興奮。當時，我很寂寞，始終無法把這個冷淡有敵意的女人逐出心房，所以我再次前往社區中心，知道這裡是稱為「機芯」的那群奇怪人士每月聚會的地點。這棟過時、乏味和令人鬱悶的建築是這組織的中心，牆壁上覆滿兒童畫的圖畫。在我第二次造訪時，塑膠椅被排成一列列。椅子全是紅色的。另外還有一個裝滿茶的銀壺，以及放在紙盤上的餅乾：餅乾品牌有Garibaldis、Lemon Puffs，和走味的Iced Gems。我很緊張，跟大家都不熟，而我認為可能有人認出我曾經參加漫步行程，但他們像是都無意交談。

舞台開始有了動靜時，我已坐進路易絲後面的那一排。她穿著灰色外套，即使到了室內也沒脫下。她的頭再次包覆著頭巾，而緋紅色調的眼鏡遮掩了她的眼睛。她又穿了那雙靴子，即使我曾經歸還手錶，而且初遇時，她提出我們之間有某種謎樣的協定，她現在對我卻似乎漠不關心。我的確猜想過她的個性反覆無常，但我既寂寞又絕望。我也發覺一切都令人非常困惑，只是我的迷惑注定只會有增無減。

我們要複製我在文學漫步中所見到的其中一幅可怕畫作的場景，就是造成一位本土詩人發瘋的那幅畫。只見一名年長女性動也不動坐在低矮舞台上的椅子，她戴著面紗，披了一身黑布，一隻腳放在一隻大大的木靴裡。她坐的椅子旁邊有一個掛了簾子的櫥櫃，它的尺寸和衣櫃相當，只是較深，就像預算有限的魔術師所使用的道具。她的另一邊是一個航行設備；我推測那應該來自海軍，整體黃銅材質，而正面裝有形似錶面的東西。黃銅裝置發出響亮的滴答聲。

舞台上來了另一個女人，她有一頭黑色鬈髮，身材肥胖，打扮得像小女孩……我認為她穿了非常高的紅色高跟鞋。當紅鞋女人拿起書朗讀詩，我覺得心神不寧，認為自己應該離開，應該趕快起身，速速離開這個會場。但我擔心在場上其他人全都沉浸舞台演出時，椅腳嘎地劃過地板，會引來他人的注意。

讀完詩之後，小女孩裝扮的女人退出舞台，全場暗了下來，整棟建築物只剩下兩道紅色舞台燈光。

舞台櫥櫃裡面，開始傳來讓我聯想到牛蛙的呱呱聲。那必定是錄音，或者說我當時是那樣想的。黃銅時鐘的滴答聲也愈來愈大，有些人起立，對著箱子大喊著什麼。我驚恐不安，也替呼喊者覺得尷尬，最後慌張到決定起身離去。

此時，路易絲轉過頭來說：「坐回去！」這是那個晚上，她第一次理我，我回座，但不知道自己為什麼遵從她。在我附近的會場人士也滿懷期待看著我，我聳聳肩，清清喉嚨問道：「什麼事？」

路易絲說：「不是什麼事，是什麼人和什麼時候？」

我不懂。

舞台上，有著假腳的年長女人首次發聲。「有一個可以去。」她說，微弱的聲音透過台上某種古老的塑料音箱而擴大。

此時，椅子被踢開，甚至整個翻覆，只見至少有四名女性成員不顧形象，爭先恐後衝向舞台。在跌跌撞撞跑向舞台途中，她們全把懷錶高舉在空中。路易絲搶先抵達，她的姿態有一種孩子氣的緊張興奮感，殷殷期盼望向那年長女人。

蒙著面紗的老婦人點點頭，路易絲登上階梯來到舞台。她低著頭四腳著地，爬進掛著簾子的櫥櫃。椅子上的老婦在路易絲移動途中，拿手杖無情鞭打她的背部、臀部和雙腿，她發出像是傻笑，也可能是嗚咽的聲音。

舞台燈光熄滅，也可能是壞了，會眾在黑暗中陷入一片靜默。我只聽見時鐘的響亮滴答聲，最後舞台方向傳來像是甜瓜被剖開的溼潤聲響。

「時間到。」老婦擴音出來的聲音宣布。

燈光亮了，場上觀眾開始悄聲交談。我看不到路易絲，思忖她是不是還在櫃子裡。但我受夠了這些令人不快的荒謬傳統或說儀式，這些和那畫作連接，我無法詳細記得的深奧信仰系統，我當時甚至無法喘息，便急急離開，也沒有受到任何阻攔。

我認為……事情經過可能是這樣。只是，那也可能是一場夢。我從來不是真的知道，能不能相信腦海裡所浮現像是回憶的東西。但是，我以前也想起過這個場景，我確定，就在像今天這樣路易絲哀嘆我們兩人居然在一起的另一個夜晚。或許，就在上個月這樣近的時候？我不知道，但這一切感覺是如此熟悉。

路易絲在進入社區中心舞台上櫥櫃的那天晚上過後，就開始打電話給我。我記得站在公用電話旁邊，在租下小套房的大樓走廊接這些電話。她的聲音聽起來像距離數哩遠，像是努力在強風中讓人聽見她的話。我後來要租屋處的其他住戶告訴所有來電者我不在，沒多久這些電話就不再出現。

接觸過路易絲和「機芯團體」不久，我遇見了其他對象……對，是一個非常甜美的紅髮女孩。但是，我沒能認識她太久，因為她遭人殺害，死因是絞殺，而屍體被丟進垃圾廢料桶。

沒多久，路易絲就親自過來找我。

我認為……

對，很快地，一場簡短儀式就在慈善商店後頭舉行了。我記得自己穿了一套過小的西裝，聞起來還有別人的汗臭味。而我跪在一堆需要分類的舊衣服旁邊，路易絲站在我身邊，身著漂亮套裝和那雙可愛的靴子，塗著令人驚豔的眼影，而銀髮才剛整燙過。

我們的位置被安排在那個木櫃前方，就是我在社區中心及文學漫步小教堂的那些奇異畫作裡見到的櫃子。在櫃子裡面，有人彷彿氣喘般拚命呼吸，我們全聽得到它們在紫色簾幕的另一頭。

有個男人拿著裁縫剪刀抵住我的下巴，確保我說出他們要我說的話。我想那人應該是鎮上的郵差。不過，剪刀是不必要的。因為儘管我們的求愛期間很短，當時我已和路易絲有了深切的糾葛，實際上每當見到她，或在電話聽到她的聲音，我就已經興奮得無法自拔。在慈善商店的婚禮上，我們全都吟誦了那位發瘋詩人的詩作，路易絲舉起那只之前寄到我的住址，而現在非常大聲滴答的女性腕錶，只是它原本是想寄給別人的。

我們結婚了。

她收到一束華麗的人造花束，而我有一把在我的肩膀上打斷的木頭長尺，痛楚令人難耐。

我們也有婚禮早餐會，有Babycham氣泡酒和足球造型起司醬、鮭魚三明治、結球萵苣、臘腸捲。婚禮當晚還有很多的性愛，淨是我想都沒想過可能會有的手法。

至少，我認為那是性愛。但我只記得大床周圍暗處不斷傳來尖叫，同時還有人如小牛般哞叫，半像咳嗽半像打嗝。證婚人也來到為這場合所租下的旅舍房間，我知道自己被他們拿著皮帶狠抽。

還是那是耶誕節？

我不知道之後她是否還曾允許我碰她，不過她還是在樓上享受歡愉，我只能假設對象就是在社區中心和我們婚禮上那櫃子裡的東西。我或許是她的配偶，但我相信她是嫁給另一個對象，對方吠叫聲像是喉嚨滿是黏液，而她狂喜呼喊，接著咕噥，最後流淚哭泣。

這樣的背叛原本讓我心煩意亂，我會在樓下的狗籃裡哀泣，但時間一久，人會習慣任何事。

路易絲在星期四殺掉了另一個年輕女子，這一次的兇器是磚塊，我知道我們又得搬家了。

意見不合達到最高點，產生海灘小屋後頭屢次扯髮和怒踢，原因是我和遛狗經過我們野餐毯的迷人女子打招呼。路易絲也去抓她的狗，當她對付那隻西班牙獵犬時，我不得不轉移目光，前往海邊。

天黑後，我用野餐毯子裹著路易絲，帶她穿過樹林回家。她渾身顫抖，正面身體全弄髒了，一路上她不斷自言自語，最後不得不在隔天戴著面具躺了一整天。這段插曲已建構了好幾天，路易絲厭惡年輕女性。

在她康復期間，我獨自看著電視頻道資訊，卻不知道這頻道是否仍在電視上播出，同時思考接下來要搬到哪裡。

兩天後，路易絲下樓時，她塗了厚厚的眼影，穿上緊身的閃亮靴子，對我親切和善，而我維持順從的態度。我始終無法把海邊受驚狗兒的叫聲逐出腦海，哀鳴、頭骨碎裂，接著是潑濺聲。

「我們又得搬家了，已經是同一地方的第二件。」我疲憊地說。

「我從來就不喜歡這棟房子。」她只這麼回答。

她用雙手讓我釋放在厚厚的浴巾裡，親吻我之後，往我臉上吐痰。

我有三星期沒再見到她，這段期間我已找到一間連棟住宅，距離她殺害兩名細緻女孩的地方有兩百哩遠。在新住處，我開始期望她永遠不會回來找我。我知道，這是徒勞無用的希望，在路易絲消失在海邊之前，她已經凝視我的眼睛，挑釁地緩緩轉動她的金色腕錶，所以我的分離希望只不過是痴心妄想。我和路易絲唯一可能斷絕關係的方式，涉及要把我的喉嚨放在連棟住宅的尋常洗臉盆上方，趁我自慰時，她趕緊使用裁縫剪刀。這是她擺脫前兩任的做法，一個是六〇年代的某個畫家，另一個是跟她生活了幾年的外科醫師。不管是在老式瓷器上使用利剪快速離婚，或是在一個星期天下午的慈善商店裡接受集體屠殺，這兩個選項都不是特別吸引我。

新的城鎮中，有「機芯團體」的蹤影。他們形成兩個敵對組織：一個是候鳥協會，他們在一家僅星期三營業的合法興奮劑商店樓上聚會；以及在衛理公會舊教堂聚會的M・L・哈札德[74]研究團體。心智正常的人士都不會想和兩方團體有任何瓜葛，而我猜想兩者會不斷分裂，直到最後消散。不過，還是有幾場婚禮，而且鎮上已經有太多年輕人失蹤。但是，我希望接近其他有相同信仰的人，會讓路易絲平靜下來，或至少分散她的注意力。

路易絲終於出現在新屋子的空臥室，除了金錶外，全身赤裸，光禿禿的手錶像是掐進了她的纖細手臂。我花了好幾小時，在熱水浴和很多茶水的協助下，才讓她甦醒過來，讓屋子裡的滴答聲放緩平息，讓有著狗臉的皮革蛇群，融化成為地毯上髒汙。我看得出來，不在我身邊的期間，她遭遇到折磨，她只想在抵達時傷害自己。但經過幾天之後，我讓路易絲回到她在我們記憶中的外貌，她開始出言不遜，整理髮型，並且在家常服底下穿著內衣。

我們最後終於外出了，只是前往道路的另一頭，再去當地商店替她買新衣服，然後再走遠，沿著海邊散步，我們在那裡吃著兒童尺寸的香草冰淇淋，坐在長椅上凝望霧濛濛的灰色地平線。我們原本不常去海邊，直到一個邋遢醉漢嚇到她，要求她做下流的事；接著又有另一個身著骯髒運動服裝的惡劣青少年，騎著單車跟蹤我們半哩路，還企圖從後面拉她的頭髮。

第二件事發生後，當我把兩便士硬幣投進機台，想要贏得綁在五鎊鈔票裡面的Swan Vesta火柴和Super King香菸時，路易絲離開我身邊。我跑遍整個碼頭和海岸找尋她的蹤影，最後在我聽到聲音，以為有人踩踏公廁水坑而前往察看時，終於找到她。然後，我見到外頭的腳踏車。

她引誘在海邊步道拉她頭髮的傢伙到女廁，然後徹底跟他待在最後一個隔間。等我終於把她拖出來，我看得出他的臉龐已殘餘不多，頭頂像派皮一樣被剝開了。帶她回家後，我不得不把她最好的靴子丟進垃圾桶，而她的褲襪也整個毀了。

這件事過後，「機芯團體」有兩個人來家裡探看我們，要我別擔心，因為現在幾乎已不再調查這類事件，況且警方已經起訴兩名男子。顯然，那個被砸爛的傢伙經常跟他們混在一起，他們結伴在骯髒街道踐踏旁人。「機芯團體」的訪客也邀請我們見證婚禮，儘管我渴望再次見到路易絲精心打扮，卻也立刻感到畏懼。

婚禮在海洋偵察隊小屋裡的儲藏室舉行，那裡的味道彷彿是在艙底，而且在那裡，路易絲一下子就結識了另一個男人：那是一個肥胖的禿頭男，只會對她調情，對我嗤之以鼻。她也竭盡全力把我拋棄在群眾之中，那裡有許多人拿著皮帶抽打新郎，但我的目光始終追著她。在婚禮早餐會中，我見到那胖男人拿著袋中裝著調味鹽包的薯餅餵她。他未婚，而且也不屬於「機芯團體」，我十分震驚，因為他們居然讓單身漢參加這樣的活動。

74. 作者在其他作品中所創造的角色，身分是一個書寫奇異經驗的作家，同時也是神秘儀式的領導人士。

我一度隱藏在路易絲的視線外，於是瞥見她把我們家的電話號碼塞給胖男人。其他女人全都替我感到難過。

海偵隊小屋的婚禮過後，我幾乎認不得路易絲了。白天她歡喜愉快，裝作我根本不在場的模樣，然後她又會突然暴怒，因為我的確在場，而且顯然妨礙她追求另一個機會。

胖男人甚至在我外出購物時接近我，以高高在上的語氣對我說話，要我最好放棄路易絲，因為我們的關係已經完了，他打算幾星期內就跟她結婚。

「你是這麼想的嗎？」我說，然後他打了我一巴掌。

胖男人前來放話之後，我在廚房桌子底下痛苦翻滾了三天，然後起身穿上路易絲的衣服，這讓我整個人飄飄然。等塗好眼影，我的膝蓋幾乎發軟，但我還是設法一早就離開家，前去造訪那個胖男人。路易絲跑上街道來追我，大聲叫嚷：「你膽敢動他！你膽敢動我的里奇！」有些鄰居開始往窗外看，她退回屋內啜泣。

我察覺到沒有我自願參與離婚，路易絲絕對不得像這樣主動提議更換伴侶，而里奇一直無法克制住自己不對她採取行動。他從公寓大門的查看孔看到我化妝的臉龐，以為我是路易絲。他迫不及待打開門，然後面露微笑站在玄關，晨袍底下的肚子突出，有如閃亮的大袋子。而我拿著銳利剪刀往這團肉猛刺。我的動作敏捷無比，他甚至來不及舉起他那毛茸茸的雙手，我更加用力刺向他的軀幹和肚子。

「機芯團體」裡容不下蠢蛋，大家都知道這一點。我後來發現，他之所以可以參加婚禮，是因為候鳥協會有個女人看上「里奇」，她老是在室內穿著雨衣，甚至連兜帽都不放下，一直相信自己很有機會。她只用了一星期就轉換心情，但我想我讓她免除了好幾十年的憂傷。後來，因為我解決了里奇，她甚至送我一包Viscount餅乾，以及應該是用來送給九歲男孩的賽車圖樣卡片。

總之，我沿著里奇公寓的走廊，有如縫紉機般緊追著他，讓他有如羊兒般哀啼。我已先戴上橡膠清潔手套，因為知道握住剪刀的塑膠把手時，我的雙手會溼滑。刺進拔出，刺進拔出！當他行動變得遲緩，半是跌向走廊的牆壁，最後摔倒在他平凡的客廳裡時，我把剪刀從側面深深插進他的脖子，然後關上客廳的門，直到他的咳嗽和喘息聲停止。

這個笨重發臭的混帳東西像是山羊一樣，背上長著粗硬的黑色毛髮，還有一張整形過的惡霸大臉，臉龐還一度咧開嘴上下晃動，但是我肢解他，把他一塊塊弄出他的公寓。難以置信的是，當我在浴室分屍時，他居然活過來，嚇得我半死。只是，他沒撐多久。最後我在廚房水槽底下找到修枝剪，用這種方便處理血肉的器具完成工作。

我跑了三趟：一趟是去多年前閉園的那間老舊動物園，丟了幾塊屍塊進雜草叢生的食火雞區（這裡有三隻鳥）；一趟去附近有海鷗爭食的排水管；最後一趟，我帶著頭部到海偵隊會館，把它埋在戰爭紀念碑旁，這樣里奇就可以隨時望著他當初採取行動的地方。

回到家後，我把路易絲關進閣樓，取下煙霧警報器，開窗在廚房水槽裡燒掉她所有衣物，只留下最好的派對褲襪。我走遍屋子，收集她所有物品，沒扔進公家垃圾桶的東西就捐給慈善機構。

在我拋下路易絲，任由她在閣樓我們那些舊耶誕飾品當中，像貓咪那樣咆哮之前，我對她說，等我找到新住處，屆時可能會見她。我走下樓，把她的女錶戴上我的手腕，傾聽它的滴答聲快到彷彿就像快要爆裂的心臟。在櫥櫃裡，小小的黑人戰士開始用它們的木手擊打革鼓。

當我只提著一個皮箱離去時，路易絲仍在抓搔著閣樓出口的掀板。

歡迎待上一整天

——米拉・葛蘭特

旋轉木馬依舊快樂地旋轉著，畫馬躍上躍下，背景傳來風琴演奏的音樂，營造出叮叮噹噹的歡欣氣氛，以便吸引從停車場各處而來的孩子。風琴的聲音有種對人們原始層面說話的感覺，告訴他們「這裡很好玩」，說著「過來想想你有多愛這玩意兒。」

卡珊卓非常確定吸引屍體湧向動物園門口廣場的不是音樂，而是動作。馬兒仍在奔騰躍動，有些上頭還有乘客，他們摔落時被安全帶纏住。所以旋轉木馬的死者依舊不斷擺動，而不在旋轉木馬上的死者則不斷湧入——

他們死了，他們全都死了，而且不肯躺下安息。不可能發生這種事，這一切不可能是真的。

她手臂上的咬痕灼熱發燙，深入感染的劇毒緩緩擴散。一切不再真實，只除了旋轉木馬的音樂，一次又一次播放，直到永遠。

動物園的早晨向來是卡珊卓最喜愛的時光，一切明亮乾淨，充滿可能性。遊客還沒到，步道在陽光下閃耀，乾淨整潔，還沒因為口香糖和揉成一團的爆米花盒子失去光彩。說起來好笑。人們來動物園瞪大眼睛觀看他們從未在書本以外見到的動物，但他們像是認為，光是這樣就足以保護地球：只要花錢買了門票，就表示他們可以亂丟垃圾，餵猴子吃巧克力，或在老虎懶洋洋不符合他們加料的幻想時，對牠們丟石頭。

而且，沒有比需要和人共事，更會破壞和動物共事這份工作的美好。但是在早晨，啊！在早晨，在大門開放前，一切都完美無比。

卡珊卓沿著大象小徑行走，不由得面露微笑，滿意自己對人生的選擇。大象小徑穿過禮品店和北美灰狼區之間的廣大綠帶，夏天時，人們會在這裡野餐，享受大自然，有時還會在這片細心維護原野另一頭的戶外音樂舞台，聆聽露天音樂會。

另一個動物管理員在前方穿越草地，他跟其他工作人員一樣，都穿著卡其制服。唯一不太對勁的是，他的左臂二頭肌上包紮了厚厚的白色繃帶。包紮得很好，只是……

「麥可！」

聽到他的名字，他停下腳步轉身，看著她小跑步趕上他。她跑到半途時，見到他咧嘴微笑。

「小珊。」他說：「來的正是我想見的女孩呀。」

「這一次你是怎麼回事？」她問，努力問得輕描淡寫。麥可負責園裡的小型掠食者，像浣熊、水獺和負鼠。被其中的動物咬傷，倒是不無可能。如果他回報這件事，對他會有一些影響，對動物園也是。但要是他不說，而傷口遭到感染……

有些事會重創動物園，或甚至讓它停擺。員工沒能回報傷勢，就在清單上頭。

「沒什麼。」他說，靦腆地扮了鬼臉。「是我室友。」

「什麼？」

「我室友卡爾，他今天早上陰陽怪氣的，什麼話也不說，只是漫無目的在起居室閒晃。我以為他又宿醉了，所以想扶他上床——但他一發現我在家，就撲過來咬我。」麥可搖搖頭。「混蛋東西。今晚回家後，我要告訴他，我受夠這些鳥事了。他從未拖欠分攤的房租，但受夠了就是受夠了，妳懂吧？」

「的確。」卡珊卓說，再次憂心忡忡看了繃帶一眼。「要我接手你今天上午的餵食工作嗎？」

「那就麻煩妳了。我已盡力清理傷口，好好包紮。不是我在說，我真的處理得很好。但是，血腥味還是有可能會透過紗布散發出來，所以……」

「我們用不著被人類咬傷後，又加上一堆動物的咬傷，即使動物咬的傷口會乾淨多了。」卡珊卓皺眉。「你確定有消毒乾淨嗎？如果你要的話，我可以幫忙看看。」

「不用了，真的，我沒事。我只是想找人幫忙餵食，結果發現根本不用找。」麥可的笑容出現在一個剛遭受攻擊的人的臉上，似乎有點不協調。「這是我們的神諭。」

「哈，哈。」卡珊卓說：「去工作吧，我做完我的餵食工作，就去幫你。」

「是的，女士。」麥可說，繼續穿越草地，看起來精神抖擻。卡珊卓眉頭深鎖，這的確很有麥可的風格，不去把被室友咬傷這種不尋常的事放在心上，她也沒有立場干涉。但是，情況不對勁，人們不會就這樣開始咬人。

「典型的卡珊卓。」她嘀咕。「找不到災難，妳就自己創造，真是省省吧。」

她又開始繼續往前走，努力擺脫燦爛的一天已經有點消逝的感覺。萬里無雲，陽光閃耀，詭異的人類小咬傷應該不足以澆熄她的熱情。但就是這樣，總是這樣。人類很怪異，動物才有道理。

老虎的舉止總是像老虎，牠可能會做出她料想不到的事，可能在她認為牠很開心見到她時，張口咬人；或是沒理由覺得受威脅時，出爪傷人。但這些時候，都要怪她，是人類的錯。受訓如何和野生動物互動，如何研判牠們釋出的跡象和徵兆的人是她。老虎沒有課程可以學習如何對待這些把牠們關在籠子，不讓牠們跑動的奇怪兩腳生物。老虎必須自行理解一切，如果有時判斷錯誤，誰能怪牠們呢？牠們又不懂規則。

只是，人類……人類應該要懂規則。人類不應該互咬，不應該把對方當作必須打倒的障礙。麥可是好人，他關心所負責的動物，職責所在絕不懈怠。他不像鳥類區的羅倫，羅倫有時會在虹彩吸蜜鸚鵡餵食籠後面抽菸，完全不在乎鳥類是不是會吸到二手菸。麥可也不像非洲野生動物園區的唐納，唐納喜歡和女性遊客打情罵俏，在應該留意別讓小孩子拿棍子戳長頸鹿時，卻大談女性胸部。麥可是個好人。

那她為什麼這麼不安？

卡珊卓稍稍加快腳步。工作會讓情況好轉，工作向來如此。

卡珊卓讓自己進入大型貓科動物餵食籠後方的狹窄通道時，這些大貓顯得侷促不安。早上這個時刻，牠們應該會在大型圍地裡，趴在石頭上曬太陽。但是，牠們卻來回踱步，甚至沒有互相齜牙低吼，儘管她的公獅子聞到任何近身的非貓科動物，都會齜牙咆哮。卡珊卓停下腳步，自從遇到麥可後所產生的異樣感，現在已變得更大更明顯了。

「你們怎麼了？」她問。

大貓沒法回答她，只是繼續來回踱步。她走到第一欄，看到她的母老虎安蒂潛行徘徊。她把手掌壓向欄杆，這樣應該會讓安蒂停下動作，讓牠走過來嗅聞卡珊卓的手指，找尋有趣的新味道。但是，安蒂還是繼續踱步，自顧自發出老虎極為苦惱時的低吼聲。

「如果妳繼續在這裡晃蕩，今天可就沒辦法取悅太多家庭了。」卡珊卓說，試著用俏皮話掩飾她的憂心。這是一種小型應對機制，但多年來一直對她很有效果。她的治療師說，這是讓她自己和不想涉及的狀況保持距離的一種方式。

可笑的是，她的治療師居然從未有更好的提議。當然，一定會有那種大家都不想參與的狀況，到時候，大家應該怎麼做呢？

「好吧。」卡珊卓說：「我去查看有什麼問題，你們就留在這裡。」她按下會把老虎都關在餵食欄的按鈕，不讓牠們貿然進入範圍較大的園地。然後，她開始清點隻數。

她不太可能會把三隻老虎錯當成四隻，但反正這只需要數一次。不管牠們有多喜歡她，不管她多常餵食牠們，牠們依舊是老虎，而她也始終是人類。如果她撞見牠們情緒不佳，牠們可能會一看見她，就吃了她；那牠們就會因為這項罪行而被處死，但這罪行不過只是牠們精確發揮出大自然所賦予的本色。所以，她清點隻數，不是為了解救自己，而是為了解救牠們。

一直是為了解救牠們。

通往老虎主要園地的大門上了三道鎖，用兩把鑰匙和一道門栓牢牢鎖住。卡珊卓老是覺得，這似乎有點太過極端，尤其既然擔心有些動物園遊客——可能是青少年；新聞報導的總是青少年——為了撫摸老虎，會爬上牆壁、攀過壕溝。這麼多道鎖，只會讓發現事件的動物管理員無法及時趕到這傻瓜身旁。

但是，或許這也是重點的一部分。只需要十年一次撕裂事件，就可以讓人們遠離園場。這可以視為必要的犧牲，為了拯救許多人，就讓動物吃掉一個人。

就算真是如此，卡珊卓也不想這樣的犧牲牽扯到她負責的動物。讓其他動物園付出代價，她的老虎沒做錯事，不應該作為實物教學受死。

當她入內，踏進老虎園場時，這一天只有更加美好。這裡絕對不會有遊客亂丟垃圾，絕對不會有流鼻涕的小鬼追著孔雀和松鼠進樹林，空氣只有大貓和新鮮青草的氣息——這讓其他事物似乎全成了瑣碎小事。她停下腳步深呼吸，完全不受老虎形跡留在岩石上的強烈動物氣息干擾。牠們總是得留下領域記號。

腐肉味道襲擊她的鼻孔，她咳了起來，被自己的呼吸嗆到。她伸手捂住鼻子，卻沒辦法阻絕味道傳入。不管是什麼東西死在這裡，都不知怎地逃過動物管理員的注意，而且時間久到開始真正腐爛，讓空氣充滿毒性。難怪老虎不想來到外面。這情況真的很糟糕，連**她**都不想待在外頭，即使她的鼻子還不像牠們那樣靈敏。

卡珊卓仍用手緊緊捏住鼻子，然後開始走向臭味的源頭。氣味似乎是來自環繞圍地，防止老虎跳出的壕溝，這倒是滿合理的。浣熊和負鼠可能摔進壕溝，而老虎抓不到牠們。如果是掉到岩石或什麼東西後方，這樣甚至可以解釋動物管理員為什麼會沒注意到。動物管理員工作認真，也熟悉業務，但他們只是人類而已。

臭味源頭也是。

卡珊卓駐足在壕溝邊緣，瞪大了眼睛，震驚壓倒了厭惡，她掩鼻的手慢慢放下在身側擺盪。

他身著夜間動物管理員的白色服裝，這樣的打扮是為了讓他們在遠方就清晰可見。他腳步踉蹌，鬆散不協調地繞圈，不斷撞到壕溝壁，又重新調整方向，跌跌撞撞走往下一個方向。他必定是喝醉了，或處於不太合法的藥物的影響，因為他似乎不知道也不在意去向，彷彿變成人類彈珠，只是一直不斷移動。

從他左手垂懸的模樣，卡珊卓敢打賭那隻手斷了。或許他不是喝醉酒，只是驚魂未定。

「嘿！」她大喊，用雙手圈住嘴巴，好讓聲音傳得更遠。「你在那裡還好嗎？」

那人抬起頭，轉向她的聲音。他的臉沾滿了凝固多時的血跡。他盯著她，掀嘴齜牙咆哮，然後一再又一再走向牆壁，彷彿可以穿過它來到她身邊。他目不轉睛，眼睛眨也不眨。

卡珊卓蹣跚後退，再次用雙手摀住嘴巴，這一次是為了不讓自己放聲尖叫。

她當了五年的動物管理員，在這之前，她是生物系學生。她整個成人生涯都和動物共事，見到死亡時，她絕對認得。

那人已經死了。

「好了，卡珊卓，理性一點。」動物園園長說道。他是一個自命不凡、油腔滑調的男人，總是掛著微笑，彷彿一個微笑就足以趕跑麻煩。「我相信有東西跌落老虎圍地的壕溝，我已派遣維修人員前往處理，但那不是死人，絕對不是不斷遊走的死人。妳昨晚有睡飽嗎？有沒有可能是因為壓力太大，導致這番話？」

「我總是睡得很飽。」她語氣緊繃。「如果不睡覺，和老虎共事可不安全。我睡覺，吃飯，早餐喝水、喝咖啡，我知道自己看見什麼。壕溝裡有個人，他不眨眼、不呼吸，他死了。」

「但他還在走路，卡珊卓，妳有沒有聽聽妳在說什麼？妳得聽聽這些話有多瘋狂。」

卡珊卓身體僵硬。「我沒瘋。」

「那麼，或許妳不該說出會讓妳聽起來像瘋子的話。」園長的對講機嗶嗶剝剝響了，他抄起機子，按著按鈕拿到嘴邊。「如何？都處理好了嗎？」

「丹恩，我們有麻煩了。」回應模糊，並非純粹是對講機的緣故，通話人聽起來似乎就快要昏倒了。「她說得沒錯。」

丹恩臉色發白。「你這是什麼意思，她說得沒錯？」

「壕溝裡面有人。」

「一個死人？」

「生物學上不可能。他雖然對提問沒有反應，卻還站著，還在行走。安琪拉認為他是夜班的卡爾。她要去找他的當班主任。不過，我們叫他的名字時，他不回答，當我們對他伸出鐵鉤時，他也只是一直對我們齜牙咆哮。我不知道派人接近他安不安全，我認為他可能有暴力傾向。」

丹恩怒視卡珊卓，問了下一個問題：「但他還沒死？」

「這樣說不通呀，死人不會走路。」

「收到。好好處理。我會下令封閉那條步道。查明後，立刻打給我。」丹恩放下對講機。「所以關於壕溝裡的那個人，妳說得沒錯，這倒是始料未及的轉折。」

「等等。」卡珊卓搖搖頭，盯著他不放。「你不是當真的吧。」

「關於什麼？」

「關於封閉通往老虎園地的步道。人們嗜血，總是會在路障附近徘徊。你必須關閉動物園那整個區域，不，等等——我們還沒開園。我們不能就……不開園？就這麼一陣子？」

「不開園？妳確信這真是妳想要建議的嗎？」丹恩起身。「我可以讓遊客遠離那個區域，我可以保護孩子天真無邪的眼睛。不過，可是要有門票收入，才能支付妳的薪水和妳寶貴貓兒的食物。妳真的想冒這種險？」

「不。」卡珊卓承認。「但是，壕溝裡的男人……他真的很不對勁。除非我們弄清楚狀況，否則不該讓任何人進來。」

「完全不會有問題的，回去工作。」丹恩走到門邊，打開門，為她拉著門，流露明顯的邀請。卡珊卓猶豫了片刻，就走出他的辦公室。

這一天似乎沒那麼美好了，不知怎地被汙染了，彷彿在她壕溝裡的那個陌生人為整個天空罩上了陰影。卡珊卓迅速走回老虎區，打算協助急救人員，卻看到一個熟悉身影搖搖晃晃走過草地，於是停了下來。對一個隨時看到步道就想在上頭奔跑的人來說，麥可現在走得出乎意料地緩慢。他像是生病了，即使遠遠看過去，他都像是生病了。

「麥可？」她呼喊，往他的方向走了一步。「你還好嗎？」

他轉身整個人面對她，掀嘴露齒。卡珊卓停下腳步。他的眼睛……看起來就像壕溝裡那個男人的眼睛。

他是她的朋友，她應該幫助他。她應該留下來，她應該幫助他。

她轉身，拔腿就跑。

老虎仍關在餵食欄，牠們來回巡行，互相低吼咆哮。牠們焦躁不安，即使是困在小籠子裡的大貓，牠們還是太過焦躁不安。就好像牠們嗅聞得到空氣裡腐敗的味道，警示即將到來的審判。

「抱歉，各位。」卡珊卓說，她留在欄籠之間的通道，確保試探性的揮爪碰不到她。老虎不想傷害她，她幾乎可以確信這一點；但還是可能會，她也絕對確信這一點。

人類有智慧、思想，以及擔憂未來的能力。這使得他們很拿手「建造動物園」和「掌管世界」等事物上，同時又讓他們很不擅長作為掠食者。人類會計畫，會思考後果。至於老虎，只是……

老虎的存在是為了獵食，和創造更多老虎。牠們是為了存在而存在，用不著在意明天是否到來。她有時很羨慕牠們。從來沒有人會對老虎說，牠們不知道怎麼做為自己；從來沒有人會對牠們說：「你一定是弄錯了。」也不會因為老虎不想花時間跟矛盾又令人困惑的人類相處，就暗示老虎有什麼不對勁。

一隻老虎打了哈欠，對她露出一整排尖銳的利牙。卡珊卓微笑。

「不，我不會因為你們被關在餵食欄，就提前餵你們。」她說：「我們很快就會放你們到外面的圍地，要知道當你們整天都在睡覺和消化食物，遊客會變得很暴躁。乖乖的，這一切很快就會結束。」

彷彿是要立刻打臉她的話，外頭有人大聲尖叫。

卡珊卓還來不及意識到，雙腳就已開始狂奔。門邊牆壁掛著一根附有大型金屬鉤的竿子，原本是用來移除遊客步道和動物圍地裡的蛇。她想都沒想就抓起它。尖叫聲傳達出需要武器，傳達出生死攸關的自衛需求。不管外頭發生了什麼事，她都不想手無寸鐵衝向它。

一來到外面的老虎圍地，腐爛氣味旋即襲來。味道比在壕溝邊緣那裡淡，但同時也比較密，就好像來源不止一個地方。那人再次尖叫。卡珊卓也未放慢腳步。

在動物園的設計中，老虎區有自己的「小島」，隔開面向公眾的一個大型橢圓結構部分。卡珊卓繞過弧形牆，結果整個人僵住了，她瞪大眼睛，緊握住蛇鉤，努力想要理解眼前的一切。

壕溝裡的男人不再困在壕溝了。被派來協助他的保全人員顯然已經利用他們自行帶來的卡珊卓蛇鉤放大版，完成任務。但這些大鉤子全被扔在地上，保全小組有更大的問題要處理，例如說，壕溝男的牙齒現在居然咬進他們一名組員的喉嚨。

當他開始咬她時，她放聲尖叫，現在卻不再叫喊，當其他保全人員努力拉開壕溝男時，她軟綿綿垂在他的懷裡。就一個死人來說——而他的確是死人，必定是死人；沒有任何活物的氣味會這麼壞、皮膚會這麼蠟黃剝落，就好像他之前滑下壕溝一側時，幾乎沒有舉手來防護身體——他的抓力強勁驚人，總共三名保全人員協力才終於拉開他。

他沒有放棄戰利品，女性保全人員的喉嚨前面不見了，被緊咬在他的牙齒之間。卡珊卓駭然看著這一切：女保全跌落地面，壕溝男嚼食戰利品，眼睛依舊茫然無神望向前方。

這不是掠食行為。她的老虎是掠食者，一看見浣熊或愚蠢的動物園孔雀，就會吃了牠們，但是，牠們了解自己的行為。牠們散發出美麗的聰慧目光，即使口鼻沾滿了溼潤的鮮血，肩膀拱起靜待獵物率先發動防禦。老虎明瞭一切，牠們或許不了解殺戮道德，但知道自己的行為。

這個人……他不知道。他兩眼無神，籠罩著刻劃著腐爛的霧膜；上下顎像是機械式移動，咀嚼吞入從女保全身上咬下的血肉。

尖叫聲並未停歇，當沒有參與壓制死人的保全人員試著協助跌倒的組員時，傳來只有更為驚恐和憤慨的尖叫。

然後，那人轉身，動作快得不合常理，像是完全不在乎肩膀是否脫臼、手臂是否折斷，就張口咬上架住他的保全的脖子。

接著，被咬走喉嚨的女人睜開了眼睛，衝向最靠近她的人，咬向他們的手腕。尖叫聲又出現了，散發出全新的極度痛苦和恐懼。卡珊卓的眼睛瞪得更大，這樣不對勁，這一切都不對勁，她不能再待在這裡。這不對勁、不自然，她需要離開，需要去——

她轉身，發現麥可就在身後。

他不可能已來了一段時間；她跟掠食動物共事了那麼久，不是那種可以悄然靠近的人。他身上散發出她在壕溝男身上聞到過的同樣腐爛化膿氣味，雖然微弱，但的確存在，無庸置疑。他的眼睛迷濛無神，眨也不眨。

「求你不要。」她低語。

他攻擊了。

之後的一切只是一片模糊，卡珊卓不知道自己是怎麼逃離的；只知道自己逃開了，因為她一晃眼就發現自己站在老虎棲息區的急救站前，身後的大門已緊緊關上，走道傳來仍困在餵食區的老虎怒吼，咆哮聲逐漸愈來愈憤怒。肩頭的深深咬傷流下大片鮮血到她的手臂，染紅了一切，但人類牙齒的咬痕清楚無誤。

就算看不出來是人類咬痕，但麥可留下了一顆牙冠，這證據也讓她無法假裝自己是被人類以外的動物咬傷。她咬緊牙關，用鑷子從血肉上夾出那顆小小的瓷牙。牙冠斷裂處凹凸不平，它對麥可的傷害，可能幾乎和麥可對她造成的傷勢一樣多。但他似乎沒注意，似乎毫不在意。

他已經消逝了。想想真是不可思議，就在他拜託她照顧動物和剛才在老虎圍地遭遇的某個期間，他死去了，但還是繼續行走著。

「不。」卡珊卓說。她拿起一瓶雙氧水，全倒在傷口上。就像應有的狀況，它不斷出現白沫、起泡，而且刺痛不已，但是腐爛的異樣感仍揮之不去，直接鑽入骨子裡。「不，不，不，不。」

再多的否認也無法治癒她手臂的傷口，也不能驅除她手臂的腐臭。時間似乎再度跳躍，把她一起帶走；這一次，當迷霧散去，她已經在用繃帶夾固定纏繞手臂的紗布，封住隱藏起咬痕。傷口依舊傳來陣陣刺痛，無法眼不見為淨。

「不。」卡珊卓說，語氣稍稍堅決。她搖搖頭，努力阻止另一次時間跳躍。這是什麼狀況？

好好邏輯思考，像個生物學家般思考。對：這樣才對。像以前在課堂那樣思考，就像寫錯答案最糟的就是拿低分。

麥可的室友今天早上舉止怪異。麥可來上班時，手臂上有個剛被那室友咬過的傷口。麥可一度行為正常。麥可現在的舉動像是那個壕溝男，而且咬了她。麥可有腐爛的氣味。

她發現壕溝男時，他有腐爛味；她的第一個印象是他死了，卻不知怎地仍然站著。他穿著夜間動物管理員的服裝。她見到他身上有傷口，但是傷口符合滑落圍欄和地面間的岩石壁面。要是他不曾被咬傷呢？要是他只是……摔落？這個風險一直存在，尤其當員工身體必須探過低矮的擋土牆，拾回壕溝邊緣的東西的時候，以前就曾經有人摔落。

那個女人，那個女保全……壕溝男咬了她。他用牙齒撕裂了她的喉嚨，她已經死了。卡珊卓確信那女人已經死了，她見到了死亡。但是，死了之後，女保全又開始移動，攻擊其他組員。所以要是……

要是壕溝男已經死了，卻以不再算是人類的東西甦醒過來呢？某個時候死亡，變得可怕，外貌像是人類，氣味卻像墳墓，而且只想要……什麼？進食？狂咬？

傳遞……詛咒、感染，對身邊任何的東西？

卡珊卓轉頭看著手臂上的繃帶。麥可當時還沒死，不像那個女人。麥可一度沒事。人類的嘴巴有很多細菌，但張口一咬還不至於殺死一個健康男人，在任何正常情況下絕無可能。她感覺得到埋藏在血肉深層的灼熱抽痛，告訴她事情非常非常不對勁。不管他體內有什麼，現在也到了她的身上，正在傷害她，可能即將殺死她。

「好。」她說，只是為了想聽到自己的聲音。「我得離開這裡。」麥可的錯誤在於他來上班，而不是就醫。醫師可以沖洗這個傷口，讓情況好轉，可以修復一切。

她老早就接受一個事實，就是工作上的一個小錯誤就可能讓她倒地。但是，她不打算像這樣死去。

有了計畫之後，她感覺好多了。卡珊卓開始走向大門。她得前往更衣室，拿回包包和車鑰匙。她會告訴丹恩，他今天要不要閉園都不重要，反正她都不在。她會在醫生的看診間，好好沖洗消毒手臂，清創包紮，直到體內的灼熱抽痛平息，直到她不再驚恐害怕。

老虎來回踱步，在她經過牠們時，咕噥發出貓科動物的低沉聲音，表達對整個狀況的不滿。卡珊卓露出無力的微笑。

「我得確保在放你們出去前，那個死人已經不在你們的圍地前方。」她說：「如果他又回到裡面，只會讓你們不安。我會找人來開門，我保證。」

老虎不說英文，但她當了牠們好幾年的管理者，大部分老虎都不再低吼，只是看著她，用牠們琥珀大眼凝視著她。牠們信任她，以頂端掠食者所能給予的最大信任。

「我保證。」卡珊卓再說了一次，然後打開通往戶外的大門。

迎面而來的腐爛氣味有如攻擊，她身後的老虎咆哮低吼，抗議這樣的侵襲。她看不到任何人，但是這不見得有意義：在她可以聞到他們時，沒有意義。

動物園的園區似乎從未這麼充滿災難氣氛，茂密的灌木和小樹林顯得這麼密集。可能有多少死人潛伏在那裡呢？

不可能發生這種事，不可能發生這種事，不可能發生這種事。她會回到更衣室，拿到包包，開車到醫院。或許逗留久一點，來打幾通電話，確認不管動物園發生什麼事，都只出現在動物園。麥可的室友被關在他們的公寓，對吧？麥可或許是暴露在這裡的工作之中，從動物身上感染了某些……奇異的寄生蟲或熱帶疾病。轉移過後的疾病在人類身上的顯現情況，不見得和在原本宿主身上一樣。這有可能，有可能是流感或呼吸道疾病，或是某種進入人體後會表現出新的恐怖症狀。它可能是——

卡珊卓爬到山坡頂，首次看到動物園的入口廣場，然後她僵住了。

園方畢竟還是開放入園了，時間大概是在她離開丹恩辦公室之後，進入大型貓科建築物後方走道之前。有人啟動了旋轉木馬，打開了入園大門，讓遊客大眾——讓死者——最後再一次進入動物園。屍體湧向行政大樓周圍，他們怪異不雅的踉蹌動作，就跟麥可攻擊她之前，她在他身上看到的一樣。不管這是什麼，都以可怕的速度散播出去。根據她在老虎園地前面看到的情況，認定它將擴散到被咬傷的每一個人，並非不合理。

包括她。她被咬了，它開始散布——已經散布——到她身上。

或許這會保護她，如果這是一種疾病，他們可能不會攻擊已經遭到感染的人。只是沒道理要去冒險，如果她被殺死了，誰來照顧老虎？牠們被困住了，被關在小小的欄籠裡，甚至無法享受原本園地的自由。她得讓牠們重獲自由，現在比以往更加需要。但是，她也需要看到真正的情況，非看不可。

卡珊卓戰戰兢兢悄悄靠近，緊貼灌木叢邊緣，雖然她在這裡有可能遭遇埋伏，卻比較不會被看到。等她來到園欄的員工柵門時，她開門溜了過去，看到步道空無一人，不禁鬆了一口氣。這些步道白天大多用來運送東西——食物、裝備或生病的動物；直到中午遊客變多之前，即使最熱愛隱私的動物管理員也總是傾向待在動物園對大眾開放的區域。或許，她可以順利抵達柵門。

或許，這並不重要。

手臂的抽痛愈來愈嚴重，每一個步伐都在提醒她，麥可就是這樣開始的。不管這是什麼，都是從咬傷散布而來。如果不盡快得到醫療協助，她也會變得跟他們一樣：死了，卻仍在移動，仍在站立，仍在咬人。她就要成為一個可怕的掠食者，成為多了獸性卻少了人性的東西。

步道盡頭是一個可以眺望動物園門前廣場的板條柵門。旋轉木馬在轉動，畫馬躍上躍下舞動其永恆的緩慢芭蕾。卡珊卓停在距離幾步遠的地方，靜靜看著湧向這經典娛樂的人潮。他們搖搖晃晃，拖著腳步，目光呆滯無神，沒有焦點。他們身上散發出無法否認的濃重味道，這是死亡的氣息，他們所在之處有東西在腐爛的氣息。

當……就在這裡發生了不知什麼事的時候，有乘客搭著旋轉木馬。有些人仍纏著安全帶、垂掛在彩色木馬上，他們無意識地空抓，無法解開離去。卡珊卓胃部緊揪，膽汁湧上喉嚨裡。

那很快就會是我，她心想，我很快就會加入他們當中。

到時候，她的老虎會怎樣呢？麥可的水獺、貝茨的斑馬，或動物園任何其他動物會怎樣？有些無法在這個生態系統存活，已注定難逃一死，但其他的……

從現在的位置，她可以看到停車場，發現那裡也有蹣跚行走的死人在移動。就在她觀察的當下，一群死者追上一個尖叫的男人，把他壓倒在地上，那男人就消失在不斷撲上的屍體底下。這件事不是只限於動物園，可能永遠無法控制。

卡珊卓轉身背對門前廣場，她有事情要做。

任何如此嚴重侵襲，並且以指數倍率擴散的疾病，幾小時後就會淹沒整個城市——這只是一道簡單的數學題目。一個不妙，兩個很糟，四個就是災難。數目從此不斷攀升，直到死者數目大過活人，屆時就只能等死。

如果她沒有被咬，可能會試著找出其他辦法。尤其是大貓的建築物裡，為預防萬一，那裡的冰箱存放了數百磅的生肉；而且大門設計成可以抵擋盛怒的公獅子攻擊。她大可以把自己和她鍾愛的大貓一起鎖在裡面；她大可以試著等待風頭過去。

但是她的臂膀灼熱，隨著每一次心跳而抽痛，而且她開始感覺……不適。發燒發熱。就好像她只想躺下來小睡，閉上眼睛，任由身體完成現在已明顯渴望執行的轉變。她得動作快一點，免得自己再也採取不了任何行動。

她從食草動物著手。她打開大門，撐住柵門，開放逃生途徑給任何想要通行的動物。等她走到鳥園時，已有斑馬在草地上啃食，耳朵急速來回彈動，審視有無危險。一隻袋鼠順著側邊小徑跳躍，牠簡直像飛行一般匆匆離去。就算有死人埋伏在灌木叢，身手也不夠快到可以追上牠。

鳥兒已察覺到事態不對，當她打開鳥籠，牠們展翅直衝空中，全部飛走了。有些鳥兒會存活下去，有些鳥兒一定要存活下去。

她慢慢返回大型貓科動物的建築，現在腳步幾乎已顯得踉蹌。腐爛氣息已經沒那麼明顯，或許是因為她也貢獻了味道，也或許她的嗅覺已隨著身體其他部位逐漸死去。

這裡有好多扇門她還沒打開，有好多個欄籠她還沒解鎖。但是時間不多了，她不想危害她的動物。不要在最後關頭，不要在臂膀的灼痛已變得只是悶悶的遙遠抽痛，就好像神經已然棄守的時候。

當她出現在老虎眼前，牠們停止踱步，只是默默凝視。卡珊卓拿出鑰匙。

「試著……不要吃我，好嗎？」她以粗嘎刺耳的聲音說著，開始沿著一整列的欄籠，一個一個解鎖，敞開欄門。處理完老虎的籠子後，她開始釋放獅子、獵豹，最後來到走道盡頭，十多隻大型掠食動物站在她和自由之間。牠們看著她，她也看著牠們。

然後，牠們一隻一隻轉身離去，走向敞開的大門，走向自由。卡珊卓跟隨牠們，直到來到通往老虎園地的大門。她的手指不肯合作，不想轉動鑰匙，不讓她解鎖。她努力克服麻木感，最後門栓終於咔地打開，她跨過大門，走進另一頭的開放空間。

沒有支撐的大門，在她身後自動閉合上鎖。卡珊卓不在乎。

她跌跌撞撞，走過凹凸不平的地面，來到那塊岩石，這裡是她的雄性大貓在一天最熱的時刻，最喜歡用來曬太陽的地方。她坐下來，閉上眼睛。遠方傳來旋轉木馬的音樂，輕聲對應了她逐漸緩慢的心跳節奏。

卡珊卓留在這裡，等待音樂停歇。

不管轉向何方

布萊恩・伊文森

不管我們怎麼轉動那個女孩，她都沒有臉蛋。正面長著頭髮，背面也長著頭髮——只是無法區分哪邊是正面，哪邊是背面。

我要吉姆．史利普看著一面，而我從另一面看，旅店裡的其他成員只是試著輕輕，或是不那麼輕輕地抓住她，把她固定在原處。但是，不管我們怎麼看，或怎麼抓著她，就是沒有臉。她的母親放聲尖叫，責怪我們，但我們又能怎麼辦？該怪的不是我們，我們又沒能力做出什麼。

想到主意的人是維爾．克雷，說要朝著天空叫喚，在它們撤退的光線後面呼喚，要它們過來帶走她。**你們已帶走一半的她**，他大喊，**你們已兩度拿走她相同的一半，該死的，現在放規矩一點，就拿走她剩下的部分吧！**

有些人也過來加入他，但是它們沒有回來，完全沒有。它們離開了，而且留給我們一個無論怎麼看，都只能從背後看到的女孩。她只是一直轉圈，倒退走，不斷撞到東西，努力用手背抓住東西。她是由兩個半面的女孩所形成的一個整體女孩，只是製造錯誤，錯用了兩個相同的半面。

過了一陣子，我們幾乎受不了看著她。到最後，除了留下她之外，我們想不到還能拿她怎麼辦。剛開始，她的媽媽抗議，又咬又抓，但最後她也不想帶走她——她只想責怪我們，只想對於不管女孩這件事，能夠舒坦一些。

我們在大門釘上木板，封上窗戶。在維爾的要求下，留下屋頂的洞口，希望它們會回來找她。我們在大門外設了一陣子的警哨，他向旅店回報裡頭傳來她胡亂摸索的聲音，但等聲響停止後，我們也不再布哨。

深夜時，我夢見她了，不是我們那個雙重半面的女孩，而是我們沒有的那個雙重半面女孩。我見到她，在離我們數哩遠的上方，在按照尋常方式根本呼吸不了的稀薄空氣之中，飄浮在它們的飛行器裡面。她就在那裡，那是一個無論你轉向何方，都始終面對著你的女孩。一個裸露牙齒，凝視再凝視的女孩。

築巢者

席凡・凱羅

他們那一天上午殺了最後一頭的小牛。媽媽想要推遲，給這個可憐的東西一個機會；但是爸爸說讓身體那樣子活著是很殘忍的事。他拿起鐵錘敲裂牠的頭——真是噁心又讓人哀傷的聲音。後來，他剖開小牛，讓莎莉看了牠的肚子，裡面全是沙子。「從裡面直接窒息。」他說。

莎莉放聲大哭，或應該說她有哭，但是她的臉蛋也覆滿塵沙。鼻孔裡的凡士林沒辦法阻絕沙子。她納悶，自己的肚子裡有多少塵沙，身體是不是跟小牛一樣，早已塞滿沙子，淚水和血液只是一道道沙河。但在她詢問時，媽媽只說：「老天，別再胡扯了，快來幫幫小寶寶。」莎莉聽話做事，只是她的小弟弟蒙上一身怎麼清都清不乾淨的沙子，就像小牛之前那樣一直蜷縮著。

莎莉跟著媽媽繞行掩體屋，把破布塞進裂縫，免得沙子滲入。愛麗絲在她身後搖搖晃晃走著；班恩從床上看著大家，發燒的眼睛閃亮。他十四歲，個子比莎莉高，更容易搆到上方的裂縫。但是，又能怎樣？沙子占據了他的肺。如果班恩得搬家，媽媽說會是托彼卡市[75]她妹妹那裡，遠離這個就要害死他的土地。媽媽又說，不過最好是搬去加州，那邊還可以找到一些工作。

但爸爸聽說過大城市，從那裡返鄉的人變得比以前更窮。他們說了胡佛營的故事，提到被城市居民吐口水的羞辱經過。至少，他們在這裡一起受苦受難，至少他們還擁有土地。

失去土地就等於失去自己，爸爸這麼告誡她和班恩。那是在早期的日子，當時大家仍舊以為隔年雨季就會復返。

「這裡是我們家族在這個國家第一件擁有的東西。」他說，給莎莉看了他指間的深色土壤。「麥凱之地。」他讚嘆，眼神閃閃發光。

現在，土壤變硬變褐黃，沙塵暴讓天空也變成同樣的顏色，讓人窒息難耐。「但是。」爸爸說：「我們還是擁有土地，我們曾經讓英國人奪走它，但絕不會讓狂風奪走。」

兩個陌生人站在柵門邊，莎莉立刻看出他們不是農人，因為太白皙，也太營養充足。高個子往前探，雙手以莎莉不太喜歡的模樣，懸垂在庭院上方。「甜心，妳爸爸在家嗎？」

莎莉上下打量這位陌生人，飢腸轆轆的小雞啄著她的腳。「你們是從華盛頓來的？」據說羅斯福先生有派人來告訴西部據地農人[76]，怎麼經營農場。這個男人一身乾淨的西裝，看起來像是其中一人。

倚著門邊的那人看了同伴一眼。「比爾，你覺得呢？我們是從華盛頓來的嗎？」

另一人比較年長，看起來像老師，而且是那種沒有耐心，會敲打學生指關節的老師。

「我們在執行公務。」他說：「我們要找這家的主人。」

莎莉知道如果她讓政府官員走開，一定會被媽媽罵。他們可能會給錢，錢就能買麵包。

「那麼，我去叫他。」她說：「風吹來了貴客。」

在掩體屋入口，媽媽的臉上硬擠出笑容。莎莉知道媽媽心中想著，代替茶的那些生鏽罐頭裡的水，救濟麵包過了快一星期也變硬了。感謝死去的小牛，至少他們有牛奶可以招待。然而，除了媽媽臉上的笑容外，想盡快找爸爸回來，也是讓她跑得這麼快的原因。

75. Topeka，美國堪薩斯州的城市。
76. Nester，美國開拓史中，占據沒有人使用的土地，進行放牧農作的農人。這個字同時也表示築巢的鳥類。

她找到爸爸正在修理那輛老舊的John Deere D牽引機，想要努力在空氣好的時候完工。

「政府官員來了。」

爸爸點點頭，擦擦雙手，不太情願留下做了一半的工作。「妳來接手。」

爸爸大步離開，莎莉代替他，確認前輪輪胎有無損傷，拿沾溼汽油的抹布擦拭一處潑濺到的油垢。農場的所有作業都依賴這輛牽引機，如果它壞了，他們就完蛋了。

莎莉轉念想著那兩名政府官員，或許他們帶來了工作消息，或許這究竟是美好的一天。

莎莉一走進掩體屋就察覺事情不太對勁，媽媽僵硬地站在角落。爸爸坐在年長官員旁邊，挺起了胸膛。年輕官員在莎莉進屋時，看了她一眼，接著又轉回爸爸身上。

年長官員開口，語氣刻薄。「所以沒有人去農場找他？」

爸爸繃著臉，搖搖頭。

「為什麼不去？」

爸爸瞄了媽媽一眼，而媽媽只是雙手緊抱在胸前。爸爸勉強擠出話：「杜伯特那地方據說被詛咒了。」爸爸聳聳肩，像是要提醒他們，他其實不迷信。

杜伯特那裡！莎莉再次興致勃勃看著這兩名陌生人。那個廢棄農場是方圓數里唯一綠意盎然的地方。湯姆．霍奇說，要是太靠近那座魔鬼花園——小孩子都這麼稱呼它——住在裡面的怪物就會把你生吞活剝。霍奇愛說謊，但那裡還是讓人毛毛的。

那人翻動他的筆記。如果他是想要利用翻動紙張來嚇唬老爸，那他可真不了解狀況。

「怪異植物的傳說？奇特光線和聲響？動物紛紛失蹤？諸此之類？」

老爸目光冰冷，再度聳聳肩。

「而這一切全在隕石墜落之後發生？」

「我不知道隕石的事。」老爸說：「杜伯特那裡有塊地失火，我們一如好鄰居的做法，趕過去滅火。有人說是流星墜落引起，就只知道這樣。」

「好鄰居。」政府人員說：「但是法蘭克．杜伯特失蹤時，卻沒人去查看？」

老爸眨眨眼，轉開視線。「那地方惡名昭彰。」他說：「大家都不想自找麻煩，這樣的確不對。」他默默對自己承認。

莎莉怒火中燒。這些人看不出老爸有多疲憊嗎？他有夠多事要處理了，輪不到這兩個人要他為一個陌生人良心不安，而且是一個過不了苦日子的週末農夫。

但是莎莉記得在泰德．郝瑟農場的那一天，那人有如翻覆的金龜子，四腳朝天退離穀倉。郝瑟先生摀住嘴巴，而莎莉的爸爸瞪大眼睛，像是希望眼前的一切不是真的。莎莉覺得那個在地上亂抓的人似乎是郝瑟的鄰居杜伯特先生，不然就是穿著杜伯特先生招牌藍格子襯衫的流浪漢，而那襯衫髒兮兮且撕爛了。不過，爸爸站在她前面，擋住她的視線。

老爸要她和班恩先回家，他要留下來和郝瑟先生討論需要做什麼。他們**做了**什麼？爸爸不肯談，只說都解決了，別再多問。

恐懼悄悄爬過莎莉全身，她納悶到底發生了什麼事，才讓這些政府人員來到這裡。

「麥凱先生，我們想去那裡。」政府人員說：「到處看看，有人提及你的名字，說是可以帶我們去那裡。」

莎莉好想知道是誰把爸爸名字給了他們，她猜爸爸也想知道。但還是少跟這些傢伙說話為妙。

「我們會付錢。」年輕人仔細說著每一個字，彷彿知道這些字句在這間布滿灰塵讓人咳個不停的掩護屋中，會有多大的影響力。「來回一趟導覽，十五美元。」他微笑看著他們吃驚的模樣。「我們是……科學人員，麥凱先生。」他要大家放心。「我們需要就近看看那個地方。」

莎莉覺得那老人可能在生氣他的同伴居然直接說要給錢，不過他像是在評估老爸的想法。

「如果我們找到法蘭克，就可以平息這件事。」年輕人狡猾地加了一句：「這是正確的做法。」

老爸神情緊繃，目光移向媽媽。莎莉看得出來，媽媽也不知道怎麼辦，她在憂慮恐懼和十五美元的許諾之間，進退維谷。

「那麼好吧！」老爸說：「不過你們得先給錢。」

老人從桌邊位子站起來。「先給五美元，其餘事後給。」

「十美元。」老爸眼神堅定。政府人員亮出一張鈔票，放上桌子。整整十美元的鈔票。

「我們感謝你的協助。」年輕人露出自鳴得意的笑容，一副早就知道事情會這樣發展。

莎莉當下決定，她討厭他。兩人她都討厭。她有種想對最靠近經過她的人，狠踹他的小腿。去年她會這麼做，才不管禮貌。但現在想到媽媽，以及剩下的五美元，她任由那些人走了。

老爸戴上帽子，低頭看了莎莉一眼。「好好照顧妳媽。」他拍拍她的頭，順手撥亂她的頭髮。莎莉撫平髮絲，目送爸爸離去。

她心想，這句話真好玩。媽媽才是照顧大家的人。這句奇妙的話讓她一直站在原處，看著男人上車，揚長而去。

幾小時後，沙塵暴來襲。莎莉低蹲在刺痛的風沙中，一手拉著導索，一手護住眼睛，從雞舍找路回家。她奮力摸索前進，感覺到裸露的皮膚被刮得發痛。她努力不去想爸爸要在這樣的沙塵暴中，在別人的土地上為陌生人嚮導。

在掩體屋裡，大家用布蓋住臉，擠在一起。點煤油燈已經沒有意義，沒有光線能夠穿透。外頭狂風肆虐，他們只是默默坐著，盡力不要吸進太多塵沙。

沙塵暴持續了一整天，等暗黑塵沙通過之後，夜幕跟著籠罩，寒冷也緊隨而至。他們點亮燈，她、班恩、愛麗絲和媽媽，看著彼此。

媽媽說：「我們來清理一下。」所以大家就行動了，莎莉試著不去想爸爸怎麼了。他必須看照政府人員回到鎮上，可能就留在那裡了。

但是到了早上，爸爸還是沒回來。莎莉奮力推開門，跋涉到雞舍清點存活的雞隻。兩隻被塵沙嗆死了。她拿出死雞，感覺牠們皮包骨似的身體是這麼輕。他們需要更多的食物。

今天是星期天，星期天意味著教會，莎莉確信老爸絕對不會缺席禮拜。她換上她「好」衣裳——仍舊是用食物袋子做成的，但比其他衣服乾淨，而媽媽幫忙打理好愛麗絲。

媽媽伸手摸摸班恩的額頭，班恩睜開了眼睛。「幫忙看著小寶寶，如果看到爸爸，記得叫他別離開，等我們回來。」班恩閉上眼睛，莎莉不知道他有沒有聽見。

不過，爸爸不在教堂。莎莉不斷東張西望，掃視會眾。媽媽捏她的手臂，要她坐好，但是媽媽在每一次起立時，也一直回頭查看。

今天的禮拜和平常沒什麼兩樣，在講述末日，以及沙塵暴是據地農人的錯，因為他們漠視了主的意旨。莎莉內心卻不這麼想。只因為人們酗酒，不時妄稱祂的名，就讓人們不幸，可說是相當糟糕的神。或許牧場工人說得沒錯，他們不該把印第安人手中取得的草原變成犁耕田。但即使如此，讓幼兒死去到底有什麼用？如果那是神的意旨，那麼她討厭祂，莎莉心想，旋即感覺到一陣恐懼。

做完禮拜之後，媽媽抓住郝瑟的手臂。「我得跟你談談派特的事。」

莎莉想要聽聽他們說什麼，但媽媽要她注意別讓愛麗絲傷到自己。果然，愛麗絲就跌倒了。厚厚沙塵讓她有了緩衝，所以當她抬起頭時，甚至沒哭。好吧，這倒是一個好處，莎莉想著，然後對學步兒伸出手指讓她抓握。

她回頭看，年老牧場工人和農場太太圍著媽媽站成一圈，大家神情凝重。

「來吧。」她說，拉拉愛麗絲的手。「走這邊。」

「派特是好人，我願意為他到地獄走一遭。」傑克．哈迪說：「但要是這狂風驚動了什麼，我們最好不要太靠近。」

有人嗤之以鼻。「到地獄走一遭，卻不願進去那裡，是吧？」

「事實上，杜伯特那裡是禁地。」郝瑟先生說：「派特前往那裡時，也清楚這一點。」他環視這群人。「你們見到法蘭克的遭遇了，我們不能去那裡，不能讓任何人去那裡。」他說著，回頭看了莎莉的媽媽。「天知道它通往哪裡？」

「他可能躲在其他農場。」丹恩．吉斯說：「路不好走，沙塵暴造成許多道路封閉。他可能躲在施密特那裡，照顧那些該死的愚蠢政府人員。」

莎莉的媽媽像是站不穩腳步，莎莉放開愛麗絲，讓妹妹跑向她。

擔任老師的瑪琪．費雪率先扶住了媽媽，她伸手摟住這位較為年輕的女子。

「好了。」她怒視郝瑟說：「我們需要組織一支搜索隊，挨家挨戶敲門，有可能派特不是唯一需要援手的人。」

莎莉聽見身後一陣哭泣聲，轉頭發現沒人理會的愛麗絲坐在塵沙上，頭破血流。這個學步兒不知怎地找到場上唯一裸露的石頭，直接撞上它。她當然會撞到，這都是莎莉拋下她的錯。

「噓。」莎莉懇求，撫過學步兒汗水淋漓的髮絲。「沒事的。」但不可能如此，莎莉知道，心中恐懼湧現。不可能如此。

媽媽和費雪太太搜索道路，郝瑟先生騎馬去芬區的土地察看，傑克和丹恩要去杜伯特那裡。大家對這個計畫憂心忡忡，但是傑克和丹恩發誓，只要感覺到驚動了什麼，他們就會即刻離開。

驚動了什麼，莎莉思索，然後想到杜伯特先生帶到鎮上的巨大植物。蕪菁的皮亮到簡直會刺傷眼睛，蘋果閃耀的光澤簡直像剛從水裡撈起，而且好大！有一顆蕪菁就跟班恩的頭一樣大——班恩把頭垂放在桌上，所以莎莉可以比對，直到爸爸用巴掌趕開他們。

「不准這樣。」爸爸說，莎莉從沒見過他這麼生氣。「無論如何，你們絕對不准碰這些東西。」

果然，當杜伯特先生切開蕪菁，深灰色粉末崩塌四溢。

「一定是某種枯萎病。」杜伯特先生說完，就把帽子戴回頭上。他是城市人，不常農作。「你們以前可見過這種情況？」

據地農人不發一語，沉默迴盪在他們之間，有如缺乏雨水，等待沙塵暴再度席捲的天空。

現在，莎莉走在愛麗絲後頭，而學步兒緊緊抓著費雪太太的家具。費雪太太有一個漂亮的家，有桌布擺設等等。莎莉心滿意足地察覺到費雪太太的桌子有一層髒汙，猜想這必定要耗費一番工夫打掃，才能把沙塵逐出像這麼大的地方。

費雪太太家的時鐘滴答聲迴盪在屋內，每一聲感覺都像是刺進莎莉血肉的燒灼針釘。為什麼不能找別人看著這群小寶寶？要是班恩在，她想他們會讓他一起去。

她想像自己漫步走過沙丘，在一個沒人想到要去查看的地方找到爸爸。毫髮未傷，當然。她的心思不願多想這一點。不，爸爸一定沒事，只除了得幫忙其中一名蠢到弄傷自己的政府人員。莎莉惡毒地認定，一定是那年輕人。她想像當她費力攀上那座遮蔽視線的沙丘時，爸爸咧嘴大笑的模樣。「我就知道可以相信妳，妳一定會想到。」他會這麼說。而政府人員會因為惹了這樣的麻煩，付給他們整整三十美元。而且——

外頭一陣騷動。

「留在這裡。」莎莉對愛麗絲說。她不想扯下費雪家釘覆住窗戶的床單，所以她走向大門。

庭院裡有人胡亂掙扎，傑克拚命壓住一個手腳亂揮的人的肩膀。「別放開他！」從事殯葬業的費雪先生抓住那人的另一隻手臂。

莎莉好一陣子才認出這手腳亂踢、全身覆滿沙子的身影，他是那個較年長的政府人員。現在的他齜牙咧嘴，翻起白眼，在莎莉注視下，他拱背狂嚎，一聲久久的長嘯讓她的頭髮都豎起來了。他的口中還吐出一連串完全聽不懂的胡言亂語：嘎西札必尼甲噗別壓西達……

她關上大門，封閉這番景象。就好像神聽見莎莉找到爸爸的可笑夢境，於是送回政府人員來處罰她的虛榮浮誇。**拜託，拜託**，她狂亂想著，一邊要愛麗絲安靜，**拜託讓他們找到爸爸，拜託讓他平安無事**——

媽媽回來時，她的表情怪異。「記得謝謝費雪太太讓妳們待在這裡。」

莎莉順從地重複了感謝的話，即使費雪太太就站在那裡。媽媽和費雪太太盯著對方，就好像她們在莎莉頭上，進行著無聲的對話。莎莉通常痛恨這樣，但現在卻讓她恐懼到極點，因為如果沒有人提及爸爸，就表示事態一定非常嚴重。

媽媽的沉默伴隨他們回到掩體屋，屋內充滿沉默氣氛，班恩喘著氣努力想要發問。

「其他人會負責這件事。」媽媽草草回答，然後說：「老天，去拿掃把好嗎？」

莎莉去拿了掃把，開始掃除這裡的灰塵。班恩不斷喘息，寶寶們咳個不停，而媽媽竭力不要哭出來。**只要沙塵離開這個地方，他們就不會有事**，莎莉胡亂想著，明知不是這樣。

隔天早上，莎莉在公雞啼叫前就起床。當她把乾硬的玉米丟進桶子，準備去餵小雞時，整顆頭嗡嗡作響。

「我等一下要去學校。」她在門邊對媽媽說。媽媽遲疑了一會兒，然後點點頭。媽媽總是堅持莎莉和班恩要跟上課程進度。事實上，莎莉懷疑會有什麼小孩去上學。今天早上的光線又是那樣糟，一副沙塵暴要來的樣子，光是把食物弄進門，就有太多事要做。

不過，今天莎莉有別的心思，如果沙塵暴就要來了，她需要早一點也快一點採取行動。她打包了水和媽媽留給她的一片硬麵包，還從搖搖欲墜的穀倉後頭拿了一把鏟子，預防她得挖路前進，而這正是爸爸會做的事。

班恩看著她綁緊帆布袋的繩子，眼神充滿怒火。他知道她的打算。「就……什麼都別說，除非我沒在日落前回來。」莎莉輕聲說道。然後，趁班恩還沒能吸取足夠空氣叫喚她回來之前，趁還沒有人來改變她這件非做不可的想法時，她把帆布袋甩上背就離開了。

她頭上的天空好藍好藍好藍，只點綴著幾片雲朵。沒有必要嘗試通往杜伯特土地的地方道路——因為可能都被沙堆掩埋了。她橫越土地，避開大型沙堆，除非是要攀爬籬笆。

真的是舉步維艱，莎莉的腳陷入沙中，靴子裡塞滿了細沙。**麥凱之地**，她心想，**背叛我們**。她肩膀上的鐵鍬愈發沉重了。

離杜伯特那裡大約還有一半路程時，她開始覺得自己做錯了。現在太陽已高高升起，在陽光照耀下，她可以見到遠方那片綠帶。魔鬼花園，有人這麼稱呼。這地區已好久沒有這樣翠綠的景象，莎莉看不出那算不算乾旱，是不是其實是顏色出了問題。

在她接近杜伯特的土地時，動物的聲音都不見了。會以為，既然這農場沒有人狩獵，長耳兔和鳥兒都會聚集在此，但這裡的氣氛卻比沙漠上還死氣沉沉。

莎莉沿著巨大沙丘的邊緣行走，這些沙丘堆積掩埋了杜伯特農場的老舊圍欄，她見到有動物白骨從沙堆露出，可能是被鐵絲或俄羅斯薊纏住的飢餓牛隻。經過白骨之後，有個地方的塵沙堆積比較少。她心想，真是一個橫越的好地點，於是就跨了過去。

被綠意再度包圍的感覺很奇特，莎莉是從往日回憶才記得這個顏色，但這裡卻無所不在。杜伯特的果樹高大、枝葉糾結，其間藤蔓垂繞，奇異花朵朝天空綻放。附近一棵灌木懸著富有光澤的巨大果實，看起來可以讓她逐漸乾澀的喉嚨解渴。莎莉想起那些粉末蔬果，急急別過頭去。

這片妖豔的草木蔓延了杜伯特地產的各個角落，她無計可施。「爸！」她大喊：「爸！」

一片寂靜。莎莉從帶來的水瓶喝了一大口水，繼續往前走。

杜伯特的房子矗立在地產的北邊，臨近戴凡森家的圍籬。當然，如果爸爸遇上麻煩——如果沙塵暴就要淹沒他們——他一定會往那裡尋求掩護。況且他沒有現在沉沉卡在她細瘦肩頭的鏟子，他們可能困在那裡，就在塵沙底下。

走著走著，樹木變得稀少，她見到了有一塊區域土壤硬實、寸草不生，它的中央有一個像是烈火焚燒過的坑洞。她推測，那必定是隕石撞擊的地點，有某種藍色的東西立在隕石坑邊——是人類的顏色。

莎莉不想走進空地——不知怎地，她覺得很危險。但是她知道，如果要找到爸爸，就得確認每一個線索，所以她悄悄走向那個藍色物體。是幾罐汽油和一頂男帽，都蒙上了一層塵沙。

莎莉掂掂汽油罐的重量，全是滿的；而那年輕人戴了一頂帽子。一個刺耳的聲響驚得她倏然抬頭。她告訴自己，可能只是某種禿鷹，一邊迅速走回沙丘線。她有種像被盯著看的不舒服感覺，而且對方的目光就聚集在她的肩胛骨之間。遠離空地後，讓她鬆了一口氣。

她知道自己應該再次呼喊找尋爸爸，但聽到那個尖銳聲音之後，她再也提不起勇氣。爸爸一定在屋子裡，她愈快到達那裡，事情就會愈快好轉。

等終於來到杜伯特的房子，她的心中一沉。經過這段時間，它根本不像房子，比較像是塵沙密布的山坡，側面還長出奇異的灰色藤蔓。就跟空地那裡一樣，占據地產其他地方的茂密林木，似乎遠離了這裡。

莎莉繞著屋子外圍行走，憂慮著要是裡面空無一人，她該怎麼辦。

她見到背風處的牆壁上，有一塊深色的方形開口。那黑色方框應該是窗戶，或是門。最近有人待在裡頭。

莎莉放下鐵鍬。「爸？」她擠出聲音，又擔心叫得太大聲。「你在裡面嗎？」空氣本身似乎在聆聽她的話。

莎莉閉上眼睛，想到爸爸和他的菸草味，以及他修補麻布袋的溫柔手指。她得去查看。

她慢慢走向那深色方框，探看屋內。

第一件襲向莎莉的是味道，氣味既可怕，又有隱約的熟悉感，就好像她多年前曾經聞過它似的。那是一種腐爛的氣息，是那種可能會在溼地聞到，而不會出現在這平地的氣味。

她用力凝視這片黑暗，努力想要看清楚輪廓。她的口袋裝著從老舊煤油燈那裡偷偷帶來的火柴，她點了一根，卻太快就被一陣微風吹熄。她得想辦法，做得好一點。

她一腳跨過窗台，盡力吸了一大口新鮮空氣，雙手滑過木製窗台。**妳在做蠢事**，她心想，便溜進屋內。

地面是軟綿綿的沙子，她皺著臉，伸出一隻手搭著牆壁，然後沿牆在黑暗中行走，查看可以走多遠。

但是她根本沒多走遠，就聽到了呼吸聲。

莎莉僵住了。她想要相信，這是她想像出來的。她屏住氣息來證明這一點。一陣吸氣，一陣吐氣，太過規律，不可能是風聲。

恐懼湧向她。她不想呼喚爸爸。要是他之前沒聽見她，現在也不會聽到她。而如果在這裡呼吸的是別的東西，她也不想知道。

別想一次解決所有問題，爸爸總是這麼說，**拆解問題**，**按部就班一次解決一個**。

所以莎莉藉著窗戶的明亮光源，摸索退回窗邊。現在，她很樂意見到外面那片妖豔的綠意。她翻找出火柴，舉向光亮處。還有十根。**我要做**，她心想，**我會做**。

她劃下火柴。

剛開始，除了橘紅的火光外，她什麼也看不到。她護著火焰，伸長雙臂。那裡有一個比其他陰影都怪異的影子，比任何人類都要高大，那裡有東西。

莎莉往前移動，必須在火柴熄滅前，讓火光接近。她的鞋底在凹凸不平的沙堆上嘎吱作響，被她踐踏的小型沙丘噓聲抗議中移位。

對，在跳動的火花中，那裡絕對有東西在。一排藤蔓、長滿葉子，是令人安心的正常形狀。藤蔓注入一大團從牆壁長出的東西，一個

——令人瞠目不解的種子、血管、血肉和內臟

暴露在外，往後裂開進入黑暗

〔吞食〕塵沙、空氣、藤蔓、石頭、鳥兒、人類和

和——

它有爸爸的臉。

或許是感應到彼此間的親密感，它以那張臉當成手，伸向她。它伸向她，用它的

——加上草食動物的融合身體

另一個探員的袖釦鏈子仍在它的袖釦上，天哪——

莎莉拔腿就跑，全力奔馳。她爬出窗戶，斷了線的自我讓她感覺不到打向她、割傷她膝蓋，並且救了她一命的石子。因為那個爸爸似的東西，停下來喝她的血，那些聚集在石子上如寶石般的紅色血泊。

莎莉快跑，再次感覺到她的身體，那個非植物的邪物試圖抓住她的手腳，但她就像是射出的箭。她想到媽媽留給她的麵包皮，**吃這個，身體才會強壯**，而這就是她需要強壯的原因，這段路程，這段跌跌撞撞衝向沙子的路程，而沙子會拯救她。即使她身後的這達東西，也無法在塵沙中生長，那讓人窒息的異物會拖慢它的速度，而她，身手敏捷的據地農人，可以抵達圍

欄，可以在它用不知是什麼種類的腳**嘎**跟著她時，蹣跚跑贏**札**它。我的天**札必尼**——

她翻過圍籬，越過塵沙，奔往地平線的盡頭。

等她終於再也跑不動時，莎莉強迫自己回頭看向那房子，這可能是她所做過最勇敢的事，因為她知道如果〔它〕在追她，除了坐看自己死亡，根本無計可施。不，不是死亡，〔它〕比死亡更可怕，爸爸的臉被吸收進入某種生命融合物，作為探測世界的工具。至少〔它〕看起來不像人類，因為要是〔它〕像——

但是〔它〕不像。她希望〔它〕永遠不像。她希望除了爸爸和那政府人員的身體部位之外，〔它〕無法取得他們的記憶：媽媽洋裝的花色，舊牆壁的裂縫，那政府人員用來說動爸爸，哦，說動她的爸爸跋涉到這裡受死的話語。

只除了他不是死亡。

莎莉現在明白那個不斷尖叫的政府人員是想跟他們說什麼。

——外形轉變內在不斷延伸的黑暗——

也明白沒有語言可以包含〔它〕。她必須努力拉回心智，拉回這裡，拉回到手上的土壤，以及莎莉的生命光輝，因為

——咆哮點燃了知曉的怒火——

如果她做不到，就會成為那些被鐵絲網纏身的乾癟家畜。不，她是據地農人，她不會像那樣子死去。

但是，她的爸爸。

如果她說了，他們就會來到這裡；如果她謊稱說完全沒有發現，他們可能還是會來。

她遺失了鐵鍬，不知道掉落在何處。那樣行不通。大火。她想到隕石坑邊的紅色汽油罐。

我爆裂了，她心想，一邊撫過臉龐，發現她沒事。

等雙腳開始恢復行動能力，她起身，走回空地。

莎莉掙扎地越過沙丘，天空豔陽高照，沒有鳥兒，也沒有雲朵，只有凝視她的無窮無盡。當真的來到杜伯特的圍欄，再次看到沙堆和不吉利的牛隻骸骨時，她感覺到恐懼竄過全身。正是這樣的恐懼，終於讓她甦醒過來，不再與天空同在，而且——

進入黑暗，深入黑暗

——回到她口乾舌燥的顫抖身體。

她不想死，她知道小牛也不想死，不管牠的肚子有多麼痛，牠的生命有多短暫。即使鐵鍾敲下的當兒，牠還是在掙扎，眼睛映照出莎莉的恐懼。

這就好像騎馬，她心想，**就像騎馬到牠並不想去的地方**。她懷抱這樣的思緒，說服自己跨出一步，然後再一步，又一步。

她看著雙腳，如果這是她唯一會看到的東西，或許還不算太糟。

不過，還是很糟糕。駭人的綠地讓她心情緊張，風的氣息不對勁，像在低訴著什麼。她究竟為什麼來了？她為什麼來了？

莎莉身上有著牛脾氣，這股倔強透過土壤、傳遍土壤，穿透岩石和層層時間。她是據地農人，不是嗎？她屬於這裡，或至少——（還記得科曼奇[77]，記得帶著槍枝的英國人）——

77. 科曼奇戰事是從一七〇六到一八七五年間，由原本主宰美國大平原的科曼奇地區原住民部落和美國、西班牙和墨西哥所發生的軍事衝突，最後原住民落敗，被強迫遷至奧克拉荷馬州的印第安保留地。

至少她**就在**這裡，她不會輕易被移除。

這是一條漫長的炎熱道路。她必須兩手不斷交替提著汽油桶，以免單手不勝負荷。她一步步走著，也愈來愈成為自己，這些疲憊的肌肉拖著潑濺重物，穿越綠地兇狠的瞪視。她應該帶班恩來的，如果班恩可以行走的話，他會幫忙她。但那樣他又會看到那東西，她不想讓家裡其他人看到〔它〕。那會太難以承受。

最後，房子終於游移進入她狹窄如隧道的視野。她期待雙腳再次拒絕前進，但是它們沒有。就彷彿，越過圍欄之後，她就已經沒有選擇餘地。

她這一次甚至沒費心在外面浪費火柴，直接伸腳晃過，踏進屋內。

點亮火柴後，她只見到可怕的草木。那個爸爸物體已經消失了。

〔它〕不可能走遠，她心想。當然，她不知道這是否屬實。或許那東西的移動速度比看起來的樣子快。或許〔它〕已經前進穿越到鎮上，吞噬離群的行人，進入它的瘋狂之中。

不，那東西在這裡，就在某個地方。

或許，〔它〕更深入屋裡了。

她頸背的寒毛豎起，這屋子當然還有很多房間，這裡可是有錢人家。現在牆上的生長物已經自行扯離，她甚至可以見到原本房門所在的缺口。那麼，那難道不是跡象嗎？表示有東西通過了？

在她和大門之間，有一團糾纏的生長物。行經那裡有危險，不只是因為腐爛氣味隨著腳步愈發明顯。她有種想法，就是藤蔓和〔它〕全都相連在一起。她就像走進〔它〕的手臂，讓〔它〕知道她在哪裡的螞蟻。

她提醒自己，如果〔它〕找到她，她可以更快速殺掉〔它〕。她穿過房門。

這房間裡的空氣潮溼，有種甜膩的氣味。這裡的腐爛臭味濃重，而且還有別的東西，某種無法描述，近乎尖銳苦澀的東西。

她點了一根火柴，地板上有一個黑暗的方框，伸出一道生鏽的梯子。

莎莉凝視這黑暗洞口，考慮把火柴丟下去。但要是火焰點燃了〔它〕的一部分，會發生什麼事？那東西會知道她的打算。

於是，她吹熄火柴，在黑暗中找到地窖梯上嘎嘎作響、晃動得厲害的梯子踏桿，然後往下爬。

莎莉終於來到梯底，甚至在她睜開眼睛之前，在她劃下第二根火柴之前就知道了。她聽得到身邊的呼吸聲。從各方向同步，吸進，呼出。

她踏下梯子，摸索轉開汽油罐的蓋子。

腳邊一陣擾動，她小心翼翼挪開腳，盡力貼近梯子站立。它們包圍了她。

確實如此。

跳動的橘色火光顯現出扭成一團的身體——人類、牛隻、鳥類、植物，全都混合在一起。鳥類翅膀搧動室內的空氣，人臉在藤莖扭曲。一朵花在一顆眼睛周圍綻開，她小心翼翼把火柴放在梯子上，讓它繼續燃燒。

天線／藤蔓／手指向前探，她找尋爸爸的臉龐。這是唯一重要的事。腳下傳來刺痛感，她得知有藤蔓攀上來，抓住了她。

然後，她見到爸爸。對情況有幫助的是，他看起來不再像是她的爸爸，只像是被一個不同形體撐大的袋子，他的眼皮底下顯然有東西在生長。

她朝他潑汽油，卻失去準頭，反倒大部分濺上藤蔓牆壁。她揪著心，感受剩餘汽油微微的潑濺聲。只能這樣了，她大步向前灑，可怕奇妙的汽油味充斥她的鼻孔。

她感覺得到藤蔓拉扯她的雙臂、雙手，感覺得到它們鑽進她的皮膚。而重要是，真正重要的是，她拿到另一根火柴，脫身——不顧雙腳傳來撕裂般的疼痛，奮力往後退，然後點火。

轟然點著的火焰震得她往後退。現場成了一片需要逃離的高熱，以及〔它〕的尖叫聲，花朵、藤蔓和人手都痛苦恐懼地伸張。她踉蹌遠離那個爬滿火舌的爸爸物體，伸手抓住冰冷的梯子踏桿，往上爬。

莎莉流著淚，跌跌撞撞衝向窗戶的微弱光線——這一次是不同的窗戶，她走錯方向。整個房子有如沙塵暴一般，充滿濃煙黑霧。她不想像這樣死去，她扯開老舊窗台上的藤蔓，拚命擠過腐朽的木頭。她感覺來到屋外，進入陽光和慈悲的空氣之中。

莎莉嗆倒在地，全世界的空氣也不夠她用。天空的陽光炫目，像是一股灼熱的瞪視，黑暗化為一柱濃煙爬過她的上方。在她身後，藤蔓不斷尖叫。

讓它們尖叫。莎莉側身翻滾，盲目摸索遠離這聲響，往他處去。

他們在馬路上發現她。媽媽一把抓住莎莉，給予令人心安的人類肌膚接觸。「莎莉，發生什麼事了，妳的臉——我的天——」

這些話好煩人，莎莉把她疼痛的臉蛋靠向媽媽肩膀，呼吸麵粉的味道。有個成年男子大聲叫喊，但莎莉不理會他。「媽，沒事了。」她想要這麼說，卻只出現粗嘎的聲音。

「莎莉，撐住。」媽媽說：「妳要撐下去。」莎莉垂下頭，彷彿媽媽的話能保護她的安全。

後來，當眾多醫生終於讓莎莉回家，她幫忙媽媽找尋零錢。在莎莉發燒期間，葬禮來了又走了。對這件事，媽媽只說：「妳爸是個好人。」她盯著一堆帳單，又加上一句：「他會想要我們留在這裡。」

莎莉知道媽媽說的是那些討債的五金店家，那些當他們到鎮上，媽媽看都不想看的人。莎莉心想，媽媽並不公平，真的。五金店家也要吃飯，還能有什麼選擇？他們需要錢。但是，自從莎莉從路上跌跌撞撞回到他們身邊的那一天開始，媽媽似乎就有了轉變。她現在不怎麼在意禮貌，那一部分的媽媽似乎迷失在某個地方。莎莉想念她。

躺在床上的班恩，努力盡一分心力。他舉起他找到的硬幣，莎莉心想，也可能是很久很久以前被藏起來的硬幣。

「我找到一個。」他喘息。他從她們身上轉開目光。媽媽把它放進桌上小小的硬幣堆。莎莉想起那張十美元鈔票擺在那裡的模樣，於是別過頭。那筆錢早就花光了。

「媽，我們不會有事吧？」班恩從他躺的地方看不到硬幣堆，不知道數目是那麼少。

阿斯達小寶寶在他的箱子裡吸著鼻子，呼吸淺短。媽媽調整了他的毛毯，然後抱起一如往常又擋著路的愛麗絲。她走到班恩那裡，坐到床上的班恩身邊，示意要莎莉一起過來。莎莉謹慎地坐在床尾，有時候，她覺得像是仍感覺得到藤蔓在她皮膚底下蠕動，於是害怕讓人碰觸她。

「好了，你們所有人都聽著。」媽媽說：「這裡是麥凱之地，我們致力於這塊土地，也會繼續為它效力。」她捏捏班恩的手，然後用力摟住愛麗絲和莎莉。莎莉發現自己回應了這疼痛的擁抱，彷彿要在家人從地球表面滑落時，緊緊握住他們。

「我們不會搬家。」媽媽對著愛麗絲的髮絲又說了一次，彷彿這是事實。

從眼縫之中，莎莉看得到等待著他們的未來：阿斯達小寶寶在年底前死於沙塵性肺炎，土地被法拍，媽媽在這片甚至連做墳墓都不再適合的土地，因為再度失去摯愛而陷入半瘋狂狀態。他們會被迫離去，沒錯，當另一個選擇是死亡時，就是得搬離。

莎莉感覺到這樣的未來，而它比她在杜伯特家看到的東西，更加讓她害怕。但她什麼話也沒說，只是伸手握住班恩的手臂，就好像這樣真的管用，就好像他們一定可以辦到。

她垂著頭，說出她被要求說出的謊言。

「媽，我們會堅持下去。」她附和。「妳等著瞧。」

最好你相信

卡蘿兒・強斯頓

或許真，
或許假，
最好你相信。
——**雪巴人古諺**

下山時，就全是下坡路了。這是登山界最古老的登山笑話，只不過它說得沒錯。如果真要說我有任何喜愛登山的部分，絕對不會是下山前從高處緩慢爬下的痛苦過程，以及下山後累到骨子裡的筋疲力竭。人們下撤時會犯錯，因為一切都和他們作對：海拔、時間、身體，以及一定會牽扯到的精神狀態。人對於存活不會有興奮之情——不像站在世界之巔那樣。沒有人會因為從艱困高山安然返回，而博得《國家地理雜誌》或《時代雜誌》一篇好報導。我想，除非他們是尚．克利斯多夫．拉法雷[78]。

空氣刺骨、稀薄又乾燥。艾克．霍柏格咳得更厲害了；當冰壁給予的屏蔽變少時，我聽得出他的肺部發出重咳，開始造成損傷。尼克喜歡在我們窩在床上，溫暖慵懶、飄飄欲仙時，跟我說噁心的故事。有一個傢伙在距離基地營數千呎的南迦帕爾巴特峰[79]登山時，食道撕裂，噴灑出的鮮血在半空中結凍。尼克笑嘻嘻說完，順手拉我跟他一起進被窩。

寒風有如發狂的報喪女妖。**時速只有五十公里**，尼克大概在十二小時這麼說過；在峰頂上，它毫不留情打在我們頭上，我們只得屈膝蹲伏。有些瑞典人確信他們就要被拉進旋動的白色虛無。**就好像他們該死地要被捲走了**，尼克一往如常不屑一顧說著。**就好像**它從未發生，而我知道光是在這座山峰就發生了數十次。但是我想，他的確有權尖酸刻薄。直到現在，安納普納峰[80]是他唯一還未攻頂成功的八千公尺高山。

但現在情況不同了——我知道這一點是因為沒能看見和聽見他，他在拉法雷線更下面的地方，緊抓著同一條定置繩。天色昏暗，而且愈來愈黑暗。太晚了，真的太晚了，我幾乎看不到剛嘎普爾那峰後方低垂的太陽，這山峰是馬相迪河上方的七千公尺以上高山。天候變了。山開始躁動；我可以從凍僵的雙腳底下，感覺到它豎起背毛，彷彿我們是怎麼也不肯離去的蜱蟲。我們的確在死亡地帶[81]待太久了，但我們行動太遲緩、身體太疲憊，還有太多路程要走。

壞事，我用比較不經意的尼克聲音思考，然後一腳又一腳踩在每一個腳步前方，以近乎催眠般的既有用又危險方式，奮力穿過這片白雪和狂風。壞事就要發生了。

在壞事真的來臨時，我一直設法說服自己說不會有事。風再次停了，映著落日的山峰西側旗雲[82]明顯往上斜。上揚好，平整壞，下垂就該死了。我還記得釘在醫護帳裡面的經幡旁邊的那張大型海報，而尼克和其中一個美國醫生大笑，說它可是遠比基地營任何天氣預報都可靠的指標。高山自行決定天候，而且很少平易近人。

即使我還在穿行法國岩溝下山，但現在積雪比較硬實，坡度比較不陡。而且我意外地覺

78. Jean-Christophe Lafaille（一九六五～二〇〇六），法國登山家，最後在挑戰馬卡魯峰冬攀時失蹤。當時，馬卡魯峰是喜馬拉雅山最後一座尚未被冬攀成功的山峰，後來直到二〇〇九年才打破。
79. Nanga Parbat，位於喜馬拉雅山西段，海拔八一二六公尺，是世界第九高峰。
80. Annapurna，海拔八〇九一公尺，是世界第十高峰。
81. Death Zone，含氧量稀少，造成人類呼吸困難的區域，在登山界指的是八千公尺以上的高山地帶。
82. flag cloud，意指高掛在峰頂的雲層，形狀和方向隨著風向改變，透露山頂氣象狀況。

得溫暖，但我知道這很多是氧氣和幻覺的混合——我最後一次感覺到雙腳是在四號營。我沒有感覺不舒服，也沒有感覺很良好，我根本對任何事都不太有感覺了，甚至對恐懼也一樣。

周遭的空氣有種細微但倏然的挪動，有如過於貼近耳朵的噓呵和呼吸；我的心跳略遲了一拍，感覺到它穿過我的兜帽和保暖頭套。然後雅各．霍尼克從後面的昏暗上方現身——頂多約在東邊三公尺——頭部往前，肚子著地，全然沒有固定點。滑過雪地時，他沒有喊叫，手腳也沒有胡亂揮動；除了外套快速摩擦冰面造成的聲響外，他絲毫沒有發出聲音。而且，他也沒有進行任何制動，雖然他的確高舉冰鎬，像是隨時就會往下砍。他的眼神狂亂，看到我的燈光時，顯得更加狂野瞪大——他目轉不睛看著它，直到昏暗又吞噬了他，而我被獨自拋下，名副其實凍住了，下降風沖刷過我的嘴巴。

繩索從底下被拉了一下，是尼克。**你還好嗎？**

不算好，一點也不好，但在非生即死的山上這裡，這麼說有什麼用？我還在山上，我仍舊需要下撤離開該死的這裡。一陣顫慄竄過全身，讓我的脖子痙攣，最後棲身在我的肚子裡。山上超過半程的路途在嘔吐，從來不是好主意。我想著雅各的眼神，他沉默的滑落。我想起凱特把他改名成「號角」，因為他把在基地營的第一個月都用來跟她調情。我的肚子又再度緊揪了。

因為壞事。

絕不單行。

上一樁壞事是菲力斯．賈西亞。登山總有死亡，登山季節短暫，攻頂的黃金窗期更短；這期間的任一個時段，都可能有數十組登山隊攻頂，每支隊伍相去不到數百公尺。但真正親眼目睹別人死亡的威脅性卻意外的低，就像威脅要你去死一樣，可以輕易不予理會。你會在短波無線電、在衛星電話，或抵達基地營時聽到：摔落、事故、中風和失蹤。有人發瘋，有人遇上最糟狀況，有人就這樣死去。有很多死亡的方式。然後很快地，這些低聲交換的加總就幾乎成了例行公事，就像所有原本是登山客，後來卻成了冰凍地標和三角點。**紅腿、綠靴子**[83]**和北坳**。

菲力斯不一樣。高山吸引笨蛋，八千公尺高山吸引奧運級的笨蛋。他和尼克在我們甚至還沒離開聖母峰（珠穆朗瑪峰）基地營前，就起了衝突。菲力斯是個體戶登山客，這在艱困如聖母峰的高山上是非常難行的事。尼克不喜歡帶上他們，因為他們是沽名釣譽和沒用的隊友，不過他和尼泊爾公司在搶生意，所以不能太挑剔。那是我第三次攻頂，尼克的第七次，但在天候變壞時，我們甚至離峰頂還很遠，帕桑建議尼克讓我們盡快收隊折返。菲力斯在洛子峰山麓雪地遭受人生最後的恥辱，當時他和我及三名韓國人搭檔，我們攀著聲音刺耳的梯子，越過冰隙，暴風雪讓我們目不視物，耳不聽聲，愚蠢行事。

等到我聽見他的尖叫聲時，我已經被迅速拖過冰面，甚至來不及掏出冰鎬。我們的確保動作太笨拙、後頭的韓國人行動太快速，而且繩索太鬆弛，菲力斯於是筆直墜入隱藏的冰隙，事情來得又急又快，等到大家設法沿著冰河制動，結束這場尖叫聲的行進時，我也飛出了冰河邊緣。疼痛，我感覺不到；卻感覺到在雪白空間嚎叫過後，對那片寂靜藍黑的恐懼。我往下看向不斷尖叫的菲力斯，卻看不到他，只見到我們之間緊繃晃動的繩索消失在黑暗之

83. Green Boots 是珠峰東北嶺登山路線的顯著地標，它是一具身分未正式識別的聖母峰登山客遺體，以其穿著的綠色登山靴命名。

中。嚴寒的空氣有如鈍頭釘刺著我的皮膚，我抬頭望向那圈白色冰緣後的喊叫聲，心想，**他們撐不住我們兩人，無法同時救下我們兩人**。

他們的確沒有。

我感覺安全帶上傳來另一陣拉扯，我站著不動太久，定置繩太緊繃、失去耐心。風又再度變強，變暗的天空在雪地上顯得沉重，我朝西方瞇視，已經看不見旗雲了。我開始移動。

尼克不可能跟其他斯洛伐克人提到雅各，儘管尼克和帕桑一直提醒時間不早了，他們卻還是最後離開山頂。他們距離太遠，離我們太遠，沒法嘗試任何救援，但他們會希望我們有嘗試，因為他們四人關係緊密：雅各和哈山情若兄弟。他們不會接受「沒有意義」的說法；以及這片雪地邊緣只是短短的岩石扶壁，接著就直墜一千呎。我不願去想這個情景：雅各一路滑過我身邊，狂亂的眼神盯著我的燈光，然後衝進急墜的黑暗，進入一個他必定早就知道即將來臨的空無。

雅各的無聲；菲力斯的尖叫聲。敞開黑暗寒冷的虛無。墜落是怎樣的感覺，而成為獨自一人，去感覺時候就要來到，以及**實際得知**，雅各又是怎樣的感覺。我沒辦法思考那樣的鳥事。我們還在死亡地帶，高出一千呎；思考這樣的鳥事是留給在博卡拉或加德滿都喝著刀酒[84]喧鬧的夜晚。或者如果你是尼克，就絕對不會去想。直接裝作根本沒發生過事情，會比較好過。

大雪開始落下，不見止歇，這放慢了我努力追上尼克的腳步。即使我知道那對中國情侶和香港的托米．那就已經讓他忙得不可開交，那兩個中國人沒帶任何裝備就到聖所[85]冰河盆地，而總是堅定不移的托米，即使在低如二號營的海拔就已出現高山症的症狀。當然還有凱特，總是跟著他，像是揮之不去的惡臭。尼克總是承擔臨時保姆的工作，而帕桑負責集中落單者，主要是催趕那些**再休息五分鐘的人**。一直都是這樣的模式，雖然帕桑才是比較寬容的一方，而尼克即使嘗試，卻也不是太有耐性。不過，帕桑也是較好的登山手，當然也是較好的嚮導。尼克是負責大局的人，是人們會寫支票給他的人，即使這個責任是他寧可速速迴避而不要非得承受不可，它卻讓他登山。為此，他會充當一整個巴士的週日登山客和奧運級蠢蛋的臨時保姆。

我在想，他會怎樣告訴雅各的家人。我記得在聖所冰河盆地的一個傍晚，那是尚未登山前，大家還沒經歷要在封閉、嚴寒的住處適應環境幾星期的現實狀況，興奮和同伴情誼還沒被破壞的難得夜晚。帕弗和哈山喝得醉醺醺、臉頰通紅，大笑提到雅各的老婆，說等她發現這趟行程要花多少錢一定會氣炸。我絕對相信，通知她事情經過的人會是尼克，但他不會說出真實狀況，說雅各受苦了多久，明知自己將在那段猛烈的快速滑落中死去；以及我們都還在山上，但他已經不知去向，早在離開人世之前，他就已經不在了。

登山客有他們自己的規則、語言和宗教，而這一切要花上好幾年才能取得、學會及理解。登山客相信夢想，只要這些夢想有目標、有山峰。如果神就是高山，他們也相信神，因為他們只崇拜登山，崇拜那無窮、無情、無靈魂的索求。他們相信嘗試協助和嘗試拯救，直到後來做不到，直到後來放棄不做。他們相信個人：相信他們自己的力量，相信他們自己的

84. Khukuri rum，尼泊爾的一種黑蘭姆烈酒，酒精濃度四十二．八%，其中一個系列會以廓爾喀彎刀造型為酒瓶，因此也有刀酒的稱呼。

85. The Sanctuary，即 Annapurna Sancturay（安納普納峰聖所），博卡拉北方的一個高山冰河盆地，景色壯麗，對當地居民具有宗教的重要意義。可藉由安納普納峰聖所步道前往，而步道以海拔四一三〇公尺的安納普納峰基地營為中心。

意志和他們自己的存活。同時，他們也相信，山會厭恨，相信天候可以被哄騙，相信死去多時的死者魂魄可以為瀕死人士帶來安慰，並且引導生者到安全所在。就連尼克也相信——那個輕蔑、務實，永遠實際的尼克——就像說謊時會交叉手指的騙子，或從不在星期五啟航的漁夫，或是像帕桑，他會在每一天結束前，對山奉獻祭品，並且對他失去的友人低語。

我被藏在不斷擴大的雪堆裡的石子絆倒了，踉蹌撞向定置繩。雪下得太大太急。任何東西一小時累積超過一吋是壞消息，而這場雪更是遠遠超過。能見度愈來愈低，我根本完全看不到西下的太陽，我的頭燈燈光穿透如濃厚黑白照片所形成的萬花筒。我開始在想，我們到底能不能在今天返回四號營，而這樣不妙，而且是非常不妙。在死亡地帶露宿絕不是好主意，而在安納普納峰南坡更簡直就像自殺行為。我努力不去想尼克一本正經又揚揚得意所提到的那些數據，而這數據也在其他許多登山客之間流傳。聖母峰攻頂的死亡率是二十六分之一，**而在安納普納**，他說著，冰冷的手掌一邊滑過我的裸背和身側，我當時雖然身體溫暖，卻不禁起了一陣寒顫，**是三分之一**。

此時，首次擾動的真實恐懼攫獲了我，接著伴隨著一種奇異緩慢的非現實感。我**早就**應該害怕了，當那些斯洛伐克人沒能在午夜整裝出發，或是當我們終於在下午五點登頂，而不是原定的三點時，我應該已經害怕了。當尼克開始要隊員下撤，匆促到幾乎沒有時間慶祝攻頂成功時；當艾克開始聽起來像是快把整個肺給咳出來；當寒風、接著是夜晚、大雪開始逼近，山開始想甩開我們，而我們的下撤隊伍凌亂失序、腳步蹣跚時，我就應該已經要害怕了。看到雅各滑過我身邊，一路衝向他寂靜的死亡時，我早就應該已經嚇到屁滾尿流了。

否認。登山客的最好也是最壞的朋友。

艾克，我心想。艾克應該在我後頭稍高的地方，但距離還不至於遠到我聽不到他的聲音。只是，我記不得最後一次聽見他是什麼時候，以及最後一次想起**應該**聽得到他是什麼時候。

「艾克？」

寒風呼嘯回應我。

「艾克！你在嗎？」

或許我聽見他了，我不知道。有東西打中我的臉：可能是強風捲起的石子或碎冰，我用手套壓住臉頰，感覺到疼痛；皮膚傳來頭套的溫暖和潮溼。「艾克！」

儘管我不想，但我還是回頭往上爬。不會太遠，我不會走太遠。只要走到足以確認他還在，還活著，還在往下走就好。從這個方向，狂風狠狠打在我身上，幾乎讓我屈膝跪地。

「艾克！」

在死亡地帶有各式各樣的麻木，否認只是其中一種。我的心跳和呼吸加快是因為高海拔，還是因為恐懼？抑或是因為腦水腫呢？我的行動和反應是否仍舊神智清醒？我是否**自以為**仍舊是？登上七千五百公尺的高山，就好像**噩夢年紀**的幼時，在掛著厚重簾幔的四柱大床裡慢慢窒息的情況。我們往上爬時，會有夜晚恐懼、妄想和情緒低落；下撤時，氧氣濃度回升的歡欣陶醉感，可能也會同樣快速造成精神錯亂。我們的身體並不是要在這裡發揮功能；我們身體的**設計**不是要在這裡發揮功能。尼克曾經見到有男人彷彿要俯衝轟炸泳池深處般，在希拉里台階縱身一跳。

我幾乎絆倒在艾克身上，才發現他。他雙腿大張坐在雪地裡，想要脫掉手套。

「不要！」

他停下動作抬起頭，縮著身子迎向強風和席捲而來的碎石，但他說的是瑞典話，我只聽懂一個字allena。孤獨。

「你不能停下來，你得起身。柏斯呢？他還在你後面嗎？艾克！」我扯開嗓子大喊，喉嚨都發疼了。「我們**不能**待在這裡。」

他搖搖頭，又開始脫手套。一脫下手套，他凍傷的手指就移向連接他和定置繩的登山扣。

「艾克，不要！」

他完全不理會我，嘴巴周圍有一圈血跡，有如暈開的唇膏，一道較為鮮紅的血跡流向他凍結的鬍子。如果他已經出現肺水腫，那麼可能離俯衝轟炸泳池深處也不太遠了。因為只有瘋了，才會在暴風雪中解開定置繩，這是自尋死路的做法。

他咧嘴一笑，牙齒也沾滿鮮血。「陪著我。」他說，或者說是大喊。但是他沒看著我，而是看向我的周遭——看著石頭、雪地，以及幾乎來臨的夜空。

然後，我聽見它了。最糟糕的壞事來了。這是我們在暴風雪沿著這兩千五百公尺隘谷的緩慢艱苦下山路程中，我一直盡全力不去想到的事；在這漏斗狀地形發生落雪、落石或更嚴重的狀況怎麼辦。

等到艾克聽見時，我已經轉身快跑，其實是**嘗試**快跑。這聲音太驚人，我的心臟像在耳朵裡狂跳，我拚命找尋躲藏的地方，任何地方都好。但是，什麼都沒有，無路可逃。因為，從來就不會有。要嘛完蛋，要嘛走運，就是這樣。

我知道它什麼時候襲向我，因為艾克發出高亢短促的尖叫，而我感覺背後一道寒冷的氣牆襲來，用無形的雙手把我推向前。不可思議的高大影子甚至吞沒了我的光線，我想到雅各。敞開黑暗寒冷的虛無。我想到尼克。

然後，雪崩奪走了我僅餘的所有感官知覺。

登山是孤獨的。你以為登山並不孤獨，想像這是大家互助完成的努力，大家同當的嚴峻考驗，但事實上，在某個片段，尤其是在一個散亂的下撤行程，可能一整天都見不到其他靈魂。我即使不熱愛，但也已經了解這一點，進而欣賞那些日子赤裸鮮明的孤獨。它和漫長、擁擠、親密的較低海拔基地營生活，以及頂峰令人屏息的奇觀截然不同，不管你遠眺的景色是雲海中白雪皚皚的低矮山峰映著地球金弧，還是風雪呼嘯的白濛天空。但是，另一個孤獨，另一個allena，則是你所懼怕卻始終不容許自己去想的事。就是你完蛋了的領悟，就像雅各。就是你還活著，還在山上，但突然間你是在雙向鏡的另一頭，而且永遠無法回去。不管它是怎麼發生的，這就是最糟糕的壞事，唯一的一樁。

睜開眼睛時，我以為自己又身陷那個恐怖的冰隙；在雪白空間嚎叫之後，對那片寂靜藍黑的恐懼；鈍頭針和消失在黑暗中的緊繃晃動的繩索；耳中迴盪著**他們撐不住我們兩人，無法同時救下我們兩人**。

嚴寒已經冷到讓人感覺不到，我不在冰隙裡，因為我還能移動。我的手腳收得緊緊的，被困住了；我的肺努力掙扎找尋更多呼吸的空間。太多重量壓在我的身上，恐慌開始從內而外壓垮我。不是這樣，不是這樣。

我的手臂圍繞著頭部，形成小小的氣室，但它撐不了太久。我的腕帶斷了；冰鎬不見蹤影。我想著尼克的面容，他左臉頰的酒窩、右門牙的缺口，以及眼睛周圍那圈總是顯得較蒼白的皮膚。我**想著**他的重量在我身上，壓向我，充滿我，這讓我稍稍鎮靜下來，給了我足夠的鎮靜。

我呼吸，再呼吸，然後吐口水。它滴落我的右臉頰再流向右眉。我上下顛倒，可能一百六十或一百七十度。我不知道自己陷得多深，而僅有的小空間也不足以查明。我的雙手慢慢地，慢慢地朝身體挖去。雪硬得跟水泥一樣。等我的指關節碰到冰鎬時，我已經又過度換氣了。我心想，我是穿著鈷藍色登山靴，登山服的褲腳是紅黑條紋。

我要自己憶起我們相遇的那個晚上，那是在塔美爾區加德滿都大街上的一家昏暗酒館。我不怎麼開心地喝著米酒咖啡[86]和私釀的Raksi酒，然後和其他幾十個求學空檔年[87]的激凸妹一起汗流浹背熱舞。而尼克，興趣缺缺坐在陰暗的角落，撇嘴擺出例行冷笑，直到我問他要不要跟我一起跳舞。我們第一次上床時，我被他緊抓到留下瘀青，他告訴我，他這輩子從沒這麼興奮過。我們第一次登頂是在登山季即將結束時的聖母峰東北脊，他向我比劃出那道地球金弧，說他愛我；當我說我來到了世界之巔，他大笑回應。

我讓自己憶起他那貼著我的肌膚的溫暖平坦掌心，以及那沉穩低沉的聲音，不管是在談論雙套結和確保點，還是訴說有一種魂魄會專門拯救像我們這樣在世界極限處探險的人。他撫著我的髮絲，大聲唸著歐內斯特．薛克頓[88]的著作《南方》：在他注定失敗的橫越南極探險中，所遭遇的危險冰河、冰坡和雪地；濃霧、黑暗、未知的地圖；筋疲力竭、飢餓和絕望。然後魂魄——無聲無臉的第三者——帶領他走到史壯尼斯捕鯨站的安全所在。尼克嚴肅的眼神、慵懶的微笑；用令人發癢的低語在我耳邊輕訴T．S．艾特略的詩句——

總是傍著你行走的第三者是誰？

我的**第三者**在哪裡呢？現在的我不禁思忖，而我的眼睛好痛。要來引領我到安全地方的那個該死魂魄到底在哪裡？我感覺到灼熱的淚水，還有隱約就要窒息的喉嚨。我完全不再去想著任何事。

我，只有我。我自己的力量，我自己的意志。唯一能夠拯救我的只有我。

緩緩地，我現在緩緩地設法轉身，拿起冰鎬。剛開始，我只能用它轉動和晃動緊實的冰雪；我嗆咳，努力別過頭遠離我設法挖下的些許碎雪。我感覺恐慌再次生起，我不想來到雙向鏡的另一側。我不想成為凍僵的地標或三角點。我不想要人們在我凍僵的屍體旁邊自拍，然後被命名為「鈷藍色登山靴」或「紅黑條紋褲」。

當這方法突然變得容易時，我幾乎安心到想哭。當冰鎬挖得更多，我就嗆咳得更厲害，但現在我不在乎。我就要離開那迴盪的黑藍寂靜，往上穿過那圈白色冰緣。我幾乎可以品嘗到高山的稀薄空氣；見到滿天星斗的清澈天空。

但是，在我突破的當下——在我知道我**就要**突破前的當下，我聽見了艾克的尖叫聲。不再是高亢短促，而是漫長而恐懼。而且，老天，是在那麼那麼深的地方。我現在已有足夠的空間，可以用左手捂住我的嘴巴。我感受不到手套壓向嘴唇、皮膚和牙齒的力道。

然後，我自由了。暴風雪已經停歇。我的頭燈不亮，唯一的光線來自低垂在西北方尼爾吉里峰群的彎月。我屈膝挪移，遠離已然崩塌的逃生通道。挪動不到三公尺後，我低頭看著雙手和膝蓋之間的硬實雪地。艾克，**艾克**。我沒有呼喊他的名字，甚至沒有大聲說出來。如果他聽見我，可能會以為我能夠救他。

兩個月前，在接近聖所冰河盆地邊緣的一家背包客棧，他跟著費南度一起歡笑高歌，手

86. Mustang Coffee，即混合咖啡、糖或蜂蜜、奶油和尼泊爾米酒（Raksi）的尼泊爾飲品。

87. gap year，原本是指青少年上大學之前，保留一年空檔去海外工作或旅行等。後來也泛指暫時脫離日常，從事截然不同的活動，來重新定位自己或充電的一段時間。

88. Ernest Shackleton（一八七四～一九二二），愛爾蘭的南極探險家。

中調著可怕的Brännvin[89]雞尾酒。他有個瑞典海軍的男友，對方買了一棟房子給他，卻不願讓任何人知道他的存在。他努力留長鬍子，不斷嘗試：每天早上他都會拉著鬍子翻白眼：**我的好友，依舊是該死的性感小絨毛**。

所以，我留下來。在這讓人分不清方向的白色黑暗中，跪在我認為艾克就在底下的雪地上，靜靜陪伴他。我聽見他再度咳了起來，或許他會溺死而不是窒息身亡；我不知道哪一種比較悽慘——也不想知道。我轉身找尋我的氧氣瓶，不記得自己最後一次吃喝東西是什麼時候。有很多必須對抗的狀況：麻木，混亂，昏睡，還有憐憫。留在這裡有什麼用處？艾克怎麼知道他並不allena，就算他知道又有什麼重要？但我想到他對著山、對著雪、對著天空，大喊**陪著我**，所以我留下來了。

我向來都在我應該在的地方。

天空不再下雪，也不再昏暗，只是天黑了，夜晚來臨。我沒再聽見艾克的聲音，思忖他奮鬥了多久，又假裝了多久，他是不是現在還在假裝。因為如果硬幣的另一面，雙向鏡的另一面只是死亡，那麼否認肯定要比接受好。我顫抖得好厲害，脖子又痙攣了。

等我試著起身，感覺彷彿腰部以下不再存在。我花了好久時間才找到並更換頭燈，但成果和努力不成正比：恢復的微弱光線只投射出嚇人的緩慢影子。雪堆堆高，妨礙行動；地勢整個變了，彷彿我根本還沒返回雙向鏡的另一頭。岩溝不見了，這麼多的沉重新雪掩埋了裸岩和溝痕。

我用燈光照著身上的安全帶，主要的安全扣環彎曲，整個扭曲變形，可能是雪崩把我拉離定置路繩。我又花了好長一段時間換上備用扣；我的手指動作緩慢，頭腦更加緩慢。總算弄好了，我轉大頭燈範圍，照向平滑的黑白色塊，找出下撤路線。而我花了最久的時間才領悟到一個事實：路繩不見了。

我的恐慌太緩慢，其中甚至有種近乎釋然的感覺。稀薄的空氣在我周遭呼嘯，彷彿我是障礙物，是河流裡的岩石。我**現在**可完蛋了，絕無可能不完蛋。我怎麼可能在沒有路繩的情況下，獨自成功找出離開死亡地帶的路徑呢？這是我最糟糕的壞事了。經過多年的擔驚受怕和預感，這件事，就在這裡，就這樣發生了。這就是它發生在我身上的**方式**。

「莎拉？妳為什麼在這裡？」

我顫巍巍轉身，緩慢得有如太空人；同時認定這個聲音是來自我的腦海。畢竟，這個問題並非不常見。

帕桑站在不到三公尺外的地方，看起來絲毫不顯疲憊。他半蹲著，彷彿準備等候起跑的鳴槍聲。他看起來既不害怕，**而且**也不像完蛋了——比較像是大吃一驚。因為他從未料到我可以撐這麼久？在我應該只覺得鬆了一口氣時，卻感覺到被熟悉的憤慨感給掐住了。帕桑會幫我的，非幫不可。

「雅各．霍尼克和艾克．霍柏格都死了。」我說，我的聲音聽起來很奇怪，微弱有如空氣。我了解到，現在非常安靜。近乎寂靜。在暴風雪和雪崩過後，現在靜默到我不禁在想自己是否還會聽到那些鈍頭針落下。

帕桑沒有回應，強巴沒跟他在一起，所以他必定是讓強巴留在後頭陪同斯洛伐克人，而自己先下來查看情況有多糟；看看能不能不用露宿或呼叫可能永遠不會來的救援隊，就能安

89. Brännvin 是瑞典一種烈酒，由馬鈴薯、穀物，加上木材纖維蒸餾而成。

全下撤。我為了陪伴艾克死去，已在雪地跪了多久？一定有好幾小時。帕桑的目光掃視前方的地形，然後回頭看著後頭的山。他從不戴護目鏡，也從不使用氧氣瓶。我有時在想，他是不是也不需要吃喝拉撒或打炮。

他問：「誰在比他們更高的地方？」

「你可知道，霍柏格的意思是島山？」我感覺麻木，卻不再明白這是哪一種麻木。有東西扯動著我的心智，縮攏我的皮膚，讓我記得要害怕。我不知道自己到底在這裡做什麼。

他眨眨眼。「莎拉，誰在比他們更高的地方？」

我知道他為什麼這麼問，因為我是他第一個見到的人，而在我們之間的人都死了。

「柏斯、貝諾瓦和薩瓦內，那些澳洲人，我想是這樣，我不知道。」

帕桑低聲咒罵。我想，這將是「八千體驗公司」的末途，而我內疚地感覺到一種希望之光，而我的眼神必定透露了這樣的想法，因為帕桑立刻瞇起了眼睛。

「妳為什麼在這裡？」

「這句話到底是什麼意思？」我低頭看著靴子底下、冰爪底下的雪地，我的逃生管道已經被填平，彷彿不曾存在。

「妳痛恨山，始終如此。」儘管言詞冰冷，聲音卻不是，只是顯得氣憤。「為什麼妳每次都要回來？」

即使我明白這個問題，我還是吞嚥了一下，我不明白他為什麼現在要問出來。

「妳不屬於這裡。」他的目光軟化了。「妳從來就不屬於這裡。」

但是，我不想跟他爭辯，因為他永遠不會了解。他永遠不會了解我們一直回來的原因，不會真的了解。他大部分的時間只是設法隱藏他的不屑，只是勉強做到。

「你知道為什麼，我在這裡是因為尼克。」

當然，路途艱困。尼克老是說我是個笨拙、**機能性的登山客**，雖然我從來不覺得這是侮辱。這是事實。但現在，在不算平穩的雪地攀登下撤，除了裝備和我自己的判斷力外，沒有任何保護，我希望自己熱愛它，我希望自己能夠感受到它。我希望我可以憑著全然的想望和意志力，前進到尼克身邊。

然而，我的下撤**只是**機能性：我腳步蹣跚，我跌倒，我搞砸了搭手處和立足點。我的繩索損毀燒壞，懸岩、套結和固定點都很糟糕；移動速度太慢，因為我對自己能力的信心，就跟對腳下新地面的信心一樣大。我只有四號營的遙遠燈光和帕桑的方向來引導我，而且心中一直想著那嚴寒的藍色空間和鈍頭針，但我還是繼續前進，我**正在**前進。不管這要歸因於他的幫忙還是輕視，我想這也不太重要。

我知道帕桑永遠不會跟我同行，但當他轉身走向山的黑影時，我的肚子還是一陣緊揪，好想求他停下腳步。只是我沒有，他的工作是要照料那些斯洛伐克人。就是那些直到凌晨兩點，才好不容易離開他們該死睡袋的該死斯洛伐克人。他必須相信我可以照顧好自己，相信尼克可以照顧好他的隊員。獨自一人。就像我必須相信帕桑不會有事，儘管在厚重簾幔後方那種令人窒息的恐懼，或許還比較好。

尼克，我現在的腦海裡只有他，不是我，也不是帕桑、雅各、柏斯、法裔加拿大人、澳洲人——甚至不是艾克，只除了思忖尼克是不是也遭受同樣可怕的命運。我也不去想他的其他隊員，我不在乎他們任何人——這些白痴有太多錢，卻太少的其他東西。就這一點，我理解帕桑的不屑。如果我在這裡的理由是愚蠢的，那麼他們的就是低能的。他們的經驗讓尼克深感絕望：他們缺乏知識、訓練和裝備；只是要命的自以為花錢是大爺。他們付錢給尼克和帕桑帶他們攻頂和下撤，這也是唯一的方法。他們根本不是為了取得任何經驗付費，只是付費想要有拍照時機和旗子；尼克甚至替他們印了證書。當二號營的醫生告訴托米．那，如果他再往上爬可能會送命，他還是拒絕放棄，尼克只好抓抓頭髮，往雪地啐了一口，然後繼續準備下個階段。

他雖有種種缺點——而且我也非常清楚他有，不管包括帕桑在內的每一個人是怎麼想——尼克以一種絕對無法假裝的熱情，熱愛著少數高於世界其他地方的這裡。而這就是為什麼他在這裡，為什麼他會忍受其他任何事、任何他痛恨的鳥事，因為他跟我一樣，別無選擇。

但是我先找到的不是尼克，而是凱特。她的啜泣聲有如繞行冰柱的寒風，悄悄穿過黑暗而來；我直到發現下方不到五十公尺處有頭燈燈光，才了解那是她。我不知道自己現在已經下撤多久了，也不知道要把死亡地帶拋諸身後還要多久。雖然月亮已移到讓我徹底失去方向的遙遠處，但四號營的燈光卻幾乎沒有顯得更近。我奮力呼吸，但氧氣存量所剩不多。那種悄然而至的緩慢麻痺又回來了；這是一種從內而外近乎誘人的麻木。這讓我想要停下腳步，問問自己是否就要俯衝跳進泳池深處，而即使答案是肯定的，這種麻木感也讓我不想在意。

凱特的啜泣聲已近乎歇斯底里。我大喊，但她沒在聽，只是一直哭，幾乎沒呼吸。我一點一點走在仍挪移著的雪地，努力不要移動得太快速。這裡一堆堆的積雪顯得更高了，形成各自危險的雪峰，但整體地勢顯得較為平坦，較像冰河。我想，雪崩的崩雪大多在這裡止歇，在這兇險的新雪底下，正是深黑冰隙隱藏守候的地方。我努力不要猶豫，不要停下，不要去找尋尼克，不要把自己寶貴的呼吸浪費在更多的喊叫上。我只是持續下坡再下坡，該死的下坡，另外還稍加祈禱。他一定要安然無恙。

「我們走不了！我們該死的怎麼能繼續走？」雪崩過後，山裡的空氣密度較大，聽起來比較平整；凱特的聲音有種單調的歇斯底里。「那他們呢？托米和——」

「托米、靜和李都死了，妳也知道。」

我容許自己享受奢侈的停歇，凝視第二個頭燈。他的聲音仍迴盪著。**尼克**。

「老天，你怎麼可以這麼冷酷？」

「凱特，我們兩人都很冷酷，而且他媽的還會更加冷。妳要關心的不是他們，而是阻擋在我們和該死的自由之間的那道該死的冰峰，而且我可幫不上妳的忙。」

等接近他們的時候，我已經快要癱軟倒地。我感覺不到雙腳，但知道情況還是一樣，我在應該感覺到冷——或該完全感覺不到東西時，覺得灼熱。而我的眼中只有尼克。他蹲坐在一個高聳的岩石突出處底下，頭部低垂，戴著手套的雙手在腿間晃盪。凱特和他並肩貼坐，而我努力不去在意這一點，但還是失敗了。他們在這裡坐得太久了，我更加在意他們身體和聲音中透露的僵硬和疲累。

「我們不可能沒保護裝置徒手通過那要命的冰峰，天知道上面壓了多少噸的雪！」凱特堅持。她的聲音變得比較冷靜大聲，一旦下定決心，她總會這樣。「我們得留在這裡，等候救援人員過來，你已致電通報我們的位置，我們不能——」

「我們還在死亡地帶，沒有人會來接我們。」尼克的聲音依舊冷靜自信，但我知道他非常害怕。我知道他在責怪自己，即使這全是那該死的斯洛伐克人的錯。

「我們**不能**——」

「我會拋下妳，凱特。」他說。

「你是混蛋。」

「不是。」我說：「他會是妳的救命恩人。」

凱特倒抽了一口氣，看向我的方向，氣息在空中不見白霧。我在想，她是不是從我通常會比較善於隱藏的表情看出了什麼。自從艾克死後，我就一直是徒手下撤，但這也沒什麼值得說的，儘管我實在好想得到尼克罕見的稱讚。

尼克的頭在雙膝之間垂得更低了，我只聽見他牙齒發顫的聲音。我們還是動也不動，在如此高山，我們成了雕像：半凍半融，半麻木半瘋狂，半生半死。我們居然還有感覺，這已經是奇蹟。

尼克呻吟地奮力起身，又咒罵了幾句，咳了幾聲。最後的聲音在他的胸腔呼嚕嚕作響。「走吧。」

這個冰峰是一塊如三層樓連棟住宅規模的冰河寒冰，近似我們攻頂的啟程坡段，那段路線沿途都閃燈照亮，並且架有定置路繩。現在，黑暗和混亂的新地勢擴大了冰峰的威嚇；而我們一路帶回山上的所有死亡和重擔，現在都與我們同在。

尼克把一個金屬岩楔卡進冰峰起點附近的一塊岩石裡，再拿出一個快扣鉤環扣上岩楔金屬繩，接著取出繩索先反向繞了好幾個大圈，再穿過它和他自己的安全扣。「我們不會被擊敗的，好嗎？不會在他媽的今天。」

凱特的臉頰恢復了一點血色，她拾起繩索，鎖進確保點。我也跟著照做——肌肉記憶觸發了太多其他不愉快的回憶：我和尼克、凱特和詹姆斯喜歡攀岩、攀冰、登山，到世界各處健行、爬山、露營，在小酒館和荒涼的海灘喝個爛醉。在詹姆斯的葬禮中，凱特緊緊依附著尼克，就好像他是第五級垂直岩壁上唯一的固定點。我跟她從中學時代就是好朋友，但她再也沒拖著我去Ｋ歌，也沒再招待我去無聊的艾克塞斯旅館做週末水療，就好像連同她老公，她也在那面峭壁失去了我。當我問尼克，我要怎麼幫她，他告訴我，我最好別去打擾她，直到她回來找我，只是她從來沒有。

冰峰散發著和山不一樣的寒意，是一種空氣稀薄、讓人喘不過氣的犀利感，而且脆弱。寂靜的藍黑抬頭望向雪白空間和天空。永無止盡的黑影。

尼克非常緩慢地沿著冰峰底部側身移動，岩架狹窄，有些地方甚至不到一隻腳的寬度，而另一頭的落地距離卻非常大，即使在黑暗中，都擁有讓我胃部糾結、淚水直流的力量。尼克一改自私魯莽，改為謹慎的態度，這樣總會讓我恐慌。他用緩緩的環圈送出更多繩索，但沒有左右張望。「別停。」他說。

接近中途點時，凱特在努力跟上尼克匆忙中找出的即興路線時，戴著手套的一隻手被裝備卡住。我以岩溝裡的記憶沖淡我的不耐煩，當雪崩沖走路繩，我一心只想著**我完蛋了，絕無可能不完蛋**。每當要從一個安全固定處解下環扣，即使只是幾秒鐘，很容易就忘記過去的修改程序，很容易就嚇得屁滾尿流。

凱特持續摸索，動作遲疑，她努力解開自己，想要繼續前進，卻辦不到。細雪從我們之間的深溝落下。雪峰向來就不堅實，現在更是天知道有多少噸的崩雪壓得它就要坍塌。萬一發生這種狀況，不管我們有多小心、多緩慢；繩索和固定點不管是多是少或是沒有，都不重要。

「我好怕。」凱特嗚咽，她的雙手靜止不動，肩膀微隆。

尼克超前許多，幾乎看不到身影，所以她只可能是在跟我說話。我想起十二小時前我們離開基地營時所做的供奉：一名喇嘛和兩名瘦小的僧人躬身對著一個石壇，四周散發出讓我聯想到前一晚杜松子酒的杜松氣味；安全帶、冰爪、冰鎬、頭盔，甚至是遠征旗等裝備散放在我們四周，等著祈福。帕桑跟著僧人一起吟誦，在喇嘛對著山說話，請求讓我們登峰時，他擺放氂牛奶、巧克力和米等個人祭品，撫慰魂魄。凱特宿醉未醒，眼神呆滯，在克制哈欠時，露出輕蔑的微笑：**山說不。**

她不知道我恨她。她不知道詹姆斯葬禮過後不到六個月，尼克雙膝跪地告訴我，他們上床了多少次；他緊緊抓住我不放，緊到我幾乎要為他們上床感到開心。她不知道他永遠不會離開我，她不了解他。

「沒事的。」我說，她的肩頭垮下來，終於解開手套，再次扣回繩索。

在中途點，我開始在想，或許就只是這樣。可能──只是可能──壞事發生的次數已經足夠了。但接著，我感覺到了，空氣改變，就像之前雅各從雙向鏡另一側的昏暗中滑出時那樣──過於貼近耳朵的噓呵和呼吸──然後我知道事態不妙。又來了。

我從繩索上解開自己，行動不再緩慢，不再害怕。我的冰爪抓著力不足，左腳不止一次滑出岩架落入黑暗空間，但我還是拚命前進，愈來愈快，直到碰著凱特。

「快走！」我用力推她，力道大到她尖叫出聲。她不是察覺到我聲音中透露的危險語氣，不然就是感受到我們倚靠的冰牆有了令人畏懼的挪移，因為她都立刻遵從，即使尼克還在前方打下另一個固定點，她馬上放棄定置繩。

「快走！」我再次尖叫。「尼克！快走！」

在我的頭燈找到他時，他剛好轉身，神情困頓蒼白，然後他抬頭看向冰峰，就在**它**開始準備尖叫的那一瞬間。

我們奔跑，不斷奔跑，而世界在我們周遭倒塌。

我最早聽到的是凱特的聲音，她再次啜泣，卻沒辦法吸取到足夠的空氣——結果成了一種讓人異常欣慰的吱吱聲。她只有在呼喊尼克的名字時才停止，而當他終於以粗嘎的大叫回應她時，我也嗚咽出聲。

我坐起身，掙扎跪起。我回頭看，發現繩索不見了，岩架也不見了，整個冰峰都不見了。我發現自己呼吸困難，聽見稀薄的空氣呼哧過我的肺，但我的氧氣瓶也不見了。

我站起來，腳步搖晃，但這裡沒有東西可以抓靠。當尼克在往下幾公尺的地方，努力起身時，他的頭燈掃向凱特的頭盔和衣服，我見到他的太陽穴到下巴前有一道長長血痕。

「哦，我的天，尼克。」她說，聽起來既興奮又傷心。「哦，我的天。」

他沒有回答，只是繼續打量身後的崩塌，眼睛依舊瞪大、狂野和烏黑。

而我回視他，但即使這是自從登頂後，我們最接近的一次，我知道我沒辦法再靠近。我所擔心的人筋疲力竭，心碎不已。他安全了，他還活著。但這樣卻不夠。

「你也感覺到她了，對吧？」凱特抓住他的上臂。「我知道你絕對有，她在這裡，她在——」

「別碰我。」他說，身體已經甩開她，已經退後。他一直在看，一直看著，**看著**，他的內心像是有東西終於斷裂了，他雙腳跪地，對著黑暗、對著浩瀚的白色海洋嚎叫。

我的視線離開尼克，回到峰頂。低垂的月亮在岩石、雪地、山脊裂縫、冰柱深壑投下了光線和影子。我想到雅各和艾克，以及所有其他將被留在這座山上，凍結在原地和時間之中的人；失蹤，或被拖離路徑，成為路標、三角點，成為警世故事。我想到困在死亡地帶、失去定置繩的帕桑、強巴和那些斯洛伐克人，以及阻擋在他們和四號營之間的雪崩和崩塌冰峰。他們可能也在那月亮上。

然後我想到他們所有人都圍著那石壇坐著，歡笑中吃著東西，把灰色的糌粑麵粉塗在臉上，許諾他們將會活著見到彼此變老、變灰髮。**山說不。**

因為雙向鏡另一頭的景色看起來經常是如此相同，即使當你確切知道墜落，孤獨一人是怎樣的感覺；即使當你知道——從寂靜藍黑抬頭看向嚎叫的雪白光線和生命；當空氣有如鈍頭針刺痛你的皮膚——那已經太遲了。就像在厚密沉重的簾幔裡面慢慢窒息的噩夢。永遠不覺得前往任何地方的離去。逝去，卻不離去。

他們撐不住我們兩人，無法同時救下我們兩人。

他們的確沒有。

直墜進入那寂靜藍黑的驚心痛苦，而菲力斯的重量更加快速、更加猛烈拉我往下，繩索撒落出碎雪的斷裂。去感覺它就要到來，**知道**它就要到來。一個呼吸，僅僅長到足以呼叫，卻延續進入永恆。

否認，是登山客最好也是最壞的朋友。最好去相信，只是我們從不相信——已經在硬幣、在雙向鏡另一頭的那些我們。因為，那樣就真的不會再回來。

尼克仍在嚎叫，即使又起風了，夜更寒了。但他會回來，他永遠都會回來。因為這裡就是尼克生存的地方，不是在我們開特福德的破公寓，甚至不是在基地營或背包客棧。只有在上頭這裡，在雲層和激烈暴風雪和暴風級狂風之中；在岩壁和冰原和岩石峰頂；在蝕溝冰隙，在山脊和噴射氣流和舞動雲尾的白雲之中。在這裡上頭，人類無法存活；在這裡，當我們開始往上爬的那時候就開始加速死亡。這就是尼克的家。

以及我的。因為我對帕桑說的那句話將永遠是真實的。我想到艾克對著石頭、對著雪地、對著天空大喊**陪著我**。我在這裡是因為尼克需要我在這裡，所以我留下來。我會總是傍著他行走。這始終是我登山的唯一理由。

作者介紹

蘇西・麥基・查納斯（Suzy McKee Charnas）自一九七四年出版多本長篇和短篇的奇幻和科幻作品，同時還有ＹＡ小說、紀實小說等著作，以及一本在美國東西岸均有上演的劇作。她最知名的作品是全套四集的女性未來主義系列《霍德費斯紀事》（*The Holdfast Chronicles*），以及異教經典的《吸血鬼織錦》（*The Vampire Tapestry*）。她曾經贏得雨果獎、星雲獎、吉伽美什獎（Gigamesh Award）以及創神獎（Mythopeic Award）的ＹＡ奇幻小說獎別。

出身紐約市，從一九七〇年之後，便和先生及一群貓狗，定居在新墨西哥州。

* * *

露西・泰勒（Lucy Taylor）是恐怖和黑暗奇幻小說的得獎作家，出版了七本小說、六本短篇小說集及上百篇短篇故事。她的作品已被翻譯成法文、西班牙文、義大利文、俄文、德文和中文。

她最新的短篇小說收錄於《死亡之美：水畔死亡》（*The Beauty of Death: Death By Water*）、《湖邊故事第五集》（*Tales of the Lake Volume 5*）、《無盡末日》（*Endless Apocalypse*）、《愛德華・布萊恩的影響範圍》（*Edward Bryant's Sphere of Influence*）和《滿滿

恐龍》（*A Fist Full of Dinosaurs*）；而《噩夢》雜誌近來刊登了她探討生物性恐怖小說的文章〈肌膚底下的真實〉（What's Really Under Your Skin）。

她的短篇小說集《狂歡與其他故事》（*Spree and Other Stories*）在二〇一八年二月出版。

她的科幻恐怖中篇小說《心愛的人》（*Sweetlings*）入圍二〇一七年恐怖作家協會的布萊姆．史托克獎長篇作品類別決選。

她定居在新墨西哥州聖塔菲外圍的荒漠地帶。

* * *

葛倫．赫許伯格（Glen Hirshberg）曾三度贏得國際恐怖文學協會獎和雪莉．傑克森獎。短篇小說作品集包括《兩個山姆》（*The Two Sams*）、《美國傻子》（*American Morons*）、《兩面神之樹》（*The Janus Tree*）和《揮手的人們》（*The Ones Who Are Waving*）。他還有五本小說：《雪人的孩子》（*The Snowman's Children*）、《鋪位之書》（*The Book of Bunk*）、《沒媽的孩子》（*Motherless Children*）三部曲。他和彼得．艾特金、丹尼斯．埃奇森一起創辦了鬼故事巡迴表演計畫的「滾滾黑暗劇」。而他本人則創立了CREW計畫，藉由這項計畫訓練他最富熱情的學生，讓他們到附近社區為缺乏足夠藝術課程或正式表達管道的孩童，舉辦創意寫作營。他在洛杉磯地區從事寫作和教書工作，也和家人及愛貓居住在這裡。

* * *

丹・項恩（Dan Chaon）的新作《惡意》（*Ill Will*）成為全美暢銷書，入圍《紐約時報》、《洛杉磯時報》、《華盛頓郵報》、《華爾街日報》及《出版者週刊》的二〇一七年最佳書選。其他作品包括曾入選「故事獎」（Story Prize）的二〇一二年短篇小說集《清醒》（*Stay Awake*）、以及暢銷書《等候回應》（*Await Your Reply*），以及入選「美國國家圖書獎」決選的《失蹤人口》（*Among the Missing*）。

項恩的作品收錄在《美國最佳短篇故事》（*Best American Short Stories*）、《手推車獎選集》（*Pushcart Prize Anthologies*）、《歐亨利獎故事集》（*The O. Henry Prize Stories*）。他也曾入選「美國國家雜誌獎」（National Megazine Award）的小說類別及雪莉・傑克森獎決選，同時也獲得美國藝術暨文學學會的文學類學會獎。

項恩目前定居在克里夫蘭。

* * *

坦妮絲・李（Tanith Lee）是二〇一五年逝世的英國作家，生前著作近一百本書及逾三百篇短篇故事，另外還涉獵廣播劇和電視劇本。她的作品類別廣泛，包括奇幻、科幻、恐怖、ＹＡ、歷史、偵探和當代小說，也經常結合以上元素。較新作品包括《獅狼三部曲》（*Lionwolf Trilogy: Cast a Bright Shadow*）、《嚴寒地獄》（*Here in Cold Hell*）和《唯我之火》（*No Flame but Mine*），以及《海盜食人魚》（*Piratica*）三本ＹＡ系列小說。她的短篇小說最近結集收錄在《比血鮮紅》（*Redder Than Blood*）、《坦妮絲・李怪異故事集》（*The Weird Tales of Tanith Lee*）、《坦妮絲・李精選小說集》（*Tanith by Choice: The Best of Tanith Lee*）。

坦妮絲・李在二〇〇九年獲頒世界恐怖大會大師獎，並且在二〇一三年得到世界奇幻大會的終身成就獎。

* * *

史蒂夫・拉斯尼克・譚姆（Steve Rasnic Tem）曾贏得世界奇幻獎、布萊姆・史托克獎和英國奇幻獎等獎項，出版逾四百三十篇短篇小說。二〇一八年四月問世的《看不見的身影：精選小說集》（*Figures Unseen: Selected Stories*）收錄了其部分最佳作品；而二〇一八年十月出版的《布萊克博士的面具店》（*The Mask Shop of Doctor Blaack*），是以青少年讀者為對象的萬聖節探險故事。二〇一七年出版了和亡妻梅蘭妮合著的寫作手冊《聽你訴說：藝術寫作對話集》（*Yours To Tell: Dialogues on the Art & Practice of Writing*）；同年出版的《塢柏》（*Ubo*）入圍布萊姆・史托克獎。

* * *

史蒂芬・葛瑞恩・瓊斯（Stephen Graham Jones）的著作包括十六本小說和六本故事集，他最近的作品《勘查內部》（*Mapping the Interior*）贏得布萊姆・史托克獎，以及「此乃恐怖獎」（This Horror Award）。他居住在科羅拉多的波德市，從事教職工作。

* * *

雷爾德．巴隆（Laird Barron）早年生活在阿拉斯加，已有多本著作，包括《等候我們全體的美好事物》（*The Beautiful Thing That Awaits Us All*）、《即刻追捕》（*Swift to Chase*）和《血的標準》（*Blood Standard*），作品常見於眾多雜誌和選集。巴隆目前居住在倫道特谷，撰寫人類邪惡事蹟的故事。

* * *

利維亞．路維林（Livia Llewellyn）是恐怖、黑暗奇幻和情色小說作家，作品出現在《地下》、《頂端》、《附言》和《噩夢》等雜誌，以及許多選集小說之中。

她的第一本小說集《欲望引擎：愛和恐怖的故事》（*Engines of Desire: Tales of Love & Other Horrors*）在二〇一一年出版，獲得雪莉．傑克森獎的最佳小說集和最佳中篇小說兩項獎項提名。第二本小說集《熔爐》（*Furnace*）在二〇一六年問世，同書名的短篇小說〈熔爐〉曾獲二〇一三年雪莉．傑克森獎提名。可以在liviallewellyn.com網站找到她更多訊息。

* * *

史蒂芬・蓋拉赫（Stephen Gallagher），英國作家，獲布萊姆・史托克獎和世界奇幻獎提名，短篇小說曾贏得英國奇幻獎和國際恐怖文學協會獎，擁有十五本小說著作，包括《光之谷》（*Valley of Lights*）、《下游》（*Down River*）、《雨》（*Rain*）和《天使同在的噩夢》（*Nightmare, With Angel*）。他創造了賽巴斯欽・貝克這號人物，以這位錢斯勒勳爵精神病院訪診特別調查員為主角，撰寫了一系列小說，包括《骸骨國度》（*The Kingdom of Bones*）、《杜鵑窩警探》（*The Bedlam Detective*）、《可靠的威廉詹姆斯》（*Authentic William James*）。

* * *

尼爾・蓋曼（Neil Gaiman）是紐約時報暢銷書榜的英國作家，作品《墓園裡的男孩》贏得紐伯瑞大獎。他有數部著作搬上大銀幕，包括《第十四道門》；而《美國眾神》則改編成電視影集。他同時也以《沙人》系列漫畫風靡各地，還有其他以成人、青年、青少年讀者所撰寫的書籍或漫畫。

他曾贏得雨果獎、星雲獎、創神獎和世界奇幻文學獎等獎項，也著有許多短篇小說和詩作。

更多訊息可見www.neilgaiman.com。

* * *

亞當・戈拉斯基（Adam Golaski）的作品包括《色盤》（*Color Plates*）、《壞過我自己》（*Worse Than Myself*），詩作、散文、插畫和小說刊登在眾多期刊和選集，包括《貝寧頓評論》、《遺跡》、《挑眉》、《不斷撞擊》和《麥史威尼期刊》。更多作品請見個人網站 Little Stories。

* * *

約翰・蘭根（John Langa）著有兩本小說《漁夫》（*The Fisherman*）和《窗屋》（*House of Windows*），以及三本小說集《廣闊肉食天空和其他怪物地理》（*The Wide, Carnivorous Sky and Other Monstrous Geographies*）、《葛蘭特先生和令人難安的遭遇》（*Mr. Gaunt and Other Uneasy Encounters*）、《瑟費拉和其他背叛》（*Sefira and Other Betrayals*）。

他和保羅・崔伯里合編《造物：怪物三十年》（*Creatures: Thirty Years of Monsters*），是雪莉・傑克森獎創始人之一，擔任顧問委員會成員。目前，他為《核心雜誌》評論恐怖黑暗奇幻小說，並且和妻兒定居在紐約的哈德遜谷。

*　*　*

賽門．貝斯特維克（Simon Bestwick）是英國作家，著作包括四本短篇集、一本小書《寂靜天使》（*Angels Of The Silences*），以及五本小說，其中《魔鬼高速公路》（*Devil's Highway*）和《靈魂盛宴》（*The Feast Of All Souls*）為最近新作。作品刊登在《黑暗靜電》雜誌和《大瓊斯街》數位平台；同時在有聲平台Pseudopod和Tales to Terrify播放，並重新收錄於《年度最佳恐怖小說選》（*Best Horror of the Year*）。中篇小說《防波堤》（*Breakwater*）在二〇一八年問世。

目前他同時進行最新小說《狼坡》（*Wolf's Hill*）和一本新短篇集的出版事宜，直到最近，避免有報酬的工作是他的嗜好之一，但成效不佳，他現在又重新找了工作。非常歡迎任何可以逃離如此可怕命運的協助。他和堅忍的作家凱特．葛德納共同生活在威勒爾自治市，已使用了太多分號。

*　*　*

科迪．古德菲洛（Cody Goodfellow）著有七本個人名義小說，以及三本和紐約時報暢銷作家約翰．史基普合著的小說。《噤聲戰爭的沉默武器》（*Silent Weapons For Quiet Wars*）和《怪物總動員》（*All-Monster Action*）兩本短篇小說集獲得夢幻島圖書獎（Wonderland Book Award）。參與短片《居家爸爸》和《小丑城的老實錯誤》的製作和腳本寫作。他最近在假日旅館的廣告扮演艾米許農人；並擔任許多電視節目和影帶製作的背景人物。目前定居在奧勒岡州的波特蘭市。

＊　＊　＊

E．麥可．路易斯（E. Michael Lewis）是航空和鬼故事的狂熱分子，在塔科馬市普吉灣大學專攻創意寫作。他的短篇故事收錄在《恐怖小說選集的恐怖選集》（*The Horror Anthology of Horror Anthologies*）、《異域哥德四》（*Exotic Gothic 4*）、《野獸》（*Savage Beasts*）。

他從小在太平洋西北岸長大，也長居於此。目前是兩個男孩的爸爸，以及一對兄弟貓的主要侍者。

臉書和推特@EMichaelLewis都可以找到他的蹤影。

＊　＊　＊

史蒂芬妮．考弗德（Stephanie Crawford）是拉斯維加斯的全職編輯，在電影寫作，替怪異小說潤飾更加怪異的情節之餘，她共同錄製播客The Screamcast，目前則共同撰寫兩個劇本。

＊　＊　＊

杜恩・史威欽斯基（Duane Swierczynski）曾兩度提名愛倫坡獎，著有十本小說，包括《左輪手槍》（*Revolver*）、《金絲雀》（*Canary*）及贏得偵探小說獎的查理・哈迪系列，許多作品即將搬上銀幕及螢光幕。出身賓州，目前和妻兒定居在洛杉磯。

＊　＊　＊

納森・貝林古德（Nathan Ballingrud）著有《北美湖怪》（*North American Lake Monsters*）、《可見的汙穢》（*The Visible Filth*）和即將問世的《地獄地圖集》（The Atlas of Hell）。數部作品可望搬上電影和電視。曾兩度贏得雪莉・傑克森獎，目前定居在北卡羅萊納山區某處。

＊　＊　＊

拉姆齊・坎貝爾（Ramsey Campbell）是英國當代最受敬重的恐怖小說作家，在該領域的獲獎次數無人出其右，其中包括世界恐怖大會的大師獎、恐怖作家協會的終身成就獎、國際恐怖文學協會的活傳奇獎、世界奇幻文學終身成就獎。在二〇一五年，以其傑出的文學貢獻，獲利物浦約翰摩爾斯大學選為榮譽院士。他的小說作品包括：《非死不可的臉》（*The Face That Must Die*）、《化身》（*Incarnate*）、《午夜太陽》（*Midnight Sun*）、《數到十一》（*The Count of Eleven*）、《無聲兒》（*Silent Children*）、《森林暗處》（*The Darkest Part of the Woods*）、《徹夜》（*The Overnight*）、《神秘故事》（*Secret Stories*）、《黑暗的微笑》（*The Grin of the Dark*）、《偷兒恐懼》（*Thieving Fear*）、《池裡生物》（*Creatures of the Pool*）、《凱恩的七日》（*The Seven Days of Cain*）、《鬼知道》（*Ghosts Know*）、《親切人士》（*The Kind Folk*）、《自覺幸運》（*Think Yourself Lucky*）和《夕陽沙灘十三日》（*Thirteen Days by Sunset Beach*）等作品。

最新作品是「道羅斯三生」（*The Three Births of Daoloth*）三部曲，第一部《搜尋死者》（*The Searching Dead*）在二〇一六年出版，隨後兩部《生而黑暗》（*Born to the Dark*）和《蟲之道》（*The Way of the Worm*）也已經問世。中篇小說包括《徵求鬼魂》（*Needing Ghosts*）、《格拉斯最後啟示錄》（*The Last Revelation of Gla'aki*）、《假裝》（*The Pretence*）、《預約》（*The Booking*）。

短篇小說集包括《清醒的噩夢》（*Waking Nightmares*）、《恐怖獨行》（*Alone with the Horrors*）、《鬼魂恐怖一二三事》（*Ghosts and Grisly Things*）、《死者之語》（*Told by the Dead*）、《就在你身後》（*Just Behind You*）、《臉洞》（*Holes for Faces*）和《警告幻影五行詩》（*Limericks of the Alarming and Phantasmal*）。非小說類作品結集在《拉姆齊·坎貝爾，或許吧》（*Ramsey Campbell, Probably*）。小說作品《無名》（*The Nameless*）和《父親公約》（*Pact of the Fathers*）在西班牙拍攝成電影，而《影響》（*The Influence*）目前也製作當中。他同時也是奇幻電影學會的會長。

拉姆齊·坎貝爾和妻子珍妮定居在默西賽德郡。他的興趣是古典音樂、美食、紅酒和任何與管子相關的事物。個人網站是：ramseycampbell.com。

* * *

布萊恩·霍奇（Brian Hodge）屬於隨時都要進行創造的人士之一。至今，他已創造出十三本小說，大約一百三十篇短篇小說，五本短篇選集。最近他有三本新書問世：恐怖宇宙小說《完美虛空》（*The Immaculate Void*）、《老鷹之歌》（*A Song of Eagles*）和短篇小說集《滑進遺忘》（*Skidding Into Oblivion*）。他定居在科羅拉多。他也喜歡作曲、攝影，同時接受以色列的近身格鬥術和踢拳的訓練。

透過個人網站（brianhodge.net）、推特（@BHodgeAu thor）或臉書（facebook.com/brianhodgewriter）都可以聯繫到他。

* * *

潔瑪·法爾斯（Gemma Files）除了是得獎恐怖小說作家，同時也是影評人、教師和電影劇作家。她最知名的作品當推西部魔幻三部曲：《喉舌書卷》（*A Book of Tongues*）、《荊棘繩索》（*A Rope of Thorns*）和《骨骸之樹》（*A Tree of Bones*），另外還有三本短篇小說集《親吻腐肉》（*Kissing Carrion*）、《心中蟲》（*The Worm in Every Heart*）和《幽靈證據》（*Spectral Evidence*）以及兩本詩集小書。

二〇一四年出版著作《五家同聚》（*We Will All Go Down Together: Stories About the Five-*

Family Coven），而最新小說《實驗電影》（*Experimental Film*）贏得二〇一五年雪莉・傑克森獎的最佳小說獎項，以及二〇一五年旭日獎的最佳小說。

她的第四本小說集《從深處而來》（*Drawn Up From Deep Places*）在二〇一八年十月出版。

* * *

彼得・史超伯（Peter Straub）著有十七本小說，作品有逾二十多國譯本，其中包括《鬼故事》（*Ghost Story*）、《可可》（*Koko*）、《X先生》（*Mr. X*）、《深夜房間》（In the *Night Room*），以及和史蒂芬・金合寫的《魔符》和《黑屋》。此外，還有兩本詩集和兩本短篇小說集，編纂洛夫克拉夫特美國圖書館選編版本《故事》（*Tales*）以及兩冊選集《美國奇幻故事》（*American Fantastic Tales*）。

他曾贏得英國奇幻文學獎、十次布萊姆・史托克獎、兩次國際恐怖文學協會獎和四次世界奇幻文學獎。在一九九八年贏得世界恐怖大會的大師獎；二〇〇六年獲頒恐怖作家協會終身成就獎；二〇〇八年獲巴諾書店作家獎。二〇一〇年的世界恐怖大會中，他取得終身成就獎。

*　*　*

珍・傑克曼（Jane Jakeman）是英國作家，犯罪恐怖短篇小說收錄於《超自然故事》（*Supernatural Tales*）、《鬼魂和學者》（*Ghosts and Scholars*）、《萬物神聖》（*All Hallows*），其中部分作品重新集結成小說集《秀髮手鐲》（*A Bracelet of Bright Hair*）。她是藝術報的伊斯蘭圖書書評，廣泛遊歷中東地區。珍和身為古埃及學者的老公及兩隻黑貓，定居於英國牛津。

*　*　*

亞當・L・G・奈韋爾（Adam L.G. Nevill），一九六九年出生於英國伯明罕，在英國和紐西蘭長大，著有恐怖小說《該死的盛宴》（*Banquet for the Damned*）、《十六號公寓》（*Apartment 16*）、《儀式》（*The Ritual*）、《末日》（*Last Days*）、《小影子之屋》（*House of Small Shadows*）、《無人生還》（*No One Gets Out Alive*）、《迷途女孩》（*Lost Girl*）、《監視之下》（*Under a Watchful Eye*）。

其中《儀式》、《末日》和《無人生還》贏得奧古斯特・德萊斯獎的最佳恐怖小說獎項；《儀式》、《末日》同時獲得R.U.S.A.最佳恐怖小說獎。幾部作品可望搬上電影和電視，《儀式》已在二〇一六年改編成電影《林祭》，目前在Netflix播映。

他的短篇作品收錄在《意志不沉睡》（*Some Will Not Sleep*）、《黑暗匆匆》（*Hasty for the Dark*），前者獲得英國奇幻文學獎的最佳選集獎項。

奈韋爾也提供免費作品給恐怖小說讀者閱讀：他的個人網站可下載《地窖哭聲》（*Cries from the Crypt*），而《沉睡之前》（*Before You Sleep*）和《醒來之前》（*Before You Wake*）可在各大線上零售商找到。

他定居於英國德文郡。關於作者和作品的更多資訊在adamlgnevill.com。

* * *

希南・麥奎爾（Seanan McGuire）收錄於本書的作品以**米拉・葛蘭特**為筆名，她在太平洋西北岸居住和工作，偶爾也會跌入沼澤，逐漸與當地青蛙取得共識。她的小說數量多到荒謬，短篇小說更是如此。可從seananmcguire.com得知她最新消息。在有月光的夜晚，配合恰到好處的星星，可能會發現她就要跌入你附近的沼澤。

* * *

布萊恩・伊文森（Brian Evenson）著有十多本小說，最近短篇小說集是《馬的潰倒》（*A Collapse of Horses*）和中篇小說集《迷宮》（*The Warren*）。曾三度入圍雪莉・傑克森獎決選。小說《末日》（*Last Days*）贏得二〇〇九年美國圖書館協會的最佳恐怖小說獎；《拉開簾幕》（*The Open Curtain*）入圍愛倫坡獎和國際恐怖文學協會獎決選。他曾三度獲得歐亨利獎，各得到一次ＮＥＡ學者獎金和古根漢學者獎金。他定居在加州瓦倫西亞，任職於加州藝術學院。

* * *

席凡·凱羅（Siobhan Carroll）是德拉瓦大學的英文系副教授，沒有構思世界霸權的時候，她研究十九世紀桌遊、極地探險及地球工程。更多席凡·凱爾的作品，請造訪：voncarr-siobhan-carroll.blogspot.com/p/fiction-poetry.html

* * *

卡蘿兒·強斯頓（Carole Johnstone）贏得英國奇幻文學獎的蘇格蘭作家，目前在外赫布里底群島的路易斯島太西洋海岸邊，享受精采的遺世獨居生活。她的短篇小說廣泛刊載，除了收錄在本書之外，也出現在《最佳英國奇幻小說集》（*Best British Fantasy*）系列。

《閃亮日子已成》（*The Bright Day is Done*）是她首次出版的短篇小說集，和中篇小說《冰冷的火雞》（*Cold Turkey*）同時入圍二〇一五年英國奇幻小說獎。

版權說明

愛倫・達特洛 主編

在生與死的邊際，無人可以迴避。直到被黑暗吞噬，沒入寂靜藍黑的恐懼……

直到被黑暗吞噬——世界最恐怖小說精選——死之眼

國家圖書館出版品預行編目資料

直到被黑暗吞噬：世界最恐怖小說精選 / 愛倫·達特洛編著；吳妍儀、陳芙陽譯. -- 初版. -- 臺北市：皇冠, 2020.5 面; 公分. --(皇冠叢書；第4840種) (CHOICE；330)
譯自：The Best of the Best Horror of the Year: 10 Years of Essential Short Horror Fiction

ISBN 978-957-33-3531-3 (全套：平裝)

813.7　　　　109004083

皇冠叢書第4840種

CHOICE 330

直到被黑暗吞噬

世界最恐怖小說精選

The Best of the Best Horror of the Year:
10 Years of Essential Short Horror Fiction

編 著 者—愛倫·達特洛
譯　　者—吳妍儀、陳芙陽
發 行 人—平雲
出版發行—皇冠文化出版有限公司
台北市敦化北路120巷50號
電話◎02-27168888
郵撥帳號◎15261516號
皇冠出版社(香港)有限公司
香港上環文咸東街50號寶恒商業中心
23樓2301-3室
電話◎2529-1778　傳真◎2527-0904
總 編 輯—許婷婷
責任編輯—蔡維鋼
美術設計—王瓊瑤
著作完成日期—2018年
初版一刷日期—2020年5月

法律顧問—王惠光律師

讀者服務傳真專線◎02-27150507
電腦編號◎375330
ISBN◎978-957-33-3531-3
Printed in Taiwan
【死之眼】【夢之魘】兩冊不分售
定價◎新台幣特價699元/港幣233元